Mark Twain

Unterwegs und daheim

Reisebilder

Textgrundlage dieser Edition ist:
Mark Twain: Unterwegs und daheim, Verlag Robert Lutz, Stuttgart 1905. Übersetzung: L. Ottmann.
Die Orthografie wurde an die neue deutsche Rechtschreibung angepasst und die Interpunktion behutsam modernisiert.

Twain, Mark

Unterwegs und daheim

Reisebilder

ISBN: 978-3-86267-297-4

Auflage: 1
Erscheinungsjahr: 2012
Erscheinungsort: Bremen, Deutschland

Europäischer Literaturverlag GmbH, Fahrenheitstr. 1, 28359 Bremen (www.elv-verlag.de).

Cover: Ausschnitt aus Dem Gemälde »Die Berlin-Potsdamer Bahn« (1847) von Adolph von Menzel.

Unterwegs und daheim

www.elv-verlag.de

Inhalt

Eine Rigibesteigung	7
Ein Tischgespräch	16
Ein Landsmann (Nummer 1)	24
Noch ein Landsmann (Nummer 2)	32
Die Besteigung des Riffelbergs	36
Kinderspiele	51
Peinliche Ohrenmusik	52
Die Schrecken der deutschen Sprache	54
Berliner Eindrücke	63
Eine schlaflose Nacht	67
Rezept für Schwarzwäldergeschichten	73
Die Ameise	76
Eine Episode in Baden-Baden	79
Wagnermusik	81
Sonntagsheiligung in Deutschland	86
Trauben- und Molkenkur	87
Der deutsche Portier	88
Duelle	91
1. Das deutsche Studentenduell	91
2. Die wahre Geschichte des Duells zwischen Gambetta und Fourtou (1878)	98
Eine Beobachtung in Paris	112
Pariser Führer	114
Die alten Meister	119
Tot oder lebendig	125
Michel Angelo	134
Ein türkisches Bad	139
Die Hunde von Konstantinopel	143
Des Kapitäns Bibel-Erklärung	146

Was mir der Professor erzählte 150
Besuch des Niagara 156
Britische Festlichkeiten 164
Tischrede bei einem Festessen der Amerikaner in London, zur Feier des vierten Juli 166
Ein Zwiegespräch 169
Ein Miniaturreich im Weltmeer 172

Anhang: Lebensgeschichte Mark Twains 183
    Erstes Kapitel: Samuel Langhorne Clemens 183
    Zweites Kapitel: In Nevada und Kalifornien 187
    Drittes Kapitel: Ein ›Harmloser‹ auf Reisen 190
    Viertes Kapitel: Mark Twains spätere Werke 196
    Fünftes Kapitel: Öffentliche Vorlesungen 199
    Sechstes Kapitel: Mark Twain daheim 201
    Siebentes Kapitel: Erfinder und Verleger 205
    Achtes Kapitel: Schicksalsschläge 206

Eine Rigibesteigung

Der Rigi kann per Eisenbahn, zu Pferde oder zu Fuß erstiegen werden, je nach Belieben des Reisenden. Ich und mein Freund warfen uns in Touristenanzüge und fuhren an einem herrlichen Morgen per Dampfboot den See hinauf. In Wäggis, einem Dorfe am Fuße des Berges, ¾ Stunden von Luzern, gingen wir ans Land.

Bald ging's behaglich und stetig den schattigen Fußweg hinauf und unsere Zungen waren, wie gewöhnlich, bald in schönster Bewegung. Alles ließ sich herrlich an, und wir versprachen uns nicht wenig, sollten wir doch zum ersten Mal den Genuss eines Sonnenaufgangs in den Alpen erleben; das war ja der Zweck unserer Tour. Wir hatten anscheinend keinen triftigen Grund zu eilen, unser Reisehandbuch hatte den Weg von Wäggis bis zum Gipfel als nur 3 ¼ Stunden weit angegeben. Anscheinend sage ich, weil uns Baedeker schon einmal angeführt hatte.

Als wir etwa eine halbe Stunde gegangen waren, kamen wir in die richtige Stimmung für das Unternehmen und trafen Anstalt zum Steigen, das heißt, wir mieteten einen Burschen zum Tragen der Alpenstöcke, Reisetaschen und Überzieher, wodurch wir die Hände freibekamen. Wahrscheinlich haben wir häufiger im schönen, schattigen Gras geruht, um ein paar Züge aus unseren Pfeifen zu tun, als unser Führer gewohnt war, denn plötzlich fuhr er uns mit der Frage an, ob wir ihn nach dem Tarif oder fürs Jahr mieten wollten. Wir sagten, er möge immer vorangehen, wenn er Eile habe. Er erwiderte, Eile habe er eigentlich nicht, doch möchte er den Berg hinauf kommen, solange er noch jung sei. Wir sagten ihm, er möge nur vorausgehen, das Gepäck im obersten Hotel abgeben und unsere baldige Ankunft melden. Er meinte, Zimmer wolle er für uns schon bestellen; wenn aber alles voll sei, wolle er ein neues Hotel bauen lassen und dafür sorgen, dass Maler- und Gipserarbeit trocken wären, bis wir ankämen. Unter solchen spöttischen Bemerkungen verließ er uns und war bald unsern Augen entschwunden.

Um 6 Uhr waren wir schon ein gutes Stück in der Höhe und die Aussicht hatte an Reiz und Umfang bedeutend zugenommen. Bei einem kleinen Wirtshause machten wir Halt, genossen im Freien Brot, Käse und ein oder zwei Liter frischer Milch, und dazu das großartige Panorama; – dann setzten wir uns wieder in Bewegung. Nach 10 Minuten begegneten wir einem Engländer mit heißem, kupferrotem Gesicht, der in mächtigen Sätzen den Berg herabstürmte, indem er sich an seinem Alpstock immer eine tüchtige Strecke vorwärts schwang. Atemlos und schweißtriefend hielt er bei uns an und fragte, wie weit es bis Wäggis drunten am See sei. –

»Drei Stunden!«

»Was? Der See scheint ja so nahe, als ob man einen Kieselstein hineinwerfen könnte. Ist das ein Wirtshaus?«

»Ja.«

»Das ist recht! Ich kann es nicht noch einmal drei Stunden aushalten.«

Auf meine Frage, ob wir wohl nahe am Gipfel seien, rief er: »Meiner Treu! Ihr habt ja eben erst angefangen zu steigen!«

Ich schlug deshalb meinem Reisegenossen Harris vor, auch in besagtem Wirtshaus zu bleiben. Wir drehten um, ließen uns ein warmes Nachtessen bereiten und verlebten mit dem Engländer einen lustigen Abend.

Die deutsche Wirtin gab uns hübsche Zimmer und gute Betten, und ich und mein Freund legten uns nieder mit dem Entschluss, früh genug aufzustehen, um unsern ersten Sonnenaufgang in den Alpen nicht zu versäumen. Aber wir waren todmüde und schliefen wie Nachtwächter; folglich war es, als wir am Morgen erwachten und ans Fenster stürzten, für den Sonnenaufgang schon zu spät: – es war halb 12 Uhr. Das war ein harter Schlag, doch trösteten wir uns mit der Aussicht auf ein gutes Frühstück und beauftragten die Wirtin, den Engländer zu rufen; aber sie erzählte uns, dass dieser unter allerlei Verwünschungen schon bei Tagesanbruch auf und davon gegangen sei. Wir konnten nicht auf den Grund seiner Erregung kommen. Er hatte die Wirtin nach der Höhe des Wirtshauses über dem See genau gefragt und sie hatte 1495 Fuß angegeben; diese Zahl musste ihn ganz außer Rand und Band gebracht haben, denn er habe hinzugefügt: »In einem Lande, wie diesem, können Narren und Reisehandbücher einem in 24 Stunden mehr Bären aufbinden als sonst wo in einem Jahre.«

Gegen Mittag nahmen wir den Weg wieder unter die Füße und strebten frischen gewaltigen Schrittes dem Gipfel zu. Als wir etwa 200 Meter marschiert waren und anhielten, um zu rasten, blickte ich beim Anzünden meiner Pfeife von ungefähr nach links und entdeckte in einiger Entfernung eine Rauchsäule, die wie ein langer schwarzer Wurm lässig den Berg hinaufkroch. Das konnte nur der Rauch einer Lokomotive sein. Auf unsere Ellbogen gestützt, stierten wir das uns völlig neue Mirakel dieser Bergbahn an. Es erschien unglaublich, dass das Ding schnurgerade aufwärts kriechen konnte auf einer schiefen Ebene, steil wie ein Dach; es geschah aber vor unsern Augen: ein leibhaftiges Wunder. –

Noch ein paar Stunden, und wir erreichten ein schönes zephirumsäuseltes Hochtal, wo die Dächer der kleinen Sennhütten mit großen Steinen belegt waren, um sie am Grund und Boden festzuhalten, wenn die großen Stürme toben. Weit weg am andern Ufer des Sees konnten wir einige Dörfer erblicken und jetzt zum ersten Mal ihre zwerghaften Häuser mit den Bergriesen vergleichen, an deren Fuße sie schliefen.

Wenn man sich inmitten eines solchen Dorfes befindet, kommt es einem ziemlich ausgedehnt vor und die Häuser erscheinen stattlich, selbst im Verhältnis zu den hereinragenden Bergen; aber von unserm hohen Platze aus, welch eine Veränderung! Die Berge erschienen massenhafter und großartiger, dagegen waren die Dörfer so klein geworden, beinahe unsichtbar und lagen so dicht am Boden, dass ich sie nur vergleichen kann mit winzigen Erdarbeiten von Ameisen, überschattet von dem himmelanstrebenden Bau eines Münsters. Die Dampfboote, welche drunten den See durchschnitten, erschienen in der Entfernung nur noch so groß wie Kinderspielzeug und vollends die Segel- und Ruderboote wie winzige Fahrzeuge, bestimmt für die Elfen, die in Lilienkelchen haushalten und auf Brummhummeln zu Hofe reiten.

Wir gingen weiter und stießen bald auf ein halbes Dutzend weidender Schafe unter dem Gischt eines Gießbaches, der wohl hundert Fuß hoch sich am Felsen herabstürzte. Doch horch! Ein melodisches »Lal ... l ... l ... lal, ... loil-lahi-o-o-o!« trifft unser Ohr. Wir hören zum ersten Mal das berühmte Alpenjodeln inmitten der wilden Gebirgsgegend, in der es heimisch ist. Es ist jenes seltsame Gemisch von Bariton und Falsett, das wir zu Hause Tiroler Triller nennen.

Das Gejodel war hübsch und munter anzuhören und bald erschien der Jodler – ein Sennbub von 16 Jahren. In unserer Freude und Dankbarkeit gaben wir ihm einen Franken, damit er weiter jodle. Er jodelte und wir lauschten. Beim Weitergehen jodelte er uns großmütig außer Sicht. Ebenso der Zweite, auf den wir eine Viertelstunde später stießen, und dem wir seine Kunst mit einem halben Franken bezahlten.

Von nun an begegneten wir alle zehn Minuten einem Jodler; dem ersten gaben wir 8 Cts., dem zweiten 6, dem dritten 4, dem vierten 1 Cts., Nummer 5, 6, 7 erhielten gar nichts! Für den Rest des Tages erkauften wir das Stillschweigen der übrigen Jodler mit 1 Fr. per Kopf. Man bekommt es unter solchen Umständen doch schließlich satt.

Zehn Minuten nach 6 Uhr erreichten wir die Kaltbadstation, wo ein geräumiges Hotel mit Verandas steht, die einen weiten Umblick auf Berge und Seen gestatten. Wir waren nicht so sehr ermüdet, aber, um am andern Morgen ja den Sonnenaufgang nicht zu verschlafen, machten wir unsere Mahlzeit so kurz als möglich und eilten zu Bett. Es war unaussprechlich angenehm, unsere steifen Glieder in den kühlfeuchten Betten auszustrecken. Und wie fest wir schliefen! Kein Schlaftrunk wirkt so trefflich, wie eine solche Alpen-Fußtour.

Morgens erwacht, waren wir beide mit einem Sprung aus den Federn und an den Fenstern; wir zerrten die Vorhänge zurück, erfuhren aber leider eine neue herbe Enttäuschung: Es war nämlich schon halb 4 Uhr mittags. In sehr mürrischer Laune kleideten wir uns an, wobei jeder dem andern die Schuld in die Schuhe schob. Harris meinte, wenn ich ihm gefolgt wäre und wir den Reisediener mitgenommen hätten, wäre uns dieser Sonnenaufgang nicht entgangen. Ich behauptete dagegen, dass dann einer von uns hätte aufbleiben müssen, um den Diener zu wecken, außerdem hätten wir Mühe genug mit uns selbst auf dieser Klettertour, auch ohne die Sorge für den Reisediener.

Das Frühstück regte unsere Lebensgeister wieder etwas an, besonders auch die beruhigende Versicherung im Baedeker, oben auf dem Rigi brauche der Reisende nicht besorgt zu sein, dass er den Sonnenaufgang verschlafe, er werde vielmehr bei Zeiten von einem Mann geweckt, der mit einem großen Alphorn von Zimmer zu Zimmer gehe und seinem Instrumente Töne entlocke, die Tote zu erwecken imstande seien; und noch eine andere Bemerkung des Reisehandbuches tröstete uns, die Versicherung nämlich, dass oben in den Rigi-Hotels die Gäste sich morgens nicht ganz anzukleiden brauchen, sondern sich einfach ihrer roten Bettteppiche bemächtigen und mit diesen, wie Indianer drapiert, ins Freie stürmen. Oh, das muss schön und romantisch sein! – 250 Personen auf dem windigen Gipfel gruppiert, mit fliegenden Haaren und wehenden roten Bettteppichen, in der feierlich ernsten Gegenwart der schneeigen Bergspitzen, beleuchtet von den ersten Strahlen der aufgehenden Sonne, das muss ein herrlicher und denkwürdiger Anblick sein! Unter diesen

Umständen war es fast ein Glück, kein Unglück, dass wir die früheren Sonnenaufgänge verfehlt hatten. Nach dem Reisehandbuch waren wir nun 3228 Fuß über dem Spiegel des Sees und konnten somit volle zwei Drittel unserer Wanderung als vollendet betrachten. Wir brachen 1/4 nach 4 Uhr nachmittags von Neuem auf; etwa hundert Schritte über dem Hotel verzweigte sich die Bahnlinie, der eine Arm ging gerade aufwärts den steilen Berg hinan, der andere bog nach rechts ab in ziemlich sanfter Steigung; wir folgten dem letzteren über eine Meile, bogen um eine Felsenecke und kamen in Sicht eines neuen hübschen Hotels. Wären wir gleich weitergegangen, so hätten wir den Gipfel erreicht, aber Harris wollte allerhand Erkundigungen einziehen. Er wurde belehrt – und zwar falsch, wie gewöhnlich, – dass wir umkehren und den andern Weg gehen müssten. Dies kostete uns eine schwere Menge Zeit.

Wir kletterten und kletterten; wir kamen wohl über vierzig Hügel, aber immer erschien ein neuer so groß wie die früheren. Es begann zu regnen; wir wurden durch und durch nass und es war bitterkalt. Dampfende Nebelwolken deckten bald den ganzen Abgrund zu; der Eisenbahndamm, auf welchen wir stießen, war unser einziger Wegweiser! Manchmal krochen wir längs desselben ein Stück weit fort, allein als sich der Nebel etwas zerteilte, bemerkten wir mit Schrecken, dass wir uns mit dem linken Ellbogen über einem bodenlosen Abgrund befanden, weshalb wir eiligst wieder den Bahndamm zu erreichen trachteten.

Die Nacht brach ein, rabenschwarz, nebelig und kalt. Etwa um 8 Uhr abends hob sich der Nebel etwas und ließ uns einen ziemlich undeutlichen Pfad erblicken, der links aufwärts führte. Diesen Weg einschlagend, waren wir eben weit genug weg vom Eisenbahndamm, um denselben nicht wieder finden zu können, als auch schon wieder eine Nebelwolke herabschoss und alles in undurchdringliches Dunkel hüllte.

Wir befanden uns an einem rauen, dem Unwetter vollkommen preisgegebenen Ort, und waren genötigt, auf- und abzugehen, um uns warm zu machen, obgleich wir dadurch Gefahr liefen, gelegentlich in einem Abgrund zu verschwinden.

Um 9 Uhr machten wir die wichtige Entdeckung, dass wir jeden Pfad verloren hatten. Wir krochen auf Händen und Knien umher, konnten ihn aber nicht mehr finden; somit setzten wir uns wieder in das nasse Gras und warteten das Weitere ab. Plötzlich jagte uns eine ungeheure dunkle Masse, die vor uns auftauchte, nicht geringen Schrecken ein; sie verschwand aber alsbald wieder im Nebel, es war, wie wir später erfuhren, das längst ersehnte Rigi-Kulm-Hotel, aber die nebelhafte Vergrößerung ließ es uns als den gähnenden Rachen eines tödlichen Abgrundes erscheinen.

Da saßen wir nun eine lange Stunde mit klappernden Zähnen und zitternden Knien, den Rücken gegen den vermeintlichen Abgrund gekehrt, weil von dorther etwas Zugluft zu verspüren war. Dabei ereiferten wir uns leidenschaftlich, denn jeder wollte dem andern die Dummheit in die Schuhe schieben, den Bahnkörper verlassen zu haben. Nach und nach wurde der Nebel dünner, und als Harris zufällig um sich blickte, stand das große, hell erleuchtete Hotel da, wo vorher der Abgrund gewesen war. Man konnte beinahe Fenster und Kamine zählen.

Unser erstes Gefühl war tiefer, unaussprechlicher Dank, unser zweites rasende Wut, weil das Hotel wahrscheinlich schon seit dreiviertel Stunden sichtbar gewesen war, während wir pudelnass dasaßen und uns zankten.

Ja, es war das Rigi-Kulm-Hotel auf dem Gipfel des Rigi, und wir fanden dort die Zimmer, die unser Bursche für uns bestellt hatte, – allerdings bekamen wir zuvor die hochmütige Ungefälligkeit des Portiers und des sonstigen Dienstpersonals gründlich zu kosten.

Wir verschafften uns trockene Kleider, und während unser Abendbrot bereitet wurde, irrten wir einsam durch eine Anzahl höhlengleicher Wohnräume, von denen eines einen Ofen besaß. Dieser Ofen in einer Ecke des Zimmers war von einer lebendigen Wand der allerverschiedensten Menschenkinder umgeben. Da wir nun nicht ans Feuer herankommen konnten, wandelten wir in den arktischen Regionen der weiten Säle umher, unter einer Menge Menschen, die schweigend, in sich verloren und wie versteinert das Problem zu ergründen suchten, warum sie wohl solche Narren gewesen waren, hierher zu kommen. Einige davon waren Amerikaner, einige Deutsche, die weitaus überwiegende Mehrzahl aber waren Engländer. In einem der Räume drängte sich alles um die ›Souvenirs du Rigi‹, die dort feilgeboten werden. Ich wollte zuerst auch ein geschnitztes Falzbein mit Gämshorngriff mitnehmen; ich sagte mir jedoch, dass mir der Rigi mit seinen Annehmlichkeiten wohl auch ohnedies in guter Erinnerung bleiben würde, – und erstickte deshalb das Gelüste.

Das Abendessen erwärmte uns, und wir gingen sofort zu Bette – d. h. nachdem ich an Baedeker noch einige Zeilen geschrieben hatte. Derselbe ersucht nämlich die Touristen, ihn auf etwaige Irrtümer in seinem Reisehandbuch aufmerksam zu machen. Ich schrieb ihm, dass er sich, indem er den Weg von Wäggis bis zum Gipfel nur zu 3 ¼ Stunden angebe, just um drei *Tage* geirrt habe. Eine Antwort habe ich nie erhalten, auch ist im Buche nichts geändert worden – mein Brief muss also wohl verloren gegangen sein.

Wir waren so todmüde, dass wir sofort einschliefen und uns nicht regten noch bewegten, bis die herrlichen Töne des Alphorns uns weckten. Man kann sich denken, dass wir keine Zeit verloren, sondern schnell ein paar Kleidungsstücke überwarfen, uns in die praktischen roten Teppiche wickelten und unbedeckten Hauptes in den pfeifenden Wind hinausstürzten. Wir erblickten ein großes hölzernes Gerüste, gerade am höchsten Punkte der Spitze. Dorthin lenkten wir unsere Schritte, krochen die Stufen hinauf und standen da, erhaben über der weiten Welt, mit fliegenden Haaren und im Wind flatternden roten Teppichen.

»Mindestens fünfzehn Minuten zu spät!«, sagte Harris mit trauriger Stimme, »die Sonne steht schon über dem Horizont.«

»Schadet nichts«, erwiderte ich, »es ist dennoch ein großartiger Anblick und wir wollen ihn noch weiter genießen, bis die Sonne höher steht.«

Einige Minuten waren wir tief ergriffen von dem wunderbaren Anblick und für alles andere tot. Die große, klare Sonnenscheibe stand jetzt dicht über einer unendlichen Anzahl weißer Zipfelmützen – bildlich gesprochen. Es war ein wogendes Chaos riesiger Bergmassen, die Spitzen geschmückt mit unvergänglichem Schnee und umflutet von der goldenen Pracht des zitternden Lichtes, während die glänzenden Sonnenstrahlen durch die Risse einer der Sonne vorgelagerten schwarzen Wolkenmasse, gleich Schwertern und Lanzen aufschossen zum Zenit.

Wir konnten nicht sprechen, ja kaum atmen; wir standen in trunkener Verzückung und sogen diese Schönheit ein, als Harris plötzlich schrie: »*Verd ... – sie geht ja unter!*«

Wahrhaftig, wir hatten das Morgenhornblasen überhört, hatten den ganzen Tag geschlafen und waren erst am Blasen des Abendhorns aufgewacht: Das war niederschmetternd.

Auf einmal sagte Harris: »Allem Anschein nach ist nicht die Sonne der Gegenstand die Aufmerksamkeit der unter uns versammelten Menschen, sondern wir, hier oben auf diesem Gerüst, in diesen eselhaften Teppichen. 250 fein gekleidete Herren und Damen starren uns an und kümmern sich kein Haar um Sonnenauf- oder Niedergang, solange wir ihnen ein derartiges lächerliches Schauspiel bieten. Die ganze Gesellschaft will ja vor Lachen bersten und das junge Mädchen dort wird nächstens platzen. In meinem Leben ist mir kein solcher Mensch vorgekommen wie Sie!«

»Was habe ich denn getan?«, erwiderte ich erregt.

»Sie sind um halb 8 Uhr abends aufgestanden, um den Sonnenaufgang zu sehen, ist das nicht genug!?«

»Und haben Sie nicht dasselbe getan? Möchte ich wissen; ich bin immer mit der Lerche aufgestanden, bis ich unter den versteinernden Einfluss Ihres ausgetrockneten Gehirns kam.«

»Schämen Sie sich nicht, in diesem Aufzug auf einem vierzig Fuß hohen Schaffot auf dem Gipfel der Alpen zu stehen, unter uns eine endlose Zuschauermenge? Ist das der Schauplatz für derartige Expektorationen?!« So ging der Streit in diesem Maskenanzug fort. Als die Sonne untergegangen war, schlichen wir uns ins Hotel zurück und wieder zu Bett. Wir begegneten dem Hornbläser auf dem Wege dahin, und er versprach, uns morgen sicher zu wecken.

Er hielt Wort, wir hörten das Alphorn und standen sofort auf; es war finster und kalt. Als ich nach dem Zündhölzchen umhertappend mit schlotternden Händen eine Anzahl Dinge zerbrach und zu Boden warf, wünschte ich, die Sonne möchte bei Tag aufgehen, wo es hell, warm und angenehm ist.

Es gelang uns endlich, uns bei dem zweifelhaften Licht zweier Kerzen anzukleiden; doch konnten wir mit unsern zitternden Händen nichts zuknöpfen; ich überlegte, wie viel glückliche Menschen in Europa, Asien, Amerika etc. jetzt friedlich in ihren Betten ruhten und nicht aufzustehen brauchten, um den Rigi-Sonnenaufgang zu sehen. In diesen Gedanken versunken, hatte ich etwas zu ausgiebig gegähnt, sodass ich mit einem meiner Zähne an einem Nagel über der Tür hängen blieb. Während ich auf einen Stuhl stieg, um mich loszumachen, zog Harris die Vorhänge zurück und sagte – »Oh! Welches Glück! Wir brauchen ja nicht einmal das Zimmer zu verlassen – da unten liegen die Berge in ihrer ganzen Ausdehnung.«

Das war erfreulich; in der Tat, man konnte die großen Alpenmassen sich in unsicheren Umrissen gegen das schwarze Firmament abheben und einen oder zwei Sterne durch das Morgengrauen schimmern sehen. Gut angekleidet und warm versorgt in den wollenen Teppichen stellten wir uns am Fenster auf mit brennenden Pfeifen und in unterhaltendem Geplauder, in behaglicher Erwartung eines Sonnenaufgangs bei Kerzen-

beleuchtung. Nach und nach verbreitete sich ein leichtes ätherisches Licht in unmerklicher Zunahme über die luftigen Spitzen der Schneewüste, – doch auf einmal schien ein Stillstand eingetreten zu sein; ich sagte:
»Mit diesem Sonnenaufgang scheint es einen Haken zu haben. Es will nicht recht gehen. Was meinen Sie, dass schuld sei?«
»Ich weiß nicht, es macht den Eindruck, wie wenn irgendwo Feuer wäre. Ich sah nie solch einen Sonnenaufgang.«
»Nun, was mag wohl der Grund sein?«
Harris sprang jetzt mit einem Mal auf und rief: –»Ich hab's! Ich hab's! Wir sehen ja dorthin, wo gestern Abend die Sonne *unterging*!«
»Vollkommen richtig! Warum haben Sie das nicht früher gemerkt? Jetzt haben wir wieder einen verfehlt; und alles durch Ihre Dummheit. Ja! Das sieht nur Ihnen gleich, eine Pfeife anzuzünden und den Sonnenaufgang im *Westen* zu erwarten.«
»Es sieht mir auch gleich, den Irrtum entdeckt zu haben; Sie hätten das doch nie gemerkt! Ich muss alle diese Dummheiten entdecken!«
»Sie machen sie alle! Aber wir wollen die Zeit nicht mit Streiten verlieren, vielleicht kommen wir doch noch rechtzeitig!« Allein es war zu spät, die Sonne war schon weit oben, als wir auf den Platz kamen. Wir begegneten der heimkehrenden Menge – Herren und Damen in allerlei komischer Bekleidung und mit frierenden Gesichtern.
Etwa ein Dutzend waren noch auf dem Platze. Sie suchten mit Reisehandbuch und Panorama jeden Berg zu bestimmen und die verschiedenen Namen und Formen ihrem Gedächtnis einzuprägen.
Es war ein betrübender Anblick.
Nach meiner Schätzung brauchten wir einen Tag, um zu Fuße nach Wäggis oder Bitznau zu kommen; soviel war aber sicher, dass wir mit der Bahn etwa eine Stunde brauchen würden und deshalb wählte ich das Letztere.
Eine herrliche Talfahrt auf der schwindelnden Bergbahn, die uns eine Wunderwelt gleich einer Reliefkarte zu unsern Füßen ausgebreitet sehen ließ, bildete den würdigen Schluss unserer ereignisreichen Rigibesteigung mit ihrem verunglückten Sonnenaufgang.

Ein Tischgespräch

Auf unserer Schweizerreise waren wir, ich und mein Reisebegleiter Harris, einmal im ›Schweizerhof‹ in Luzern abgestiegen, wo wir ein Tischgespräch hatten, an das ich zeitlebens denken werde.

Man ging um 7-½ zur Tafel, an der sich eine Menge Angehöriger der verschiedensten Nationalitäten zusammenfanden; doch ließen sich an den ungeheuer langen Tischen besser Kleider als Menschen beobachten, da man die Gesichter meist nur in der Perspektive zu sehen bekam. Das Frühstück dagegen wurde an kleinen runden Tischen eingenommen, und wenn man das Glück hatte, einen Platz in der Mitte des Saales zu erhalten, konnte man so viele Gesichter studieren, als man wünschte.

Öfters versuchten wir zu erraten, zu welcher Nation die Leute, gehörten und dies gelang uns ziemlich gut, aber mit den Namen der Personen glückte es uns weniger; um *diese* zu raten, ist wahrscheinlich viele Übung nötig. So gaben wir dies denn auf und begnügten uns mit weniger schwierigen Versuchen.

Eines Morgens sagte ich: »Da sitzt eine Gesellschaft Amerikaner!«

»Ja«, meinte Harris, »aber aus welchem Staat?«

Ich nannte einen Staat, Harris einen andern! Dass das junge Mädchen, welches zu der Gesellschaft gehörte, sehr schön sei und sehr geschmackvoll gekleidet, darin waren wir einerlei Meinung, über ihr Alter jedoch konnten wir uns nicht einigen: Ich meinte, sie sei achtzehn, Harris hielt sie für zwanzig. Wir eiferten uns darüber und ich sagte schließlich, als ob es mein Ernst wäre: »Die Sache lässt sich ja sehr leicht entscheiden, – ich will hingehen und sie fragen.«

Harris erwiderte in spöttischem Ton: »Ja, das wird wohl das Beste sein. Du brauchst ja nur hinüberzugehen und mit der hier gebräuchlichen Formel zu sagen: ›Ich bin Amerikaner!‹, dann wird sie sich natürlich sehr freuen, dich zu sehen.« Dabei gab er mir zu verstehen, dass ich es wohl schwerlich wagen würde, sie anzureden.

»Ich habe nur so gedacht«, versetzte ich, »und es nicht im Ernst gemeint, aber du traust mir doch zu wenig Courage zu; ein Frauenzimmer macht mir nicht so leicht bange, und jetzt gehe ich hin und spreche mit dem Fräulein.«

Mein Vorhaben war sehr einfach: Ich wollte sie höchst ehrerbietig anreden und um Entschuldigung bitten, wenn ihre große Ähnlichkeit mit einer früheren Bekannten mich getäuscht hätte. Wenn sie mir dann antwortete, der Name, den ich genannt habe, sei nicht der ihrige, so wollte ich mich abermals aufs Höflichste entschuldigen, meine Verbeugung machen und mich wieder zurückziehen. Daraus konnte doch kein Unglück entstehen. – Ich ging also an den Tisch, verbeugte mich vor dem Herrn und wollte mich eben mit meiner Rede an sie wenden, als sie ausrief:

»Also habe ich mich doch nicht geirrt! – Ich sagte gleich zu John, dass Sie es waren; er wollte mir nicht glauben, aber ich wusste, dass ich recht hatte und sagte, Sie würden mich sehr bald erkennen und zu uns herüberkommen! Es freut mich sehr, dass Sie es getan haben, denn wenn Sie fortgegangen wären, ohne mich zu erkennen, hätte ich das nicht für sehr schmeichelhaft gefunden. Bitte, setzen Sie sich doch! – Wie merkwürdig! – Sie sind wirklich der letzte Mensch, den ich erwartet hätte, jemals wieder zu sehen!«

Das war eine Überraschung, die mich förmlich betäubte und nur einen Augenblick die Besinnung raubte. Indessen schüttelten wir uns herzlich die Hände und ich nahm neben ihr Platz; aber in einer solchen Klemme war ich wirklich noch nie gewesen. Mir dämmerte es dunkel, als ob ich die Züge des Mädchens schon einmal gesehen hätte, aber wo das gewesen war und welcher Name zu ihr gehörte, war mir gänzlich entfallen. Daher begann ich sogleich die Rede auf Schweizer Landschaften zu bringen, um mich nicht zu verraten; allein es half nichts, sie ging ohne Umschweife auf die Dinge los, die sie näher interessierten.

»Nein, was das für eine Nacht war, als der Sturm die vorderen Boote mit wegriss! Wissen Sie noch?«

»Wie sollte ich nicht!«, sagte ich, aber ich hatte keine Ahnung. Ich wollte, der Sturm hatte auch das Steuer, den Schornstein und den Kapitän selbst mit weggerissen, – dann wäre mir vielleicht ein Licht aufgegangen, wo ich die Fragerin hintun sollte.

»Und erinnern Sie sich, wie bange die arme Marie war?«

»Jawohl«, sagte ich, »nein, wie einem alles wieder gegenwärtig wird.«

Das wünschte ich zwar aufs Innigste, aber es war wie aus meinem Gedächtnis weggeblasen! Das Klügste wäre gewesen, offen die Wahrheit zu gestehen, aber das konnte ich nicht übers Herz bringen, nachdem das junge Mädchen mir solches Lob gespendet, weil ich sie wieder erkannt hatte. So geriet ich denn immer tiefer hinein und hoffte vergebens auf einen rettenden Faden, um aus dem Labyrinth zu kommen.

Die Unerkennbare fuhr lebhaft fort: »Denken Sie, Georg hat doch noch Marie geheiratet!«

»Wirklich? Ist es möglich!« –

»Jawohl; er sagte, er glaube, dass ihr Vater viel mehr schuld gewesen sei, als sie selbst; und ich glaube, er hatte recht, meinen Sie nicht auch?«

»Natürlich, es war ja ganz klar, ich habe es doch immer gesagt.«

»Oh nein, Sie waren ja anderer Meinung, wenigstens in jenem Sommer.«

»Im Sommer, da haben Sie ganz recht, aber im folgenden Winter sagte ich's.«

»Nun, es stellte sich heraus, dass Marie gar nicht schuld war, sondern nur ihr Vater und der alte Darley.«

Um doch etwas zu erwidern, sagte ich:

»Ja, Darley habe ich immer als ein lästiges altes Geschöpf angesehen!«

»Das war er auch, aber trotz seiner Sonderbarkeiten waren sie ihm zärtlich zugetan; – wissen Sie noch, wie er immer versuchte, ins Haus zu kommen, sobald es nur im geringsten kalt war?«

Ich getraute mir nicht, weiter zu gehen. Offenbar war dieser Darley kein Zweifüßler, sondern irgendein Vierfüßler, vielleicht ein Hund, möglicherweise ein Elefant. Da nun jedes Tier eine Haut hat, so fiel ich im Anschluss an ihre Frage mit der Bemerkung ein: »Und was er für ein Fell hatte!«

Diese Bemerkung musste passen, denn sie sagte zustimmend: »Ja, ein sehr dickes – und erst seine Wolle!«

Das verblüffte mich, ich wusste nicht recht weiter und sagte nur:

»Ja, an Wolle fehlte es ihm nicht!«

»Einen Neger, mit solchem Wollhaar könnte man lange suchen«, meinte sie.

Das war ein Lichtblick, denn mir fing an schwül zu werden, und ich war froh, als sie fortfuhr:

»Er war doch selbst bequem genug einquartiert, aber wenn es kalt wurde, fand er sich stets bei der Familie ein und war nicht wieder aus dem Hause, zu bringen. Man sah ihm manches nach, weil er vor Jahren Tom das Leben gerettet hatte. Erinnern Sie sich noch an Tom?«

»Ganz deutlich, er war ein so hübscher Mensch!«
»Jawohl, und das Kind ein so niedliches Ding.«
»Ein hübscheres Kind habe ich nie gesehen.«
»Ich tat nichts lieber, als mit ihm tändeln und spielen.«
»Und ich schaukelte es so gern auf den Knien.«
»Sie haben ihm auch den Namen ausgesucht, – wie war es doch?«
Jetzt kam ich aufs Glatteis! Hätte ich nur des Kindes Geschlecht gewusst. Zum guten Glück fiel mir ein Name ein, der für alle Fälle passte. Ich sagte:
»Es wurde Fränzchen genannt.«
»Nach einem Verwandten vermutlich. Aber dem verstorbenen, das ich nie gesehen habe, gaben Sie auch den Namen; wie hieß denn das?«
Da das Kind tot war und sie es nie gesehen hatte, dachte ich, man könnte auf gut Glück einen Namen wagen und so antwortete ich:
»Es hieß Thomas Heinrich!«
Sie wurde nachdenklich und sagte: »Das ist doch sonderbar – sehr sonderbar!«
Ich saß ganz still und der kalte Schweiß lief an mir herunter. Aber, so arg meine Verlegenheit war, so hoffte ich doch, mich aus der Klemme zu ziehen, wenn sie nur nicht noch mehr Namen von Kindern wissen wollte. – Ich war begierig, wo der nächste Blitz einschlug. Sie war noch mit dem Namen des letzten Kindes beschäftigt, sagte aber plötzlich:
»Es war recht schade, dass Sie gerade fort waren, als mein Kind geboren wurde, sonst hätten Sie seinen Namen auch wählen müssen.«
»Ihr Kind? Sind Sie denn verheiratet?«
»Ich bin seit dreizehn Jahren verheiratet.«
»Getauft, meinen Sie wohl.«
»Nein, verheiratet, – dieser Knabe hier ist mein Sohn.«
»Das scheint ja ganz unglaublich, – fast unmöglich! Wenn Sie es nicht für unhöflich halten, möchte ich mir wirklich erlauben zu fragen, ob Sie älter als achtzehn sind?«
»Am Tag des Sturmes, von dem wir sprachen, war ich gerade neunzehn, das war mein Geburtstag.«
Dadurch wurde ich wenig klüger, da ich das Datum des Sturmes nicht wusste.
Ich dachte nach, was ich wohl Unverfängliches sagen könnte, um meinen Anteil an der Unterhaltung beizutragen und meinen Mangel an Erinnerungen weniger bemerklich zu machen. Aber nichts Unverfängli-

ches wollte mir einfallen. Wenn ich sagte: ›Sie haben sich seitdem nicht im geringsten verändert!‹, so war das riskiert; meinte ich dagegen: ›Sie sehen jetzt viel besser aus‹, so ging das auch nicht. Eben wollte ich einen Ausfall auf das Wetter machen, als meine Landsmännin mir zuvorkam und rief:

»Wie habe ich mich gefreut, einmal wieder von den lieben alten Zeiten zu sprechen! Sie nicht auch?«

»Gewiss, eine solche halbe Stunde habe ich noch nie erlebt«, versetzte ich voll Gefühl und hätte mit Wahrheit hinzufügen können: ›Lieber wollte ich mir bei lebendigem Leibe die Haut abziehen lassen, als sie noch einmal durchzumachen.‹ Ich war von Herzen dankbar, mit der Feuerprobe fertig zu sein und wollte mich eben verabschieden, als sie fortfuhr:

»Nur eins geht mir im Kopf herum!«

»Was denn?«

»Der Name des verstorbenen Kindes. Wie sagten Sie doch, dass es hieß?«

Jetzt war ich übel daran; ich hatte des Kindes Namen ganz vergessen, wie konnte ich ahnen, dass ich ihn noch einmal brauchen würde. Ich ließ mir nichts anmerken und sagte kühn:

»Joseph Wilhelm.«

Aber der Knabe neben mir verbesserte meinen Irrtum:

»Nein; Thomas Heinrich.«

Ich bedankte mich bei ihm und sagte: Ach ja, ich habe es mit einem andern Kind verwechselt, richtig, Thomas Heinrich hieß das arme Kind; Thomas, hm – nach dem großen Thomas Carlyle und Heinrich – hm – nach Heinrich VIII., die Eltern waren sehr zufrieden mit den Namen.«

»Dadurch wird es nur noch sonderbarer«, murmelte meine schöne Freundin.

›Warum denn?«

»Weil die Eltern es immer Amalie Susanne nennen, wenn sie von ihm sprechen.«

Jetzt war meine Weisheit zu Ende; ich war wie auf den Mund geschlagen und wusste weder aus noch ein. Um die Sache fortzusetzen, hätte ich lügen müssen, und das wollte ich nicht. So saß ich denn stumm und ergeben da, und ließ mich von dem Feuer meiner eigenen Beschämung langsam zu Tode braten. Plötzlich aber lachte meine Gegnerin hell auf und sagte:

»Mir haben die Erinnerungen an alte Zeiten mehr Spaß gemacht als Ihnen. Ich merkte bald, dass Sie sich nur stellten, als ob Sie mich kennten, und nachdem ich mein Lob an Sie verschwendet hatte, beschloss ich, Sie zu strafen, was mir auch gelungen ist. Es war mir sehr angenehm, durch Sie Georg und Tom und Darley kennenzulernen; denn ich hatte vorher nie etwas von ihnen gehört. Wenn man es nur richtig anzufangen weiß, kann man von Ihnen wirklich eine ganze Menge Neuigkeiten erfahren. Marie, und der Sturm, der die vorderen Boote wegriss, sind wahre Tatsachen, alles andere ist Dichtung. Marie war meine Schwester, ihr ganzer Name ist Marie X.; wissen Sie *nun*, wer ich bin?«

»Ja, jetzt erinnere ich mich Ihrer, – Sie sind gerade noch so hartherzig wie vor dreizehn Jahren auf dem Schiff, sonst würden Sie mich nicht so bestraft haben. Sie sind noch ganz, wie Sie waren, von innen und von außen. Sie sehen ebenso jung aus wie damals, Ihre Schönheit ist unverändert und findet ihr Abbild in Ihrem prächtigen Knaben! – Und nun – wenn diese Worte Sie gerührt haben, lassen Sie uns Frieden schließen, denn ich bekenne mich für besiegt und überwunden.« Dies wurde zum Beschluss erhoben und auf der Stelle ausgeführt.

Als ich zu Harris zurückkam, sagte ich: »Nun siehst du, was Talent und Geschicklichkeit ausrichten können!«

»Bitte sehr, ich sehe, was riesige Unwissenheit und Einfalt zu tun imstande sind! Dass ein Mensch, der seine fünf Sinne bei sich hat, sich auf diese Weise fremden Leuten aufdrängt und eine halbe Stunde in sie hineinredet, so etwas ist noch nicht da gewesen! Was hast du ihnen nur gesagt?«

»Gar nichts Schlimmes! Ich habe das Mädchen gefragt, wie es hieße!«

»Meiner Treu, das sieht dir ähnlich! Du bist imstande, so etwas zu tun! Es war dumm von mir, – ich hätte nicht zugeben sollen, dass du hingehst, um dich zum Narren zu machen. Wer wie konnte ich mir vorstellen, dass du dich so weit vergessen würdest! Was werden die Leute von uns denken? Aber, wie hast du es gesagt? Auf welche Weise? Ich hoffe, nicht ganz ohne Einleitung!«

»Oh nein, ich sagte: Mein Freund und ich, wir möchten gern wissen, wie Sie heißen, – wenn Sie nichts dagegen haben!«

»Nein, das war wirklich nicht mit der Tür ins Haus gefallen! – Du warst in der Tat von einer Höflichkeit, die dir Ehre macht, und ich danke dir noch besonders, dass du mich auch hineingemischt hast! Was tat sie aber?«

»Gar nichts Ungewöhnliches! Sie nannte mir einfach ihren Namen.«
»Ist es möglich! – und zeigte auch gar keine Überraschung?«
»Doch – etwas hat sie gezeigt – vielleicht war es Überraschung – mir kam es aber vor, als sei es Freude.« »Sehr wahrscheinlich ... es muss natürlich Freude gewesen sein – wie hätte sie sich auch nicht freuen sollen, von einem Fremden mit einer solchen Frage angefallen zu werden. – Was tatest du weiter?«
»Ich reichte ihr die Hand und sie schüttelte sie.«
»Das habe ich gesehen – ich traute meinen Augen kaum! Hat der Herr denn nicht gesagt, er würde dir den Hals umdrehen?«
»Nein, mir schien es, als ob sie sich alle freuten, meine Bekanntschaft zu machen.«
»Das wird auch wohl der Fall gewesen sein; sie werden bei sich gedacht haben: Dieser Ausstellungsgegenstand muss seinem Wärter entlaufen sein, wir wollen uns einen Spaß mit ihm machen! Das ist die einzige Erklärung für ihre Sanftmütigkeit. – Du nahmst Platz – haben sie dich dazu aufgefordert?«
»Nein, ich dachte, sie hätten es vergessen.«
»Welchen sicheren Instinkt du hast! Was hast du noch getan? Wovon hast du denn gesprochen?«
»Ich fragte das Mädchen, wie alt es wäre.«
»Nein, wirklich, dein Zartgefühl ist über alles Lob erhaben! Weiter – weiter – kümmere dich nicht um meine traurige Miene – so sehe ich immer aus, wenn ich eine tiefe innere Freude empfinde. Sprich weiter! Sie gab dir ihr Alter an
»Ja, und dann erzählte sie mir von ihrer Mutter, ihrer Großmutter, den übrigen Verwandten und von ihren eigenen Angelegenheiten.«
»Alles von selbst?«
»Nein, das nicht gerade. Ich stellte die Fragen und sie gab mir die Antworten.«
»Das ist ja himmlisch! Hast du nicht auch nach ihren politischen Ansichten gefragt?«
»Freilich – sie ist Demokratin und ihr Mann Republikaner.«
»Ihr Mann? Das Kind ist doch nicht verheiratet?«
»Sie ist kein Kind; sie ist verheiratet, und der Herr, der neben ihr sitzt, ist ihr Mann!«
»Hat sie auch Kinder?«
»Ja, sieben und ein halbes.«

»Das ist unmöglich!«

»Nein, es ist die reine Wahrheit. Sie hat es mir selbst gesagt.«

»Aber – sieben und ein halbes? – Was soll das halbe bedeuten?«

»Das ist aus einer anderen Ehe – solch ein Stiefkind wird nur halb gerechnet.«

»Aus einer anderen Ehe? So hat sie schon einmal einen Mann gehabt?«

»Ja, vier; dies ist der vierte.«

»Ich glaube kein Wort davon, die Unmöglichkeit liegt ja auf der Hand. Ist der Knabe ihr Bruder?«

»Nein, ihr Sohn, und zwar der jüngste. Er ist nicht so alt, wie er aussieht, erst elf und ein halbes Jahr.«

»Das ist alles vollständig unmöglich! Die Sache scheint mir ganz klar: Sie haben gesehen, wen sie vor sich hatten, und dich zum Narren gehalten. Ich bin froh, dass ich nichts damit zu schaffen habe; hoffentlich denken sie nicht, wir zwei seien. Leute vom gleichen Schlage. Wollen sie denn lange hier bleiben?«

»Nein, sie reisen noch vor Mittag ab.«

»Ich kenne jemand, der herzlich froh darüber ist. Wo hast du es erfahren? Du hast sie wahrscheinlich gefragt?«

»Nein, zuerst fragte ich im Allgemeinen nach ihren Plänen, und sie sagten, sie würden eine Woche hier bleiben und Ausflüge in die Umgegend machen. Gegen das Ende der Unterhaltung äußerte ich dann, wir würden sie gern auf ihren Touren begleiten und schlug vor, dich zu holen und ihnen vorzustellen. Dann zögerten sie ein wenig und fragten, ob du aus derselben Anstalt seiest wie ich. Ich sagte ja, worauf sie bemerkten, sie hätten sich anders besonnen und wollten sofort nach Sibirien abreisen, um einen kranken Verwandten zu besuchen.«

»Das setzt deiner Dummheit die Krone auf! So weit hat es noch niemand gebracht. Wenn du vor mir stirbst, setze ich dir ein Denkmal von Eselsköpfen, so hoch wie der Straßburger Kirchturm! Sie wollten wirklich wissen, ob ich aus derselben Anstalt wäre wie du? – Was für eine Anstalt meinten sie denn?«

»Ich weiß nicht, es fiel mir nicht ein, danach zu fragen.«

»Aber *ich* weiß es! – Sie meinten ein Irrenhaus, eine Anstalt für Blödsinnige. Und jetzt halten sie uns doch für zwei gleiche Narren. – Siehst du nun, was du angerichtet hast? Schämst du dich gar nicht?« –

»Weshalb auch? – Meine Seele dachte an nichts Böses; was schadet es denn? Es waren sehr nette Leute und ich schien ihnen zu gefallen.«

Harris machte einige grobe Bemerkungen und begab sich in sein Schlafzimmer – um Tische und Stühle kurz und klein zu schlagen, wie er sagte. Er ist ein merkwürdig cholerischer Mensch und die geringste Kleinigkeit bringt ihn ganz außer sich. –

Die junge Dame hatte mich schön in die Klemme gebracht, aber an Harris habe ich mich wieder schadlos gehalten. Man muss sein Mütchen immer auf eine oder die andere Weise kühlen, sonst schmerzt die wunde Stelle noch lange.

Ein Landsmann (Nummer 1)

Von Luzern aus machte ich eines Tages einen Ausflug auf dem Dampfer nach Flüelen. Es war ein prächtiger sonniger Tag, und unter dem Dach von Segeltuch saßen die Passagiere plaudernd und lachend auf den Bänken des oberen Verdecks und ließen ihr Entzücken über die wunderbare Szenerie von Zeit zu Zeit laut werden. Man kann sich auch wirklich kein herrlicheres Vergnügen denken, als eine Fahrt auf diesem See! Die Berge waren ein immer neues Wunder und stiegen manchmal so gerade aus dem See auf und ragten so gewaltig in die blaue Luft empor, dass unser winziges Dampfboot zu ihren Füßen ganz zu verschwinden schien.

Es sind dies keine Schneeberge, aber doch umhüllen die Wolken ihre Häupter, sie starren nicht als nackte Felsen in die Höhe, sondern sind in Grün gekleidet, das dem Auge wohltuend ist und auf dem es gerne weilt; ihre Abhänge sind so steil, dass man sich nicht vorstellen kann, wie sich auf ihnen Fuß fassen lässt; aber es führen Pfade hinauf und herunter, welche die Schweizer täglich benutzen.

Manchmal hingen die Gipfel der mächtigen Riesenberge weit nach vorn über, wie ein vorstehendes Mansardendach, und auf der äußersten Spitze desselben, dem Auge kaum sichtbar, klebten winzige Dingerchen wie Schwalbennester, – die Hütten der Bauern, die sich wahrlich einen luftigen Wohnort aufgesucht hatten! Wenn nun aber ein Bauer dort oben nachtwandelt, – oder sein Kind aus dem Vordergarten hinunterstürzt, – was für eine lange Reise für die Verwandten aus ihren Wolkenhöhen herab, ehe sie die Gebeine des Verunglückten auffinden können! Und doch sehen diese Heimstätten da oben so verlockend aus, so fern von der unruhigen Welt, und in einer Atmosphäre von so süßem, traumseligem Frieden, dass, wer einmal gelernt hat, dort oben zu wohnen, gewiss nicht wieder in niedere Regionen herabsteigen mag!

Zwischen den ungeheuren grünen Mauern wand sich der See in reizenden Krümmungen dahin, und wir sahen mit stets wachsendem Entzücken das großartige Panorama sich hinter uns zusammenrollen und verschwinden und sich vor unsern Blicken in neuer Schönheit entfalten! Dann und wann durchzuckte uns ein wonnevoller Schauer der Überraschung, wenn sich plötzlich als glänzend weiße Masse die ferne, alles beherrschende Jungfrau vor uns erhob, oder ein anderer ähnlicher Schneeriese, der mit Haupt und Schultern über die Spitzen der mittelhohen Alpen hervorschaute.

Während ich einen solchen Anblick mit den Augen verschlang und mir Herz und Sinn daran weidete, solange er zu genießen war, hörte ich plötzlich eine junge und harmlose Stimme neben mir die Worte sagen:

»Sie sind wohl ein Amerikaner? Ich auch!« –

Er war zwischen 18 und 19 Jahre, schlank, von mittlerer Größe, das Gesicht offen, frei und froh, der Blick unstet, aber selbstbewusst, die Nase leicht nach oben gerichtet, als suche sie der Begegnung mit dem ersten Flaum des jungen Bartes auszuweichen, die Kinnbacken lose hängend und äußerst beweglich. Er trug einen niedrigen Schlapphut mit schmaler Krempe und blauem Band, auf dem vorn ein weißer Anker gestickt war; sein kurzer Rock, die Beinkleider, die Weste, alles saß sauber und nett nach der Mode; die rot gestreiften Strümpfe steckten in vorschriftsmäßigen, mit schwarzen Bändern gebundenen Lederschuhen; ein blauer Schlips unter dem weit offenen Kragen, kleine Diamantknöpfe im Hemd, tadellos sitzende Handschuhe, vorstehende Manschetten mit großen Knöpfen von oxidiertem Silber und einem Hundekopf darauf – einem englischen Mops; auch auf seinem Spazierstöckchen war der Kopf eines Mopshundes mit roten Glasaugen. Unter dem Arm trug er Ottos deutsche Grammatik, sein Haar war kurz geschnitten, glatt und – wie ich bemerkte, als er sich umwandte – hinten sorgfältig gescheitelt. Er nahm eine Zigarette aus einer zierlichen Schachtel heraus, steckte sie in eine Meerschaumspitze, die er in einem Futteral von Marokkoleder bewahrte, langte nach meiner Zigarre, und wahrend er sich Feuer machte, sagte ich:

»Ja, ich bin Amerikaner!« –

»Das wusste ich, – ich erkenne die Amerikaner immer. Auf welchem Schiff sind Sie herübergekommen?«

»Auf der Holsatia.«

»Wir auf der Batavia, – Cunard[1] – wissen Sie. Was für eine Überfahrt hatten Sie?«

»Ziemlich rau.«

»Wir auch. Der Kapitän sagte, so rau wäre es nur selten. Wo sind Sie her?«

»Von Neu-England.«

»Ich auch, aus Neu-Bloomfield. Mit wem reisen Sie?«

»Mit einem Freunde.«

»Meine ganze Familie ist mit; allein zu reisen ist schrecklich langweilig, meinen Sie nicht auch?«

»Jawohl!«

»Waren Sie schon früher hier?«

»Ja.«

»Ich nicht. Es ist meine erste Reise, aber wir waren allenthalben – in Paris und überall. Nächstes Jahr soll ich in Harvard studieren und ich lerne hier Deutsch; ehe ich nicht Deutsch kann, werde ich nicht aufgenommen. Französisch ist mir ganz geläufig; in Paris bin ich sehr gut damit durchgekommen. In welchem Hotel wohnen Sie?«

»Im Schweizerhof.«

»Was? Wirklich? Ich habe Sie ja nicht im Salon gesehen! Ich gehe sehr viel in den Salon, weil da so viele Amerikaner sind, und mache Bekanntschaften. Ich finde die Amerikaner immer gleich heraus, dann spreche ich sie an und werde mit ihnen bekannt. Ich mache sehr gern neue Bekanntschaften. Sie nicht auch?«

»Ja, freilich!«

»Das macht eine Fahrt wie diese viel unterhaltender; man langweilt sich nie, wenn man neue Bekanntschaften macht und mit jemand sprechen kann; wenn man niemand fände und keine Bekanntschaften machte, müsste solch eine Fahrt sehr langweilig sein. Ich unterhalte mich sehr gern, Sie nicht auch?«

»Leidenschaftlich gern!«

»Haben Sie sich heute auf der Fahrt gelangweilt?«

»Nur eine Zeit lang, nicht immer.«

---

[1] Bekannte Linie dieses Namens.

»Da sehen Sie es, – man muss herumgehen, sprechen und bekannt werden, – so mache ich es, ich gehe immerfort herum und spreche in einem zu, dabei langweile ich mich nie. Sind Sie schon auf dem Rigi gewesen?«

»Nein.«

»Wollen Sie hin?«

»Ich denke.«

»In welches Hotel gehen Sie?«

»Ich weiß nicht. Gibt es denn mehrere?«

»Drei. Gehen Sie zu Schreiber; da finden Sie Amerikaner die Menge. Auf welchem Schiff sagten Sie, dass Sie herübergekommen sind?«

»Auf der City of Antwerp.«

»Deutsche Linie, nicht wahr? – Gehen Sie nach Genf?«

»Ja.«

»In welchem Hotel wollen Sie wohnen?«

»Im ›Ecu de Genève‹.«

»Tun Sie das ja nicht! Da sind keine Amerikaner. Gehen Sie in eins der großen Hotels an der Brücke, da sind immer viele.«

»Aber ich will mich im Arabischen üben!«

»Gerechter Himmel, können Sie arabisch?«

»Ja, genug, um mich verständlich zu machen.«

»Aber in Genf können Sie sich damit nicht verständlich machen, da spricht man nicht arabisch – man spricht französisch. In welchem Hotel wohnen Sie hier?«

»In der Pension Beau-Rivage.«

»Oh, Sie sollten im Schweizerhof wohnen! Wissen Sie nicht, dass der Schweizerhof das beste Hotel in der Schweiz ist? Sehen Sie nur im Baedeker nach.«

»Ja, aber ich dachte, da wären keine Amerikaner.«

»Keine Amerikaner! Du meine Güte! Es wimmelt von ihnen! Ich halte mich meistens im großen Salon auf und mache Bekanntschaften; allerdings nicht mehr so viele wie im Anfang, weil augenblicklich weniger Gäste da sind. – Wo sind Sie her?«

»Aus Arkansas.«

»Wirklich? – Ich komme aus Neu-England und bin in Neu-Bloomfield zu Hause. Heute ist es wunderschön, finden Sie nicht auch?«

»Herrlich!«

»Das will ich meinen! Ich spaziere gern so frei herum, unterhalte mich und mache Bekanntschaften. Die Amerikaner erkenne ich immer gleich heraus, dann gehe ich auf sie zu und rede sie an. Deshalb langweile ich mich nie auf solcher Fahrt, weil ich neue Bekanntschaften machen kann und mich unterhalten; das tue ich sehr gern, wenn ich nur die richtige Person finde, mit der sich sprechen lässt. Geht es Ihnen nicht auch so?«
»Ja, es gibt nichts Angenehmeres.«
»Das denke ich auch! Manche Leute nehmen ein Buch vor und lesen immerzu, andere schwärmen die Natur an, den See und die Berge, – aber so mache ich's nicht! Sie mögen's tun, wenn sie wollen, nach meinem Geschmack ist es aber nicht, – ich muss mich unterhalten. – Sind Sie schon auf dem Rigi gewesen?«
»Ja.«
»In welchem Hotel haben Sie gewohnt?« –
»Bei Schreiber.«
»Ja, da war ich auch. Lauter Amerikaner, nicht wahr? Sie kommen alle hin, und sind immer da zu finden. Das sagt jeder! Auf welchem Schiff sind Sie herübergekommen?«
»Auf der Ville de Paris.«
»Wahrscheinlich ein französisches Schiff! Was für eine Überfahrt haben Sie – – ach, bitte, entschuldigen Sie, da kommen eben Amerikaner, die ich noch nicht gesehen habe!«
Fort war er! – und ich ließ ihn wirklich mit heiler Haut davon kommen! – Ich gestehe, dass ich zuerst die mörderische Absicht hatte, ihn von hinten mit einem Alpenstock zu durchbohren, aber als ich eben die Waffe erheben wollte, verging mir die Lust dazu. Ich konnte es nicht übers Herz bringen, ihm das Leben zu nehmen – er war ein so fröhlicher, unschuldiger und gutmütiger Einfaltspinsel!

Eine halbe Stunde später betrachtete ich von meiner Bank aus mit dem größten Interesse einen herrlichen Monolith, an dem wir vorbeifuhren. Nicht Menschen hatten dieses Monument geformt, sondern die Hand der Natur selbst hatte vor undenklichen Jahren diesen achtzig Fuß hohen pyramidalen Felsen gebildet, im Hinblick auf den Tag, an welchem er einem Menschen zum Denkmal dienen sollte, der seiner würdig wäre! Endlich kam die Zeit – und auf der Fläche des ehrwürdigen Gedächtnissteines steht jetzt Schillers Name in Riesenbuchstaben.

Merkwürdigerweise ist dieser Felsen nirgends bekritzelt oder verunziert worden! Vor zwei Jahren soll sich ein Fremder mit Stricken und einem Flaschenzuge von oben herabgelassen haben, um quer über den Stein mit blauer Farbe und mit Buchstaben, die größer waren als die von Schillers Namen, die Worte zu malen:

Unübertrefflich!
– Pears Seife für den Teint! –
Sozodont gibt Schönheit und Jugend!
– Paillards Spieldosen! –
Wades Kopiertinte!

Man ergriff ihn auf frischer Tat und es stellte sich heraus, dass er ein Amerikaner war. Bei seinem Verhör sagte der Richter: »Sie sind aus einem Lande, wo man um elenden Gewinnes willen die Natur ungestraft und nach Belieben beleidigen und entweihen darf, und in ihr den Schöpfer! Aber hier wird das nicht gestattet! – Mit Rücksicht auf Ihre Unwissenheit und weil Sie ein Fremder sind, will ich Ihnen ein gnädiges Urteil sprechen; wären Sie ein Eingeborener, so würde Ihre Strafe weit strenger ausfallen. Vernehmen Sie meinen Spruch: Sie werden sofort jede Spur Ihrer abscheulichen Tat von dem Schillerdenkmal entfernen und eine Geldstrafe von zehntausend Franken bezahlen. Ferner sind Sie zu zwei Jahren Zwangsarbeit verurteilt, worauf Ihnen die Ohren abgeschnitten und Sie bis zur Grenze des Kantons gepeitscht und für immer verbannt werden! – Die härteren Strafen werden Ihnen in diesem Falle erlassen, – nicht um Ihnen Gnade zu erweisen, sondern um der großen Republik willen, die das Unglück gehabt hat, Ihnen das Leben zu geben.«‹

Die Bänke auf dem Dampfboot stehen so, dass die Passagiere einander den Rücken zukehren. Hinter mir saßen gerade einige Damen. Auf einmal wurden sie von jemand angeredet und ich hörte folgendes Gespräch mit an:
»Sie sind wohl aus Amerika? Ich auch.«
»Ja, wir sind aus Amerika.«
»Das wusste ich – ich erkenne die Amerikaner immer. Auf welchem Schiff sind Sie herübergekommen?«
»Auf der City of Chester.«
»Von der Inman-Linie, nicht wahr? Wir auf der Batavia, – Cunard, wie Sie wissen. Was für eine Überfahrt haben Sie gehabt?«
»Eine ziemlich ruhige.«

»Da können Sie von Glück sagen; unsere war schrecklich rau. Der Kapitän sagte, so rau wäre es nur selten. Wo sind Sie her?«

»Von New Jersey.«

»Ich auch – nicht doch, ich meine aus New England, in Neu-Bloomfield bin ich zu Hause. Gehören diese Kinder Ihnen beiden?«

»Nur mir, meine Freundin ist unverheiratet.«

»So! Ich auch. – Reisen die beiden Damen allein?«

»Nein, mein Mann reist mit uns.«

»Unsere ganze Familie ist mit; allein zu reisen ist schrecklich langweilig – meinen Sie nicht auch?«

»Das ist wohl möglich.«

»Oho, da kommt der Pilatus wieder heraus. Er heißt nach Pontius Pilatus, wie Sie wissen, welcher Wilhelm Tell den Apfel vom Kopf geschossen hat; im Reisehandbuch steht die ganze Geschichte, aber ich habe sie nicht gelesen – ein Amerikaner hat es mir erzählt. Ich lese nie, wenn ich so von einem Ort zum andern gehe und mich gut unterhalte. Haben Sie schon die Kapelle gesehen, in der Wilhelm Tell gepredigt hat?«

»Gepredigt hat er da Wohl nicht!«

»Oh doch, der Amerikaner hat es mir gesagt; er hat seinen Baedeker immer offen und kennt den See besser als die Fische, die darin schwimmen. Warum sollte sie denn auch sonst Tells Kapelle heißen?! Sind Sie schon früher hier gewesen?«

»Ja.«

»Ich nicht; es ist meine erste Reise, aber wir waren allenthalben – in Paris und überall. Nächstes Jahr soll ich in Harvard studieren und ich lerne jetzt immerfort Deutsch; ehe ich nicht Deutsch kann, werde ich nicht aufgenommen. Ich habe Ottos Grammatik immer bei mir und sehe hinein, wenn ich Lust dazu bekomme; jetzt beim Herumreisen lerne ich nicht ordentlich, sondern sage mir nur manchmal her: »Ich habe gehabt, du hast gehabt, er hat gehabt, wir haben gehabt, ihr habet gehabt, sie haben gehabt!« Das geht so wie im Schlaf, und dann bin ich's wieder für ein paar Tage los. Es strengt den Verstand ganz schauderhaft an, Deutsch kann man nur in kleinen Dosen lernen; zuerst läuft alles ineinander, wie geschmolzene Butter. Mit dem Französischen ist's etwas ganz anderes, das wird mir ganz leicht, ich kann: *j'ai, tu as, il a* usw. herunterrasseln wie das Abc! In Paris bin ich sehr gut damit durchgekommen und überall, wo französisch gesprochen wird. In welchem Hotel wohnen Sie?«

»Im Schweizerhof.«

»Was? Wirklich? Ich habe Sie ja nicht im Salon gesehen! Ich gehe sehr oft dahin, weil ich dort so viele Amerikaner treffe, und eine Menge Bekanntschaften mache. Sind Sie schon auf dem Rigi gewesen?«

»Nein.« – »Wollen Sie hin?«

»Ja, es ist unsere Absicht.«

»In welches Hotel gehen Sie?«

»Ich weiß nicht.«

»Dann gehen Sie zu Schreiber, es ist voll Amerikaner. Auf welchem Schiff sind Sie herübergekommen?«

»Auf der City of Chester.«

»Ach ja, das habe ich Sie schon einmal gefragt, aber ich frage jeden, auf welchem Schiff er herübergekommen ist, und da passiert es mir manchmal, dass ich die Frage wiederhole. Gehen Sie nach Genf?«

»Ja.«

»In welchem Hotel werden Sie wohnen?«

»Wahrscheinlich in einer Pension.«

»Das wird Ihnen nicht gefallen – in den Pensionen sind wenig Amerikaner. In welchem Hotel wohnen Sie hier?«

»Im Schweizerhof.«

»Ja so, das habe ich Sie auch schon gefragt; aber ich frage jeden danach und da habe ich den ganzen Kopf voll Hotels; es dient aber doch zum Gespräch, und ich unterhalte mich sehr gern, es ist eine rechte Erholung auf solcher Fahrt – finden Sie das nicht auch?«

»Ja – zuweilen.«

»Mich erfrischt es förmlich. Solange ich im Gespräch bin, langweile ich mich nie – geht es Ihnen nicht auch so?«

»Ja – gewöhnlich, aber es gibt Ausnahmen von der Regel.«

»Oh natürlich! – Ich spreche auch nicht gern mit jedermann. Manche Leute fangen gleich ein Gewäsch an von Szenerien und Geschichte und Bildern und allerhand lästigen Dingen, die einem bald überdrüssig sind. Dann sage ich immer: ›Jetzt muss ich mich empfehlen – ich hoffe, wir sehen uns noch‹, – und spaziere weiter. Wo sind Sie her?«

»Aus New Jersey.«

»Ja, potztausend, das habe ich Sie ja auch schon gefragt! Haben Sie schon den Löwen von Luzern gesehen?«

»Noch nicht.«

»Ich auch nicht; aber der Mann, der mir vom Pilatus erzählt hat, sagt, es sei eine der Sehenswürdigkeiten; er sei achtundzwanzig Fuß lang – ich kann mir das kaum denken, aber er behauptet es und hat ihn erst gestern gesehen. Da war der Löwe im Sterben und jetzt wird er wohl schon tot sein; das schadet aber nichts, natürlich wird er doch ausgestopft! – Sagten Sie, die Kinder gehören Ihnen oder der andern?«
»Mir nicht.«
»Oh ja, richtig! Gehen Sie nach ... nein, das habe ich Sie schon gefragt. Auf welchem Schiff ... halt, das habe ich Sie auch schon gefragt. In welchem Hotel ... nein, Sie haben mir das gesagt. Was fehlt denn noch? – hm – ja so – was für eine Überfahrt ... nein, das haben wir auch schon besprochen. Hm – hm – ich glaube, das ist wirklich alles. – Bon jour – ich habe mich sehr gefreut, Ihre Bekanntschaft zu machen, meine Damen. Leben Sie wohl!«

Noch ein Landsmann (Nummer 2.)

Ich saß mit Harris in einer Sennhütte, beschäftigt, meine Tagebücher zu ordnen und verschiedene wissenschaftliche Beobachtungen zu Papier zu bringen, als ein schlanker, junger Amerikaner zu uns eintrat. Er mochte etwa dreiundzwanzig Jahre alt sein und näherte sich mir mit jener ungekünstelten Selbstgefälligkeit, welche Jünglinge seines Alters für feine, weltmännische Lebensart halten. Er trug das Haar in der Mitte gescheitelt und lächelte so albern, wie ein Höfling auf der Bühne, als er sich mir vorstellte. Während er mit seiner schön gepflegten Rechten meine Hand umkrallte, verbeugte er sich dreimal mit dem Oberkörper bis zu den Hüften nach Theatersitte und sagte in gnädig herablassendem Beschützerton:
»Freue mich, Ihre Bekanntschaft zu machen, freue mich wirklich außerordentlich. Habe alle Ihre kleinen Versuche gelesen und bewundere sie sehr; hörte, Sie seien hier und wollte –«
Ich deutete auf einen Stuhl und er nahm Platz.
Dieser hohe Herr war der Enkel eines zu seiner Zeit sehr namhaften Amerikaners, der auch heutigen Tages noch nicht vergessen ist und dem

nur noch so wenig fehlte, um ein großer Mann zu sein, dass er bei seinen Lebzeiten allgemein dafür gehalten wurde.

Ich ging langsam in dem Zimmer auf und ab, mit der Lösung wissenschaftlicher Probleme beschäftigt, und hörte dabei die folgende Unterhaltung:

Enkel. Sie sind zum ersten Mal in Europa?

Harris. Ich? – Ja.

Enkel (mit einem wehmütigen Seufzer zur Erinnerung an vergangene Freuden, die man in ihrer Süßigkeit nur einmal genießt), Ach, ich weiß, wie Ihnen zu Mute ist. Der erste Besuch ist so romantisch. Ich möchte jene Gefühle wohl noch einmal durchleben.

Harris. Ja, ich finde, es übertrifft alle meine Träume. Es liegt ein unbeschreiblicher Zauber darin. Ich muss gestehen ...

Enkel (mit einer gezierten Handbewegung, als wollte er sagen: »*Verschonen Sie mich mit den rohen Ausbrüchen Ihrer Begeisterung, guter Freund!*«*)* Ich weiß, ich weiß! Man besucht die Kirchen und staunt. Man geht durch endlose Galerien und staunt wieder. Man steht hier und dort und überall auf historischem Boden und staunt immerfort. Man sammelt seine ersten unreifen Kunstbegriffe und fühlt sich stolz und glücklich. Ja, stolz und glücklich – das ist der richtige Ausdruck. Recht so, genießen Sie es nur – es ist ein unschuldiges Vergnügen.

Harris. Aber Sie? Freuen Sie sich denn nicht mehr daran?

Enkel. Ich? Sie spaßen wohl, bester Herr. Wenn Sie erst ein so alter Reisender sind wie ich, werden Sie solche Frage nicht mehr stellen. *Ich* sollte noch die vorgeschriebenen Galerien besuchen, in den vorgeschriebenen Kirchen herumstehen und alle die abgedroschenen Sehenswürdigkeiten besichtigen? – das fiele mir ein!

Harris. Aber was tun Sie denn sonst?

Enkel. Was ich tue? Ich bin bald hier, bald dort – immer unterwegs; aber ich folge nicht der großen Herde. Heute bin ich in Paris, morgen in Berlin, dann wieder in Rom; vergebens würden Sie mich aber im Louvre suchen oder an andern Orten, die der gewöhnliche Reisende in den Hauptstädten aufsucht. Wer mich finden will, muss in verborgene Ecken und Winkel gehen, wohin sich andere Leute nie verlieren. An einem Tage quartiere ich mich vielleicht in einer entlegenen Bauernhütte ein, am nächsten in einem längst verlassenen Schloß, das irgendein Kleinod der Kunst birgt, für welches der Unerfahrene kein Verständnis hat und an dem ein weniger geübtes Auge flüchtig vorübergehen würde. Oft weile ich auch als Gast in den geheiligten Wohngemächern von Palästen, in deren unbenutzte Räume die große Herde einen Blick werfen darf, wenn sie sich dem Diener dafür erkenntlich erweist.

Harris. Sind Sie ein Gast an solchen Orten?

Enkel. Ja, ein hochwillkommener Gast.

Harris. Das überrascht mich. Wie geht das zu?

Enkel. Meines Großvaters Name verschafft mir Zutritt bei allen Höfen Europas. Ich brauche ihn nur zu nennen und jede Tür steht mir offen. Ich eile nach Belieben von einem Hof zum andern und bin stets gern gesehen. In den europäischen Schlössern fühle ich mich so zu Hause, wie Sie bei Ihren eigenen Verwandten. Es gibt, glaube ich, keine hochstehende Persönlichkeit, die ich nicht kenne. Ich habe fortwährend alle Taschen voll Einladungen; jetzt bin ich auf dem Wege nach Italien, wo ich versprochen habe, in mehreren hohen Adelsfamilien als Gast einzukehren. In Berlin mache ich im Kaiserpalast die glänzendsten Gesellschaften mit. Und so geht es überall, wohin ich auch komme.

Harris. Wie angenehm. Doch muss Ihnen Boston ziemlich langweilig erscheinen, wenn Sie wieder zu Hause sind.

Enkel. Natürlich; aber ich gehe nicht oft nach Hause. Dort ist kein Leben – man findet da wenig, was der höheren Natur des Menschen Nahrung gibt. Der Horizont von Boston ist sehr beschränkt, wissen Sie. Die Leute selbst ahnen das nicht, man könnte sie auch nicht davon überzeugen, deshalb äußere ich auch nicht dergleichen, wenn ich dort bin. Wozu könnte das auch führen? – Boston würde es doch nicht verstehen, es hat eine zu gute Meinung von sich; aber sein Horizont ist sehr eng, das können Sie mir glauben. Wer so viel gereist ist wie ich und so viel von der Welt gesehen hat, erkennt das klar und deutlich, aber ändern lässt es sich nicht. Darum bleibe ich auch nicht dort, sondern suche mir eine Sphäre, die meinem Geschmack und Bildungsstandpunkt besser zusagt. Wenn ich gerade nichts Wichtigeres zu tun habe, fahre ich vielleicht einmal im Jahr hinüber, aber ich komme sehr bald wieder nach Europa zurück, wo ich meine meiste Zeit zubringe.

Harris. Ja so, Sie machen Ihre Pläne und dann – –

Enkel. Nein, entschuldigen Sie, ich mache gar keine Pläne. Ich tue jeden Tag nur, wonach mir zumute ist. Zu binden brauche ich mich nicht, ich bin mein eigener Herr und lebe ganz nach Gefallen. Ein alter Reisender wie ich braucht sich nicht zu beschränken, indem er sich bestimmte Ziele steckt. Das Reisen ist mir zur zweiten Natur geworden, zur fest eingewurzelten Gewohnheit. In einem Wort, ich bin ein Bürger der Welt – anders kann ich mich nicht bezeichnen. Ich sage nie: Ich will da oder dorthin gehen, ich verliere überhaupt kein Wort darüber, sondern schreite gleich zur Tat. Vielleicht bin ich nächste Woche bei einem spanischen Granden zu Besuch oder nach Venedig abgereist, wenn ich nicht etwa nach Dresden gehe. Wahrscheinlich werde ich mich binnen Kurzem nach Ägypten begeben. Während mich dann meine Freunde aber noch an den Katarakten des Nil vermuten, erfahren sie zu ihrer Überraschung, dass ich schon irgendwo in Indien bin. Ich setze die Leute fortwährend in Erstaunen. »Als wir zuletzt von ihm hörten«, sagen sie wohl, »war er in Jerusalem, aber der Himmel weiß, wo er jetzt ist.«

Bald darauf erhob sich der Enkel, um fortzugehen; vielleicht hatte er eine Verabredung, irgendwo mit einem Kaiser zusammenzutreffen. Er wiederholte seine Höflichkeitsbezeugungen, streckte mir auf Armeslänge seine weiße Rechte hin, drückte sich mit der andern Hand den Hut gegen den Magen, knickte dreimal in der Mitte zusammen wie ein Taschenmesser und murmelte:

»Sehr gefreut, sehr gefreut. Wünsche Ihnen besten Erfolg.«

Dann entzog er uns seine holde Gegenwart.

Einen Großvater zu haben, ist ein großes, ein erhabenes Glück.

Da ich das Bild des jungen Menschen möglichst naturwahr zeichnen wollte, habe ich durchaus nicht zu stark aufgetragen. Meine anfängliche Entrüstung über ihn verwandelte sich bald in inniges Mitleid. Wer könnte auch Groll hegen gegen ein leeres Nichts? – Ich habe das Gespräch möglichst wortgetreu wiedergegeben, den Kern und Inhalt jedenfalls ganz genau. Dieser Jüngling und der harmlose Schwätzer, den ich auf dem Schweizer See traf, sind die kostbarsten und interessantesten Vertreter des jungen Amerika, denen ich auf meinen Reisen begegnet bin. Die Art, wie sich der dreiundzwanzigjährige Enkel zu wiederholten Malen einen alten Reisenden und erfahrenen Weltmann nannte, schien mir unbezahlbar, und dass er die Güte gehabt hat, seine Vaterstadt Boston nicht über ihren engen Horizont aufzuklären, war äußerst dankenswert.

Die Besteigung des Riffelbergs

Kaum war ich auf meiner Schweizerreise in Zermatt angelangt, so benützte ich gleich den ersten Abend, um mich gründlich darüber zu unterrichten, wie man Alpenbesteigungen am besten bewerkstelligt. Ich las alles darauf bezügliche in den Büchern, die ich auftreiben konnte, und darin u. a. folgende Ratschläge:

Man schafft sich vor allem feste, mit spitzigen Nägeln beschlagene Schuhe an und einen Alpenstock, der vom dauerhaftesten Holze sein muss, denn, wenn er bricht, kann man leicht ums Leben kommen. Man muss eine Axt mit sich führen, um Stufen in das Eis zu hacken und eine Leiter, die über die unwegsamsten Felsen forthilft. Mancher Tourist ist schon stundenlang nach einem Übergang umhergeirrt, bloß weil er sich nicht mit einer Leiter versehen hatte. Ein dickes Seil von 150 – 500 Fuß Länge ist ganz unumgänglich nötig, um sich an steilen und schlüpfrigen Abhängen hinunterzulassen. Sehr nützlich ist auch ein starker, stählerner Haken zum Erklimmen derjenigen Felswände, für welche die Leiter zu kurz ist. Der Tourist wirft den an einem Seil befestigten Haken wie ein Lasso in die Höhe, bis derselbe an einer Felsenspitze hängen bleibt, dann arbeitet er sich mit Händen und Füßen an dem Seil hinauf. Hierbei darf er aber dem Gedanken nicht Raum geben, dass – sollte der Haken nicht halten – er selbst ins Fallen geraten und zuletzt in einer Gegend der Schweiz auf den Boden kommen würde, wo kein Mensch ihn erwartet. Mit einem dritten Seil, – und das ist die Hauptsache – müssen sich alle Bergsteiger aneinander binden, damit, wenn einer aus der Gesellschaft in einen Abgrund oder eine Gletscherspalte hinabstürzt, die andern sich entgegen stemmen und ihn am Seil wieder heraufziehen können. Ferner braucht man einen Gazeschleier, um das Gesicht vor Schnee, Graupeln, Hagel und Wind zu schützen, und eine blaue Reisebrille, um nicht schneeblind zu werden. Endlich braucht man noch Träger, die mit Mundvorrat und Wein beladen werden, sowie mit wissenschaftlichen Instrumenten und wollenen Decken.

Zum Schluss meiner Studien las ich noch den Bericht über das entsetzliche Abenteuer, das Herrn Whymper einmal auf dem Matterhorn zugestoßen ist, als er allein 5000 Fuß über der Stadt Breil herumkletterte. Er suchte seinen Weg an einem Abhang gefrorenen Schnees. Derselbe war ein paar hundert Fuß lang und lief zunächst in eine Spalte aus, an deren Ende ein Abgrund von 800 Fuß Tiefe gähnte, gerade oberhalb eines Gletschers. Sein Fuß glitt aus und er stürzte hinab. Hören wir ihn selbst: »Wegen meines Tornisters fiel ich mit dem Kopf zu unterst und schlug zunächst etwa 12 Fuß tiefer auf Felsengestein; ich prallte wieder ab und nun ging's Hals über Kopf dem Abgrund zu. Der Alpenstock flog mir aus der Hand und immer mächtigere Sätze beförderten mich hinab, bald über Eis, bald über Gestein, wobei ich meinen Kopf vier- bis fünfmal mit stets verstärkter Gewalt aufschlug. Beim letzten Sprung flog ich 50-60 Fuß weit wie ein Kreisel durch die Luft und quer über die Spalte. Glücklicherweise schlug ich mit der ganzen linken Seite des Körpers am Rande derselben auf. Mein Kopf lag zum Glück oben und nach ein paar krampfhaften Griffen mit den Händen fand ich just über dem Abgrund einen Anhalt. Alpenstock, Hut und Schleier wirbelten an mir vorbei und verschwanden, und das Krachen, mit dem die durch meinen Fall losgebröckelten Steine auf die Gletscher fielen, sagte mir vernehmlich, mit wie knapper Not ich dem Geschick entronnen war, in der fürchterlichen Tiefe zerschmettert zu werden. In sieben bis acht Absätzen war ich beinahe 200 Fuß hinabgestürzt, und weitere zehn Fuß würden mich in einem Riesensprung bis zu dem Gletscher hinunter befördert haben.

Meine Lage war auch jetzt keineswegs gefahrlos, da ich den Felsen nicht einen Augenblick loslassen durfte und mir das Blut aus zwanzig offenen Wunden floss. Die schlimmsten am Kopfe versuchte ich zwar mit der einen Hand zu schließen, während ich mich mit der andern festhielt, aber bei jedem Pulsschlag schoss ein neuer Blutstrahl hervor. Plötzlich kam mir ein glücklicher Einfall – ich nahm einen großen Klumpen Schnee und legte ihn mir als Pflaster auf den Kopf. Das Blut hörte allmählich auf zu fließen. Nun arbeitete ich mich höher am Felsen hinauf und es gelang mir noch, eine gesicherte Stelle zu erreichen – dann verließen mich die Sinne!

Als ich wieder zum Bewusstsein erwachte, nahte sich die Sonne schon dem Untergang, und es war stockfinster, ehe ich die ›Riesenleiter‹ hinabgestiegen war. Glück und Behutsamkeit im Vereine halfen mir die 4700 Fuß bis nach Breil hinab, ohne dass ich auch nur ein einziges Mal ausglitt oder die Richtung verlor.«

Nach diesem Abenteuer musste Whymper seiner Wunden wegen mehrere Tage lang das Bett hüten; kaum war er aber wieder aufgestanden, so erklomm er denselben Berg noch einmal.[2] Ein richtiger Alpenbesteiger tut es nicht anders; er kann nicht genug Abenteuer bestehen!

Dieser und ähnliche Berichte von unglaublichen Gefahren, Abenteuern und Triumphen unserer Alpenbesteiger hatten mich in die größte Aufregung versetzt. Ich war ganz entzückt und berauscht davon. Nachdem ich eine Weile schweigend dagesessen, fuhr ich plötzlich in die Höhe und rief aus:

»Mein Entschluss steht fest!«

Der Ton dieser Worte fiel meinem Reisebegleiter Harris auf; er blickte mich an; und als er sah, was in meinen Augen geschrieben stand, wurde er sichtlich bleich und stammelte: »Rede!« – worauf ich mit erkünstelter Ruhe erwiderte: »Ich will den Riffelberg ersteigen!« – Mein armer Freund fiel vor Schreck jählings vom Stuhl, als hätte ich ihn totgeschossen. Er beschwor mich, meine Absicht aufzugeben, – inniger kann kein Sohn seinen Vater bitten, – ich aber blieb taub gegen sein Flehen. Als er endlich sah, dass mein Entschluss unerschütterlich war, gab er sein Drängen auf, und nur das bitterliche Schluchzen, das sich seiner Brust entrang, unterbrach eine Zeit lang unser tiefes Schweigen. Unbeweglich wie ein Marmorbild saß ich da und starrte ins Leere. – Im Geiste kämpfte ich schon mit allen Gefahren des wilden Gebirges, während mein Freund mit von Tränen umflorten Augen voll staunender Bewunderung nach mir hinblickte. Endlich fiel er mir gerührt um den Hals und rief mit überströmendem Gefühl: »Dein Harris wird dich nie verlassen, lass uns zusammen sterben!« – Laut pries ich hierauf die standhafte Treue meines Freundes und am Ende hatte er bald alle Furcht vergessen und

---

[2] Die Chronik dieses Bergriesen erzählt von vielen traurigen Katastrophen, denen Touristen zum Opfer gefallen. Die bekannteste ist der Absturz einer aus vier Engländern (der obengenannte Whymper, Lord Douglas, Hudson und Hadow) bestehenden Gesellschaft, welche mit den Führern Croz, Taugwalder (Vater und Sohn) und Javelle 1865 eine Besteigung des Matterhorns unternahmen. Das Seil, mit welchem die acht Personen unter einander verbunden waren, riss und drei Engländer sowie der Führer Croz stürzten 1200 Meter tief hinab auf den Matterhorngletscher, während nur Whymper und drei Führer sich auf dem Grat festhielten. Im Jahre 1881 stürzte der Amerikaner Mosley ab, der sich bei der sogenannten ›Schulter‹ des Seiles entledigte. 1886 starb der Engländer Burkardt, der bei der ›Schulter‹ von einem Schneesturm überrascht wurde, vor Kälte.

brannte vor Begierde, sich in das Abenteuer zu stürzen. Er wollte sogleich die Führer zum Aufbruch um 2 Uhr morgens bestellen; ich aber machte ihm klar, dass wir ja um diese Zeit keine Zuschauer haben würden und dass der Aufbruch bei Nacht in der Regel nicht im Dorfe stattfindet, sondern erst nach dem ersten Nachtquartier im Gebirge. Ich sagte ihm, wir wollten Zermatt am nächsten Tage zwischen 3 und 4 Uhr nachmittags verlassen; bis dahin hätten wir Zeit, mit den Führern alles zu besprechen und die Aufmerksamkeit des Publikums auf unser Unternehmen zu lenken. Dann ging ich zu Bett, aber ohne Ruhe zu finden! Wer eine dieser großen Alpenbesteigungen vorhat, kann niemals schlafen, und so warf ich mich denn wie im Fieber die ganze Nacht auf meinem Lager hin und her. Ich war daher herzlich froh, als ich die Uhr halb zwölf schlagen hörte. Es war hohe Zeit aufzustehen und sich zum Mittagessen anzukleiden. Ganz ermattet und wie zerschlagen trat ich um zwölf Uhr in den Speisesaal. Die große Nachricht musste sich herumgesprochen haben, denn ich bildete bald den Mittelpunkt für die Neugier und das Interesse der Gäste. Es ist sehr schmeichelhaft, als Löwe des Tages zu gelten, – wenn man dabei seine Mahlzeit in Ruhe verzehren könnte!

Wie es in Zermatt üblich, wenn eine große Besteigung von dort aus unternommen wird, lassen Einheimische und Fremde ihre eigenen Pläne für den Augenblick fallen, um von einem guten Platz aus den Aufbruch der Expedition beobachten zu können. Dieselbe bestand aus 198 Personen mit Einschluss der Maulesel und aus 205 mit Einschluss der Kühe. Es wurde 4 Uhr nachmittags, bis der ganze Zug in Ordnung war und sich in Bewegung setzen konnte, dann bot er aber auch das großartigste Schauspiel, das Zermatt je gesehen.

Ich befahl dem ersten Führer, Menschen und Tiere hintereinander in Zwischenräumen von zwölf Fuß in einer Reihe aufzustellen und sie alle zusammen durch ein starkes Seil zu verbinden. Seine Einwendung, dass die zwei ersten Meilen des Weges ganz eben seien und man das Seil nur an gefährlichen Stellen brauche, ließ mich kalt; denn meine Bücher hatten mich gelehrt, dass viele der schlimmsten Unfälle in den Alpen nur aus dem Umstand entspringen, dass sich die Leute nicht rechtzeitig aneinander binden. Durch meine Schuld sollte die Liste der Verunglückten nicht vergrößert werden.

Als der Zug nun fertig dastand, durch das Seil verknüpft und marschbereit, war der Anblick ganz prächtig!

Er nahm eine Länge von 3122 Fuß ein, – mehr als eine halbe Meile – außer mir und Harris waren alle zu Fuß; jeder trug einen grünen Schleier, eine blaue Brille, einen weißen Mullstreifen um den Hut, das zusammengewickelte Seil über der Schulter und die Eishacke im Gürtel. Die linke Hand umschloss den Alpenstock, die rechte den zugemachten Regenschirm, und hinten waren die Krücken aufgeschnallt; Edelweiß und Alpenrosen schmückten die Hörner der Kühe und das Gepäck auf dem Rücken der Lasttiere.

Wir nahmen den gefährlichsten Posten ein, ganz hinten, und jeder von uns war mit fünf Führern verbunden. Unsere Träger hatten sich mit unseren Eishacken, Alpenstöcken und der übrigen Ausrüstung beladen, während wir selbst auf unseren kleinen Eseln saßen. Wir hatten sehr kleine gewählt, damit wir, wenn Gefahr drohte, die Beine ausstrecken, uns auf den Boden stellen und den Esel unter uns weglaufen lassen konnten. Ich kann jedoch dieses Tier nicht empfehlen, wenigstens nicht zu derartigen Ausflügen, weil es einem mit seinen Ohren die Aussicht versperrt. Obgleich wir beide, ich und mein Begleiter, das vorschriftsmäßige Bergsteigerkostüm besaßen, hatten wir es doch zu Hause gelassen, und aus Hochachtung für die zahlreichen Touristen beiderlei Geschlechts, die uns abmarschieren sahen, sowie aus Rücksicht für alle diejenigen, welchen wir unterwegs begegnen könnten, Fräcke angezogen. Um ein Viertel auf fünf Uhr gab ich den Befehl zum Abmarsch, und meine Untergebenen trugen ihn schnell die ganze Linie entlang. Da brach die Zuschauermenge, die vor dem Monte-Rosa-Hotel Spalier stand, in lautes Hurra aus, worauf ich zum Gegengruß kommandierte: ›Stillgestanden – Achtung – Hoch!‹ – bei letzterem Wort flogen alle Regenschirme auf der ganzen halben Meile mit einem Male in die Höhe! – Es war ein herrliches Schauspiel, wie solches in den Alpen nie zuvor gesehen worden war, und eine vollständige Überraschung für die Zuschauer, die nun in einen wahren Beifallssturm ausbrachen. Ich ritt mit abgezogenem Hut an ihnen vorbei, um meinen Gefühlen Ausdruck zu geben; es auf andere Weise zu tun, war ich außerstande, da ich vor Rührung nicht sprechen konnte.

Wir tränkten die Karawane an dem kalten Strom, der am Ende des Dorfes durch eine Röhrenleitung floss, und ließen bald darauf die Stätten der Zivilisation hinter uns. Gegen halb sechs Uhr erreichten wir die Brücke, welche sich über den Bispfluss wölbt, und schickten zuerst eine Abteilung hinüber, um ihre Sicherheit zu prüfen, dann folgte die ganze

Karawane ohne Unfall. Der Weg führte nun in allmählicher Steigung über grüne Matten bis zur Kirche von Winkelmatten. Ohne dieses Gebäude näher in Augenschein zu nehmen, machte ich eine Schwenkung nach rechts und überschritt die Brücke über den Findelenbach, nachdem ihre Tragfähigkeit untersucht worden war. Dann wendete ich mich abermals zur Rechten und erreichte bald eine zweite Strecke Wiesenland, an dessen äußerstem Ende einige verfallene Hütten standen.

Der Platz war wie geschaffen zum Biwakieren; wir schlugen daher unsere Zelte auf, speisten zu Abend und stellten die nötigen Wachen aus. Nachdem wir noch die Ereignisse des Tages verzeichnet hatten, legten wir uns schlafen. Um 2 Uhr morgens standen wir wieder auf und zogen uns bei Licht an, wobei uns recht frostig und unbehaglich zumute war. Nur wenige Sterne leuchteten am dunklen Himmel und der große Kegel des Matterhorns war in schwarze Wolkenmassen gehüllt. Da unser Hauptführer fürchtete, dass wir Regen bekämen und zum Aufschub riet, warteten wir. Gegen neun Uhr brachen wir bei ziemlich klarem Wetter auf.

Der Weg führte nun zu schrecklich steilen Höhen hinauf, die dicht mit Lärchen- und Arvebäumen bewaldet waren. Das Erdreich war vom Regen ganz aufgeweicht, auch lagen viele lose Steine umher. Die Gefahr und Unbequemlichkeit der Wanderung wurde überdies noch durch die zahlreichen Touristen vermehrt, die uns auf ihrem Rückweg zu Pferd oder zu Fuß entgegen kamen, während andere Touristen, im Hinaufsteigen begriffen, rasch an uns vorbei wollten und uns überall drängten und stießen. Aber es sollte noch schlimmer kommen: Eine Stunde später riefen alle siebzehn Führer plötzlich »Halt!« und traten zu einer Beratung zusammen. Nachdem diese eine geraume Zeit gedauert hatte, erklärten sie, dass wir uns aller Wahrscheinlichkeit nach verirrt hätten. Ich fragte, ob sie es denn nicht bestimmt wüssten, worauf sie erwiderten, sie könnten das nicht mit vollständiger Gewissheit behaupten, da noch keiner von ihnen je zuvor in dieser Gegend gewesen sei. Wenn sie es aber auch nicht beweisen könnten, so sage ihnen doch ihr Gefühl, dass sie sich verirrt hätten; auch hielten sie es für ein verdächtiges Zeichen, dass uns so lange keine Touristen begegnet seien.

Da saßen wir schön in der Patsche.

Der besseren Sicherheit wegen bewegten wir uns nur langsam und bedächtig vorwärts, da der Wald sehr dicht war; auch stiegen wir nicht in die Höhe, sondern zogen um den Berg herum, in der Hoffnung unsere alte Spur wieder aufzufinden. Mit Einbruch der Nacht kamen wir, todmüde, vor einem haushohen Felsen an, bei dessen Anblick den Leuten vollends der Mut sank, und Furcht und Verzweiflung die Oberhand gewannen. Sie schluchzten, weinten und klagten, dass sie ihre Heimat und ihre Lieben nie wiedersehen würden, und ergingen sich in Verwünschungen gegen mich, den Urheber dieses verhängnisvollen Unternehmens, ja einzelne brachen sogar in Drohungen aus!

Nun galt es, keine Schwäche zu zeigen! Ich hielt eine Rede, in der ich bewies, dass schon vor uns andere Alpenbesteiger in ähnlich gefahrvolle Lage geraten seien, sich aber durch Mut und Ausdauer glücklich daraus befreit hätten. Ich versprach ihnen Beistand und Rettung aus der Not, stellte ihnen vor, dass wir auf lange hinaus mit Lebensmitteln versehen seien, und schloß mit dem Ausdruck der zuversichtlichen Hoffnung, dass die Bewohner von Zermatt nicht eine ganze Schar von Menschen verschwinden lassen würden, ohne in kürzester Frist eine Expedition zu ihrer Hilfe auszurüsten.

Die Rede verfehlte ihre Wirkung nicht; die Leute schlugen willig ihre Zelte auf und lagen bald in süßem Schlummer. Nur Harris und ich blieben wach; denn ich hätte mir nie gestattet, bei so drohender Gefahr zu schlafen – ich fühlte mich verantwortlich für die vielen Menschenleben und wollte zur Hand sein, wenn die Lawinen heruntergestürzt kämen. Jetzt weiß ich allerdings, dass in jener Gegend keine Lawinen vorkommen, aber damals war ich noch im Dunkel darüber.

Die ganze Nacht hindurch machten wir Wetterbeobachtungen und ich verwandte kein Auge von dem Barometer, um jede auch noch so geringe Veränderung zu bemerken; aber ich nahm die ganze Zeit über auch nicht den leisesten Wechsel wahr. Welchen Trost mir das freundliche und ermutigend beständige Instrument in dieser Zeit der Not gewährte, lässt sich nicht in Worte fassen! Dass der Barometer schadhaft war und nur noch seinen unbeweglichen Metallzeiger besaß, entdeckte ich erst später; aber wenn ich je wieder in eine ähnliche Lage gerate, wünsche ich mir keinen anderen Barometer als diesen.

Am nächsten Morgen war die ganze Gesellschaft um zwei Uhr beim Frühstück, und sobald es hell genug war, banden wir uns wieder mit dem Seil zusammen und begannen den Angriff auf den Felsen. Zuerst warfen wir das Hakenseil aus, und Harris versuchte daran in die Höhe zu klimmen, aber der Haken hielt nicht fest! Mein Begleiter hätte sich beim Fallen sicherlich zum Krüppel geschlagen, wenn nicht ein Mann zufällig gerade unter ihm gestanden hätte. So war es der letztere, der von dem Unglück betroffen wurde. Hierauf befahl ich das Hakenseil beiseitezulegen. Es war zu gefährlich, wo so viele Leute herumstanden. Nun wussten wir nicht aus noch ein, bis zum Glück jemand an die Leitern dachte. Wir lehnten eine derselben an den Felsen, die Leute stiegen paarweise hinauf und vermittelst einer zweiten Leiter, die sie mit sich in die Höhe zogen, auf der andern Seite wieder hinunter. Nach Verlauf einer halben Stunde waren alle jenseits wieder auf ebener Erde und der Fels war bezwungen, worüber wir in ein lautes Triumphgeschrei ausbrachen! – Die Freude war jedoch nicht von langer Dauer, denn nun entstand die Frage, wie wir die Tiere hinüberschaffen sollten!

Bei dieser neuen Schwierigkeit, ja Unmöglichkeit, verloren alle sogleich wieder den Mut und abermals drohte eine Panik auszubrechen. Im Augenblick höchster Gefahr wurden wir jedoch auf die wunderbarste Weise gerettet: Ein Maulesel, der von Anfang an große Neigung zu Experimenten gezeigt hatte, versuchte ein Gefäß mit fünf Pfund Nitroglyzerin zu verschlucken, und zwar in nächster Nähe des Felsens. Eine entsetzliche Explosion erfolgte; alle wurden zu Boden geworfen und mit Erde und Felstrümmern bedeckt. Als wir aufstanden, war zu unserer großen Freude der Felsen verschwunden. Wo er gestanden hatte, öffnete sich ein Loch von dreißig Fuß Breite und ungefähr fünfzehn Fuß Tiefe, das wir nur zu überbrücken brauchten, um unsern Weg fortsetzen zu können. Mit kräftigem Hurraruf machten sich die Leute ans Werk. Ich beaufsichtigte die Ingenieurarbeit selbst. Es galt, Bäume zu fällen und Brückenpfeiler daraus zu machen, was gar kein leichtes Geschäft war, da die Eishaken nur schlechte Dienste beim Holzhauen leisteten. Die Pfeiler wurden dann reihenweise in die Grube eingerammt, sechs von meinen vierzig Fuß langen Leitern darüber gelegt und sechs andere quer über diese. Auf das Ganze breiteten wir eine dichte Lage von Baumzweigen und schütteten eine sechs Zoll hohe Schicht Erde darüber. Statt des Geländers wurde an jeder Seite ein Seil gespannt. Die nun vollendete Brücke erwies sich als so haltbar, dass ein Zug Elefanten sie bequem und sicher hätte passieren können.

Vor Einbruch der Nacht war die ganze Karawane drüben.
Am nächsten Morgen waren anfangs alle guten Mutes, trotz des steilen und steinigen Weges, der durch dichten Wald führte und auf dem wir nur langsam und mühsam vorwärtskamen. Bald aber malte sich tiefe Niedergeschlagenheit in allen Mienen, und niemand, nicht einmal die

Führer, waren länger in Ungewissheit darüber, dass wir fortgesetzt in der Irre gingen. Der vollständige Mangel an vorbeiwandernden Touristen sprach nur zu deutlich; und vollends ein untrügliches Zeichen, auf wie schlimmen Irrwegen wir uns befanden, war es, dass wir auf keine der Expeditionen stießen, die längst aufgebrochen sein mussten, um uns aufzusuchen.

Um dem Geist gänzlicher Entmutigung, der immer mehr um sich griff, entgegen zu wirken, galt es zu handeln, und zwar ohne Zögern. Um Auskunftsmittel bin ich selten verlegen und auch jetzt verfiel ich auf eines, das allen einleuchtete und den besten Erfolg versprach: ich nahm ein dreiviertel Meilen langes Seil, band ein Ende desselben einem Führer um den Leib und befahl ihm, den richtigen Weg aufzusuchen, während die Karawane an Ort und Stelle wartete. Misslang es ihm, so konnte er sich am Seil wieder zu uns zurückfinden; glückte es ihm aber, so sollte er tüchtig an dem Seil zerren, worauf wir uns sogleich aufmachen würden, um ihm zu folgen. Der Führer verließ uns und verschwand bald im Schatten der Bäume. Ich wickelte das Seil ab, während die andern dessen Windungen aufmerksam beobachteten – bald kroch es langsam dahin – bald schneller; zwei- oder dreimal glaubten wir schon das Zeichen zu sehen, aber immer hatten wir uns geirrt und das Triumphgeschrei blieb den Leuten in der Kehle stecken. Endlich, als schon über eine halbe Meile von dem Seil abgewickelt war, hörte es plötzlich auf, sich zu bewegen – es lag ganz still – eine Minute verging, zwei – drei Minuten – wir hielten den Atem an! – Machte der Führer vielleicht eine Ruhepause? Suchte er sich von einem hohen Punkt aus in der Gegend zu orientieren? Zog er Erkundigungen bei einem Bergbewohner ein, der ihm zufällig begegnete? Oder – war er am Ende gar vor Angst und Ermattung zusammengesunken? –

Diese letzte Möglichkeit erschütterte mich tief; ich war eben im Begriff, ihm eine Abteilung zu Hilfe nachzuschicken, als plötzlich mit so heftigem Ruck an dem Seil gezerrt wurde, dass es mir fast aus der Hand flog!

Das laute ›Hurra‹, das ertönte, tat meinem Herzen wohl, und »Gerettet, gerettet!« klang es von einem Ende der Karawane bis zum andern.

Wir brachen sofort auf; eine Zeit lang war der Weg ganz leidlich, dann wurde er jedoch immer schwieriger. Nachdem wir ungefähr eine halbe Meile zurückgelegt hatten, erwarteten wir jeden Augenblick, den Führer zu Gesicht zu bekommen, doch zeigte sich keine Spur von ihm und es ließ sich nicht einmal annehmen, dass er irgendwo auf uns warte, da sich das Seil noch immer fortbewegte. Hieraus schlossen wir, dass er den Weg doch noch nicht gefunden habe, aber vermutlich von irgendeinem Landmann dahingeführt werde. Uns blieb nichts übrig, als weiter zu schreiten. Nach Verlauf von drei Stunden schritten wir noch ebenso weiter. Es war nicht bloß rätselhaft, es war zum Verzweifeln. Obendrein wurden unsere Kräfte vollständig erschöpft, zumal wir anfangs uns ganz unnütz beeilt hatten, den Führer einzuholen.

Um drei Uhr nachmittags waren wir halb tot vor Erschöpfung, und noch immer glitt das Seil dahin! – Das Murren gegen den Führer wurde lauter und lauter und brach zuletzt in wilde Verwünschungen aus! Die Leute weigerten sich, einen Schritt weiterzugehen und behaupteten, wir seien den ganzen Tag immer in der Runde marschiert, ohne von der Stelle zu kommen. Zuletzt verlangten sie, ich solle das Ende des Seils an einem Baum festbinden, damit der Führer stillstehen müsse, und sie ihn einholen und umbringen könnten! Dies schien mir recht und billig und ich gab sogleich den nötigen Befehl. –

Kaum war das Seil angebunden, als die Expedition sich mit einem Eifer in Bewegung setzte, wie ihn nur der Rachedurst einflößen kann. Wir waren wohl eine halbe Meile marschiert, als wir einen Hügel erreichten, der ganz mit Steingeröll bedeckt und so steil war, dass kein Einziger mehr die Kraft hatte, ihn zu erklimmen. Jeder derartige Versuch wurde teuer bezahlt. Nach Verlauf von zwanzig Minuten hinkten bereits fünf Leute an Krücken! So oft sich einer beim Klettern an dem Seil festhalten wollte, gab es nach und er stürzte rücklings wieder hinunter. Diese Wahrnehmung brachte mich auf den Gedanken, die Karawane eine Rückwärtsbewegung machen zu lassen. Ich stellte sie in Marschordnung auf, band das Schlepptau an den hintersten Maulesel fest und kommandierte nun:

»Kehrt euch – vorwärts – marsch!« – Unter den Klängen eines Schlachtgesanges setzte sich der Zug in Bewegung. »Das muss den Führer zu uns zurückbefördern«, dachte ich im Stillen, »wenn nicht etwa das Seil dabei zerreißt.« Ich beobachtete, wie das Seil langsam den Hügel hinabglitt, aber im Moment der freudigsten Erregung wurde ich aufs Bitterste enttäuscht. Nicht der erwartete Führer kam am Ende zum Vorschein, sondern – ein alter schwarzer Bock, der sich wie unsinnig gebürdete! –

Wer beschreibt die Entrüstung der so schmählich betrogenen Expedition? In rasender Wut wollten sie ihren Rachedurst in dem Blut des unschuldigen, vernunftlosen Tieres kühlen. Ich aber warf mich zwischen sie und ihr Opfer, obgleich hundert spitze Eishaken und Alpenstöcke sich gegen mich erhoben, und schwur, dass sie nur über meine Leiche hinweg ihren Mordanschlag ausführen sollten. Nur ein Wunder, das wusste ich, konnte die Reisenden von ihrem verruchten Vorhaben abbringen und mich erretten. Noch heute, wie damals, sehe ich die schrecklichen Waffen mir entgegenstarren und das feindliche Heer mit hasserfüllten Blicken auf mich anstürmen! Schon senkte ich das Haupt und ergab mich in mein Schicksal, als ich plötzlich eine gewaltige, erdbebenartige Erschütterung empfand. Und wer war der Urheber derselben? Der Bock, für dessen Rettung ich mich eben opfern wollte! Ich flog durch die dichte Schar der Angreifer, wie von einer Schleuder geworfen. Ein donnerähnliches Gelächter durchlief die Reihen und erschütterte die Luft – ich war gerettet, – gerettet durch den Instinkt der Undankbarkeit, welchen eine gütige Natur dem schändlichen Tier ins Herz gepflanzt hatte. Was all meiner Beredsamkeit nicht gelungen war, bewirkte bei den Leuten der komische Zwischenfall; sie setzten den Bock in Freiheit und schonten mein Leben.

Jetzt ging uns auch ein Licht auf über die Verräterei des Führers. Sobald er uns aus dem Gesicht war, hatte er uns unserm Schicksal überlassen. Damit jedoch kein Argwohn erregt würde, durfte das Seil nicht aufhören, sich zu bewegen. Deshalb fing der Schändliche den Bock, warf ihn zu Boden und band ihm das Seil um, während wir dachten, dass er, von Schmerz und Müdigkeit übermannt, auf die Erde gesunken sei. Die wilden Sprünge, die der Bock machte, um sich von dem Seile zu befreien, hatten wir für das verabredete Zeichen gehalten, dem wir mit Jubelgeschrei gefolgt waren.

Den ganzen Tag über waren wir von dem Bock im Kreise herumgeführt worden, was sich dadurch beweisen ließ, dass wir die Karawane in Zeit von sieben Stunden siebenmal an ein und derselben Quelle getränkt hatten. Dies war mir trotz meiner Aufmerksamkeit ganz entgangen, bis ich zufällig durch ein Schwein darauf aufmerksam gemacht wurde. Jedes Mal wälzte sich ein Schwein an der Quelle, an die wir kamen, und da mir am Ende die Ähnlichkeit zwischen diesen Schweinen auffiel, kam ich auf den Gedanken, ob es nicht ein und dasselbe sei? Hieraus ergab sich dann die weitere Frage, ob es nicht auch die nämliche Quelle sei – was sich richtig so verhielt.

Von dem treulosen Führer, der den Bock an das Seil gebunden hatte, will ich nur noch erwähnen, dass er eine Weile aufs Geratewohl umherschweifte, bis er auf eine Kuh stieß. In der Meinung, dass eine Kuh natürlicherweise besser Bescheid wissen müsse als ein Führer, hielt er sich an ihrem Schwanz fest und der Erfolg gab ihm recht. Die Kuh ging gemächlich grasend den Hügel hinunter, bis es Zeit zum Melken war, dann trabte sie nach Hause und brachte den Führer im Schlepptau nach Zermatt zurück.

Wir schlugen unsere Zelte mitten in der Wildnis auf, in die uns der Bock geführt hatte. Die müden, hungrigen Leute ließen sich das Abendessen so vortrefflich schmecken, dass sie darüber ganz vergaßen, dass wir verirrt waren, und noch ehe sie sich darauf besannen, hatte ich ihnen Schlafpulver eingegeben und sie zur Ruhe gebracht.

Am nächsten Morgen überdachte ich unsere verzweifelte Lage und sah mich vergebens nach einem Rettungsweg um. Da erschien Harris mit einer Karte aus dem Baedeker, breitete sie vor mir aus und bewies mir klar und deutlich, dass der Berg, auf dem wir uns befanden, noch in der Schweiz liege und in keinem andern Lande. – So waren wir wenigstens nicht ganz verloren. Sofort machte ich die Nachricht öffentlich bekannt und stellte die Karte aus. Das hatte eine ganz wunderbare Wirkung, – denn kaum sahen die Leute mit eigenen Augen, an welcher Stelle wir uns befanden, und dass nur der Gipfel verloren gegangen sei, nicht wir, – so wurden sie wieder guten Mutes.

Ich ließ die Karawane einen Ruhetag im Lager halten und erst am folgenden Morgen setzten wir neu gestärkt und erfrischt unsere Wanderung weiter fort.

Dieser Tag wird mir ewig unvergesslich sein, da wir an ihm unseren verlorenen Weg wieder fanden, und zwar auf höchst merkwürdige Weise: drittehalb Stunden hatten wir uns schon mühsam weitergearbeitet, als wir auf einen fast zwanzig Fuß hohen Felskegel stießen. Diesmal wartete ich nicht erst die Hilfe eines Maulesels ab. Ich war inzwischen durch Erfahrung klüger geworden als alle Esel der Expedition zusammengenommen. Durch Anwendung von Dynamit räumte ich den Felsen sofort aus dem Wege, – wie groß war jedoch meine Bestürzung, als sich herausstellte, dass oben auf dem Gipfel eine Sennhütte gestanden hatte. –

Alle Familienglieder, die in meiner Nähe zur Erde kamen, hob ich sorgfältig auf, den Rest sammelten meine Gefährten. Zum Glück war von den armen Leuten niemand verletzt, aber sie klagten bitterlich über die gewaltsame Störung. Ich entschuldigte mich bei dem obersten Sennhirten damit, dass ich nicht gewusst habe, dass er oben sei, sonst würde ich ihn rechtzeitig von meiner Absicht in Kenntnis gesetzt haben.

Als ich ihm schließlich anbot, ihm allen Schaden zu vergüten und seine Sennhütte wieder aufzubauen, noch dazu mit einem Keller, der ihm bisher gefehlt hatte, da war er besänftigt und erklärte sich zufriedengestellt.

Der Keller musste ihn für die schöne Aussicht entschädigen, von der er freilich viel eingebüßt hatte.

In Zeit von fünfzehn Minuten hatten die 116 Mann, die ich bei der Arbeit anstellte, die Sennhütte aus den Trümmern wieder aufgebaut und sie sah malerischer aus als zuvor. Der Senne sagte mir, dass wir uns auf dem Feli-Stutz über der Schwegmatt befänden, und ich war nach allen Zweifeln der letzten Tage nicht übel froh, über Ort und Stelle so genau Bescheid zu erhalten. Wir erfuhren überdies, dass wir am Fuß des eigentlichen Riffelbergs waren und somit die ersten Schwierigkeiten unseres Unternehmens hinter uns lagen.

Einen prächtigen Anblick bot uns von hier aus der wilde Vispfluss, der aus einer hohen Wölbung hervorstürzt, die er sich durch die feste Eismauer des großen Gornergletschers gebrochen hat; auch sahen wir den Furggenbach, den Abfluss des Furggengletschers.

Wir wurden bald inne, dass der Saumpfad auf den Gipfel des Riffelbergs dicht an der Sennhütte vorbeiführt, denn die ganze Zeit über war er von Touristenschwärmen belebt. In der Sennhütte nahmen die Wanderer gewöhnlich Erfrischungen ein; da ich dieselbe aber in die Luft gesprengt hatte, wobei alle Flaschen entzweigegangen waren, so war der Handel des Sennhirten etwas ins Stocken geraten. Ich gab ihm jedoch ein Quantum Branntwein, um ihn als Alpenchampagner zu verkaufen, sowie ein Quantum Essig, der für Rheinwein gelten konnte, und so kam sein Geschäft bald wieder lebhaft in Gang.

Nach kurzer Rast stellte ich die Karawane in Marschordnung auf, ritt die Linie entlang, um zu sehen, ob alle ordentlich aneinander gebunden waren, und gab dann Befehl zum Aufbruch. Bald schritten wir auf grünen Matten dahin, der Wald mit seinen beschwerlichen Pfaden lag hinter uns, und unser Gipfel – der Gipfel des Riffelbergs – ragte weithin sichtbar in die Luft.

Auf dem Saumpfad, der sich im Zickzack bald nach rechts, bald nach links in die Höhe schlängelte, stiegen die Touristen in ununterbrochener Reihe hinauf und herab. Sie engten uns ein und fielen uns sehr lästig; Gesellschaften, die aneinander gebunden waren, bemerkte ich nicht unter ihnen. An manchen Stellen war der Weg kaum zwei Meter breit und fiel an den Seiten mehrere Fuß tief steil ab, sodass wir mit der äußersten Vorsicht aufwärts klimmen mussten. Ich sprach meinen Leuten fortwährend Mut ein, damit sie sich nicht unmännlicher Furcht überließen.

Wir hätten den Gipfel wohl noch vor einbrechender Nacht erreicht, wäre nicht wegen eines verlorenen Regenschirmes Aufenthalt entstanden. Bei meinem Vorschlag, den Regenschirm aufzugeben, entstand ein allgemeines Murren. Die Leute hatten eigentlich recht, – in unserer ausgesetzten Lage konnten wir einen Schutz gegen Lawinen jetzt weniger denn je entbehren! So bezogen wir denn unser Lager und ich sandte eine Abteilung aus, um den verlorenen Gegenstand zu suchen.

Wie harte Arbeit uns auch der nächste Morgen noch brachte, so schwand uns doch der Mut nicht wieder im Angesicht des nahen Zieles! Gegen Mittag war endlich das letzte Hindernis überwunden und der Gipfel erklommen. –

Die große Tat war getan, – was für unmöglich galt, war zur Tatsache geworden, und außer dem Maulesel, der das Nitroglyzerin verschlungen, hatten wir bei dem ganzen Unternehmen keinen Mann verloren! Harris und ich schritten stolz in den großen Speisesaal des Riffelberghotels, wo wir unsere Alpenstöcke an die Wand lehnten.

Ja, die Bergbesteigung war vollendet – aber im Gesellschaftsanzug hätte ich sie doch nicht unternehmen sollen! Unsere Frackschöße flatterten in Fetzen herab, die hohen Hüte hatten viele Knicke und der Schmutz, mit dem wir von oben bis unten bespritzt waren, trug nicht dazu bei, unsere Erscheinung wohlgefälliger zu machen.

Das freudige Willkommen, den uns die 75 Touristen im Hotel entgegenbrachten – es befanden sich eine Menge Damen und kleine Kinder darunter – entschädigte uns reichlich für alle ausgestandenen Leiden und Entbehrungen. Jetzt trägt ein steinernes Denkmal die Jahreszahl der Bergbesteigung sowie die Namen der Teilnehmer, zur Erinnerung für alle Touristen späterer Zeiten.

Noch höher als das Hotel erhebt sich der Gorner Grat, ein Felskamm, der in schwindelnder Höhe über einem gewaltigen Gletscher hängt. Der Aufstieg ist nicht ohne Gefahr, aber ich beschloss, ihn doch zu wagen! Unter Aufsicht zweier Oberkellner ließ ich von meinen Leuten den ganzen Weg entlang Stufen in den Felsboden hauen; auf diesen klomm ich dann, an die Führer gebunden, zu der Höhe empor. Ein zweites Denkmal verewigt mein tollkühnes Wagnis.

Meine Aussicht auf den Monte-Rosa und die ganze übrige Alpenwelt war wunderbar schön. Die großartigste Rundsicht eröffnete sich meinen Blicken und zahllose Gletscher und Schneeberge türmten ihre Häupter übereinander, als hätten dort Riesen ihre Zelte aufgeschlagen. Stolz und einsam ragte nur der mächtige Felszahn des Matterhorns empor. Die steil abfallenden Seiten waren mit Schnee bedeckt und der Gipfel in dichte Wolken gehüllt, die sich dann und wann verzogen, sodass die dunkle Masse wie durch einen dünnen Schleier hindurchschimmerte. Bald darauf veränderte sich das Schauspiel und das Matterhorn sah einem Vulkan nicht unähnlich; die ganze Spitze trat klar hervor und ungeheure Massen weißen Gewölks schienen langsam herauszuquellen und sich kräuselnd in schräger Richtung nach der Sonne emporzuwälzen, wie Berge von Dampf und Dunst, die aus einem Krater aufsteigen. Kurz nachher erschien die eine Seite des Felskegels unverhüllt und auf der andern zogen dunkle Rauchwolken um die scharfen Felskanten herum, wie der Qualm aus einem brennenden Gebäude. Das Matterhorn versteht sich auf die Wirkung von Licht und Farben, und versucht fortwährend bald diese bald jene malerische Zusammenstellung. Bei Sonnenuntergang scheint es aus dem Dunkel, das die ganze niedere Welt einhüllt, wie ein feuriger Finger gen Himmel zu deuten. Bei Sonnenaufgang – ja, da soll es wunderschön sein, wie ich mir habe sagen lassen.

Es ist erwiesen, dass man auf keinem zugänglichen Punkt der Gletscherwelt eine solche Fülle von riesigen Bergformen und schneebedeckten Alpenspitzen zu sehen bekommt, wie vom Gipfel des Riffelbergs aus. Nachdem ich nun gezeigt habe, dass man bei gehöriger Seelenstärke und verständiger Umsicht an dieses Ziel gelangen kann, ist es Sache der Touristen, sich aneinander zu binden und die Bergbesteigung zu wagen.

Kinderspiele

Bei meinen Alpenwanderungen traf ich einmal auf einen Trupp kleiner Kinder, die sich ein höchst eigenartiges, sonderbares Spiel ausgedacht hatten; das schien mir aber nur so, denn sie amüsierten sich auf eine ganz natürliche und sehr bezeichnende Weise. Sie waren durch ein Seil miteinander verbunden, trugen kleine Alpenstücke und Eishaken und erklommen einen niedrigen, bescheidenen Düngerhaufen unter Anwendung aller erdenklichen Vorsicht und Sorgfalt. Der ›Führer‹ an der Spitze des Zuges hackte zum Schein mit dem größten Fleiß Stufen in den Eisberg ihrer Fantasie, und keiner der kleinen Affen rührte sich, bevor ihm sein Vordermann nicht auf der höheren Stufe Platz gemacht hatte. Wären wir länger stehen geblieben, wir hätten ohne Zweifel auch einen schauerlichen Absturz mit angeschaut, hätten die kühnen Wanderer auf dem Gipfel ihr lautes Hurra rufen hören, wahrend sie die ›herrliche Aussicht‹ bewunderten, und gesehen, wie sie sich mit Gebärden völliger Erschöpfung auf der erhabenen Höhe niederwarfen, um auszuruhen.

In Nevada habe ich die Kinder oft ›Silber graben‹ spielen sehen. Die Hauptsache war dabei natürlich ein Unglücksfall im Bergwerk, bei dem es zwei wichtige Rollen darzustellen gab: erstens, den Verunglückten, der in den Schacht gestürzt ist, und zweitens, den kühnen Helden, welcher in die Tiefe hinabgelassen wird, um jenen wieder ans Tageslicht zu befördern. Ein kleiner Knirps, den ich kannte, bestand regelmäßig darauf, beide Rollen zu spielen. Erst fiel er in den Schacht und kam ums Leben, dann erschien er wieder auf der Oberfläche und stieg abermals hinunter, um seine eigene Leiche zu holen.

Überall ist es der klügste Junge, der die Heldenrolle spielt. In der Schweiz ist er der erste Führer, in Nevada der Obersteiger, in Spanien der berühmteste Stierkämpfer usw. Aber keine dieser Rollen kommt doch an Würde und Größe derjenigen gleich, die sich einmal ein siebenjähriger Pfarrerssohn meiner Bekanntschaft, Namens Jimmy, ausgesucht hatte. Sein Vater verbot ihm an einem Sonntag, Pferdebahnkutscher zu spielen, am nächsten Sonntag durfte er nicht Kapitän eines Dampfboots sein, den folgenden Sonntag wurde ihm untersagt, sein Kriegsheer in die Schlacht zu führen – und so ging es weiter. Endlich sagte das Söhnchen: »Nun habe ich alles versucht, aber nichts war recht. Was *darf* ich denn spielen?«

»Das weiß ich nicht, Jimmy, aber du darfst nur etwas spielen, was für den Tag des Herrn passt.«

Am folgenden Sonntag trat der Pfarrer leise in die Kinderstube, um zu sehen, ob die Kleinen auch nichts Ungehöriges trieben. Auf einem Stuhl mitten im Zimmer hing Jimmys Mütze; eine der kleinen Schwestern nahm die Mütze herunter, knabberte daran, reichte sie dann dem andern Schwesterchen und sagte:

»*Iss von dieser Frucht, denn sie ist gut.*«

Ach, die Kinder spielten die Vertreibung aus dem Paradiese – das ward dem würdigen Herrn mit Schrecken klar; ein Umstand beruhigte ihn aber gewissermaßen: »Ich habe Jimmy doch unrecht getan,« sagte er bei sich; »solche Bescheidenheit hätte ich ihm nicht zugetraut; er hat sich diesmal keine der Hauptrollen ausgesucht, weder Adam noch Eva.« Allein auch dieser Trost wurde dem Vater bald genommen; er sah sich um und entdeckte Jimmy, der mit Ehrfurcht gebietender Haltung in einer Ecke stand, die Stirn in finster drohende Falten gelegt. Was das zu bedeuten hatte, ließ sich leicht erkennen – *er stellte die Gottheit dar.*

Die erhabene Einfalt dieses Gedankens kann durch nichts übertroffen werden.

Peinliche Ohrenmusik

In den Gebirgsdörfern der Schweiz und sonst auf Weg und Steg schlägt einem fortwährend das Rauschen der Wasserbäche ans Ohr. Man bildet sich ein, es sei Musik und fühlt sich poetisch gestimmt; legt man sich ins Bett, so wird man davon in Schlaf gelullt. Aber allmählich wird es einem doch zu viel, man kann das Geräusch nicht mehr los werden; selbst in Einöden, wo die tiefste Stille herrscht, summt einem ein dumpfes, fernes Geräusch in den Ohren, ähnlich dem Gefühl, das man beim Anlegen einer großen Seemuschel ans Ohr empfindet. Man weiß anfangs gar nicht, wie es kommt, dass man so schläfrig und zerstreut ist, warum die

Gedanken unfähig sind, einen Gegenstand festzuhalten oder zu verfolgen; setzt man sich zum Schreiben hin, so fallen einem die Wörter nicht ein; man vergisst, was man schreiben wollte, und sitzt da mit der Feder in der Hand, den Kopf zurückgebeugt, mit geschlossenen Augen und horcht peinlich auf ein dumpfes Brausen, wie das eines entfernten Eisenbahnzuges. Im festesten Schlaf lässt diese Spannung nicht nach, man horcht immer, horcht fortwährend, horcht mit ängstlicher Genauigkeit und endlich wacht man auf, gepeinigt, gereizt und unerfrischt.

Man kann sich diese Zustände gar nicht erklären. Tag für Tag ist es einem zu Mut, als wenn man die Nächte in einem Schlafwagen zugebracht hätte. Es dauert in der Tat wochenlang, bis man dahinterkommt, dass die ewigen Gießbäche und Gebirgsquellen an dieser Qual schuld sind. Jetzt ist es aber hohe Zeit, die Schweiz zu verlassen; denn sobald man die Ursache kennt, steigert sich die Qual ums Zehnfache. Das Rauschen ist zum wahnsinnig werden, sobald die Fantasie mitwirkt; man leidet dann die empfindlichsten physischen Schmerzen. Sobald man sich einem dieser rauschenden Bäche nur nähert, möchte man vor Angst schleunigst Reißaus nehmen und wie vor einem Feinde fliehen.

Acht oder neun Monate, nachdem ich die Qual jener Sturzbäche losgeworden war, wurde ich infolge des brausenden und donnernden Lärms in den Straßen von Paris von Neuem davon ergriffen. Ich zog daher in den obersten Stock des Hotels, um Ruhe zu suchen. Gegen Mitternacht ließ das Getöse etwas nach und ich war schon im Begriff einzuschlafen, als ich ein neues sonderbares Geräusch vernahm. Ich horchte: Offenbar führte irgendein verrückter Mensch einen Matrosentanz in dem Zimmer über dem meinigen auf. Ich musste natürlich warten, bis er fertig war. Während fünf langen, langen Minuten fuhr er mit dem schleifenden, walzenden Tanz fort, – dann erfolgte eine Pause, und dann fiel etwas mit einem schweren Plumps auf den Boden. Ich sagte mir: ›Jetzt zieht er die Stiefel aus, jetzt ist er – Gottlob! – fertig!‹

Wieder eine kleine Pause, und er setzte von Neuem das Tanzen fort! Da sagte ich mir: ›Wahrscheinlich probiert er, ob es auch mit einem Stiefel am Fuß geht!‹ Bald kam wieder eine Pause, und wieder ein Plumps auf den Boden. Ich sagte mir: ›Gut; er hat den zweiten Stiefel ausgezogen, jetzt ist er fertig.‹ Aber er war nicht fertig; im nächsten Augenblick fing das Schleifen und Walzen wieder an.

›Hol' ihn der Kuckuck! Jetzt geht es in den Pantoffeln weiter‹. Nach einiger Zeit trat wieder die alte Pause ein, und gleich darauf erfolgte der besagte Plumps auf den Boden noch einmal. ›Hol' ihn der Henker!‹, sagte ich, ›der hat zwei Paar Stiefel angehabt!‹

Während einer ganzen Stunde fuhr dieser Hexenmeister fort zu tanzen und Stiefel auszuziehen, bis er mindestens fünfundzwanzig Paar abgeworfen hatte, und mein Zustand schon an die äußersten Grenzen des Wahnsinns streifte.

Ich nahm mein Gewehr und schlich mich die Treppe hinauf. Der Kerl stand da, inmitten, eines ganz mit Stiefeln besäten Zimmers, er hatte noch einen Stiefel in der Hand, und er walzte – nein: – er *wichste* den Stiefel, wollte ich sagen. Er hatte nicht getanzt. – Er war der *Hausknecht des Hotels* und ging seinem Geschäfte nach.

Die Schrecken der deutschen Sprache

Ich war oft im Heidelberger Schloß, um die daselbst befindliche Kuriositätensammlung zu besichtigen und eines Tages überraschte ich den Besitzer derselben mit meinem *Deutsch*, das ziemlich seltsam lauten mochte. Er war sehr aufmerksam, und nachdem ich eine Zeit lang gesprochen hatte, äußerte er, mein Deutsch sei ganz seltener Art, vielleicht ein ›Unikum‹, er möchte es gerne seinem Museum einverleiben. Hätte er gewusst, was die Erwerbung meiner Fertigkeit mich gekostet hatte, so würde er auch gewusst haben, dass deren Anschaffung einen jeden Sammler zugrunde richten müsste. Mein Freund Harris und ich hatten damals mehrere Wochen lang tüchtig an unserm Deutsch gearbeitet, und obwohl wir gute Fortschritte machten, hatten wir doch unser Ziel nur unter großen Schwierigkeiten und Plackereien erreicht, denn drei von unsern Lehrern waren darüber gestorben. Wer nicht selbst deutsch gelernt hat, kann sich keine Vorstellung davon machen, was das für eine verzwickte Sprache ist.

Es gibt gewiss keine andere Sprache auf der Welt, die so systemlos ist, so schlüpfrig und aalglatt, um sie zu fassen. Man treibt darin umher wie in einem brandenden Meer, bald hierhin, bald dorthin, in der elendesten Hilflosigkeit, und wenn man einmal glaubt, eine Regel gefunden zu haben, welche festen Grund bietet, um einen Augenblick in dem allgemeinen Wirrwarr und Tumult der zehn Redeteile auszuruhen, so vernimmt man in der Grammatik: ›Der Schüler gebe acht auf folgende Ausnahmen.‹ Ein Blick auf diese zeigt ihm, dass deren mehr sind, als Beispiele für die Regel selbst. So wird er hoffnungslos wieder über Bord geschleudert, um nach einem neuen Berg Ararat zu jagen und stattdessen eine neue Sandbank zu finden. Dies sind die Erfahrungen, die ich gemacht habe und noch fortwährend mache. So oft ich glaube, ich habe einen von den vier vertrakten ›Kasus‹ richtig gepackt, schleicht sich eine anscheinend bedeutungslose Präposition in meinen Satz hinein, die mit einer furchtbaren ungeahnten Macht ausgerüstet ist, und zerbröckelt mir den Boden unter den Füßen. Z. B. fragt mein Lesebuch nach einem Vogel (es fragt immer nach Dingen, die für keinen Menschen irgend welchen Wert haben): » *Where is the bird?*«[3] – Die Antwort auf die Frage lautet nach dem Buch: » *The bird is waiting in the blacksmith shop on account of the rain.*«[4] Selbstverständlich würde das keinem Vogel einfallen, allein das musst du mit dem Buch ausmachen. Also, ich mache mich daran, die deutsche Übersetzung dieser Antwort herauszuklauben. Ich muss dabei notwendig am verkehrten Ende anfangen, so will es der deutsche Gedankengang. Ich sage mir: Regen ist männlichen Geschlechts – oder vielleicht auch weiblich oder möglicherweise sächlich – darnach zu schauen, ist mir jetzt zu umständlich. Je nach dem Geschlecht nun, das sich schließlich herausstellt, heißt *the rain* entweder *der* Regen oder *die* Regen oder *das* Regen. Im Interesse der Wissenschaft will ich die Annahme zugrunde legen, das Wort sei männlichen Geschlechts. Gut! Dann heißt *the rain der* Regen‹, falls derselbe einfach in ruhendem Zustand erwähnt wird ohne nähere Erörterung, also *Nominativ*; ist jedoch dieser Regen überall rings auf dem Boden angelangt, dann ist er an eine bestimmte Örtlichkeit gebunden, er *tut* etwas, nämlich *ruhen* (in der deutschen Grammatik wird dies unter die Tätigkeiten gerechnet) und dies versetzt den Regen in den *Dativ*, sodass er zu › *dem* Regen‹ wird. Allein dieser Regen hat noch keine Ruhe, sondern entwickelt eine *aktive* Tätigkeit – er fällt nieder – vermutlich dem Vogel zum Ärger – dies zeigt Bewegung an und hat die Folge, dass das Wort in den *Akkusativ* geschoben und dadurch aus *dem* Regen › *den* Regen‹ wird.

Nachdem ich mit der Befragung des Schicksals über diesen Punkt zu Ende bin, antworte ich keck darauf los und sage auf Deutsch: »Der Vogel

---

[3] »Wo ist der Vogel?«

[4] »Der Vogel wartet in der Hufschmiede wegen des Regens.«

wartet in der Hufschmiede *wegen den* Regen«. Der Lehrer dämpft darauf sanft meine Freude mit der Bemerkung, dass, wo das Wörtchen *wegen* in einem Satz vorkommt, es das abhängige Wort in den *Genetiv* versetze, möge daraus entstehen, was da wolle – und dass deshalb dieser Vogel in der Schmiede gewartet habe ›wegen des Regens‹.

NB. Später erfuhr ich von einer höheren Autorität, dass es eine ›Ausnahme‹ gebe, die einem unter gewissen besonderen verwickelten Umständen gestatte, zu sagen, wegen *den* Regen, es komme jedoch diese Ausnahme ganz allein bei diesem Wort vor.

Von der Schwierigkeit dieser Sprache kann die nächste beste Zeitung überzeugen. Ein Normalsatz in einer deutschen Zeitung ist eine überraschende Merkwürdigkeit; er nimmt eine Viertelseite ein und enthält sämtliche Redeteile dieser Sprache, nicht in einer geregelten Ordnung, sondern durcheinander. Er besteht hauptsächlich aus zusammengesetzten Wörtern, von dem Verfasser eigens für seinen Zweck gebaut und nirgends im Wörterbuch zu finden; oft sechs bis sieben Worte an einem Stücke ohne Nähte und Einschnitte; der Satz handelt von 14 bis 15 verschiedenen Gegenständen, von denen jeder einen Zwischensatz bildet, bisweilen schließt ein Hauptzwischensatz mehrere kleinere ein, und damit sie nicht auseinanderfallen, werden sie zum Teil mit Klammern zusammengehalten; – *nach alledem* kommt endlich das Zeitwort, woraus man erst klug wird, was der Verfasser eigentlich sagen wollte; nach dem Zeitwort schließt der Verfasser – wie mir scheint, lediglich aus dekorativer Spielerei – mit den Wörtern ›haben zu sein‹, ›gewesen sein dürften‹, oder ähnlich. Vermutlich ist dieser Schlussknalleffekt so etwas wie der Schnörkel, den man unter seine Unterschrift zu machen pflegt; was nicht gerade nötig ist, aber hübsch aussieht. Ich rate zum bessern Verständnis, deutsche Bücher so zu lesen, dass man sie vor den Spiegel hält oder auf den Kopf stellt, damit die Konstruktion umgekehrt erscheint; aber deutsche Zeitungen zu lesen, wird dem Fremden stets eine unerreichbare Kunst bleiben. Ich will mich zum Beweis des Gesagten auf ein Beispiel aus einem deutschen Buche, einer anerkannt guten Novelle, beschränken. ›Wenn er aber auf der Straße der in Samt und Seide gehüllten, jetzt sehr ungeniert nach der neuesten Mode gekleideten Regierungsrätin begegnete?‹ So steht es in Marlitts ›Geheimnis einer alten Mamsell‹. Man wird bemerkt haben, wie weit das Zeitwort von der Operationsbasis des Lesers entfernt ist. In den Zeitungen ist das noch weit schlimmer, da steht das Zeitwort immer erst auf der nächsten Spalte, und mir wurde gesagt, es käme oft vor, dass der Verfasser eines Artikels, der sich ein bis zwei Spalten lang mit Einreihungen und Zwischensätzen aufgehalten hat, sich am Ende so beeilen muss, dass der Satz ohne Zeitworte in die Druckpresse geht. Dann sind natürlich die Leser übel dran.

In unserer Literatur spukt diese Einschachtelungsmanie ebenfalls und es lassen sich jeden Tag Beispiele dafür in unsern Büchern und Zeitungen finden; allein bei uns ist dieselbe ein Kennzeichen davon, dass es dem Schriftsteller an Gewandtheit oder an klarem Verstande fehlt, während sie bei den Deutschen schriftstellerische Übung und das Vorhandensein einer Art von lichtvollem Verstandesnebel verrät, der bei diesen Leuten für Klarheit gilt. Denn Klarheit ist dies ganz gewiss nicht, das kann schlechterdings nicht sein. Es muss vielmehr recht wirr, recht vertrakt und verkehrt in eines Schriftstellers Kopfe aussehen, wenn er einen Anlauf nimmt, um zu sagen, dass jemand einer Regierungsrätin auf der Straße begegnet, und dann gerade mitten in diesem so einfachen Unternehmen die beiden Begegnenden anhält und stehen lässt, bis er den Anzug der Dame bis ins Kleinste ausgemalt hat. Dies ist handgreiflicher Unsinn.

Man denkt dabei unwillkürlich an jene Zahnärzte, die, nachdem sie den Zahn mit der Zange gefasst und einen dadurch in den höchsten Grad atemloser Spannung versetzt haben, sich hinstellen und einem in aller Behaglichkeit eine langweilige Geschichte vorkauen, ehe sie den gefürchteten Ruck tun. In der Literatur und beim Zahnausziehen sind Einschaltungen gleich übel angebracht.

Die Deutschen haben in ihrer Sprache eine Art von Parenthese, welche sie durch das Auseinanderreißen eines Zeitworts in zwei Teile erzielen, wovon der eine am Anfang eines spannenden Kapitels steht, der andre am Schluss desselben. Kann man sich etwas Verwirrenderes denken? Die deutsche Sprache wimmelt von solchen trennbaren Zeitwörtern und je weiter die beiden Teile in einem Schriftstück auseinander kommen, desto mehr freut sich der Urheber eines solchen Verbrechens seiner Tat. Ein Lieblingsspiel dieser Art wird mit dem Wort ›reiste ab‹ getrieben. Hier ein Beispiel aus einer Novelle:

›Er *reiste,* als die Koffer fertig waren und nachdem er Mutter und Schwester geküsst und nochmals sein angebetetes, einfach in weißen Musselin gekleidetes, mit einer frischen Rose in den sanften Wellen ihres reichen braunen Haares geschmücktes Gretchen, das mit bebenden Gliedern die Treppe herabgewankt war, um noch einmal sein armes gequältes Haupt an die Brust desjenigen zu legen, den es mehr liebte, als das Leben selber, ans Herz gedrückt hatte, – *ab*.‹

Es ist jedoch nicht gut, sich zu viel mit den trennbaren Zeitwörtern abzugeben, sie bringen einen unfehlbar bald um die Gemütsruhe, und wenn man sich nicht warnen lässt und sich darein vertieft, so bekommt man entweder Gehirnerweichung oder Gehirnversteinerung davon.

Die persönlichen Fürwörter und Adjektiva dieser Sprache sind eine fruchtbare Quelle von Ärger aller Art. Das Wort ›Sie‹ bedeutet *you* und *the* zugleich, es heißt *her* und heißt *it*, es meint *they* und es meint *them*. Man stelle sich die klägliche Armut einer Sprache vor, die ein einziges Wort nötigt, den Dienst von sechs zu versehen, noch dazu solch ein armes kleines Würmchen mit nur drei Buchstaben am Leib. Aber erst die Verzweiflung, wenn man niemals weiß, in welchem Sinne der Sprechende das Wort gemeint hat! Grund genug für mich, um einer Person, welche ›Sie‹ zu mir sagt, wenn ich irgend kann, den Garaus zu machen.

Sodann fasse man einmal die Adjektivformen ins Auge. Wenn irgendwo, wäre hier Einfachheit am Platz gewesen. Grund genug für die Erfinder dieser Sprache, die Sache erst recht zu erschweren. Wenn wir in unserer deutlichen englischen Sprache von *our good friend or friends* sprechen, so gebrauchen wir eine und dieselbe Adjektivform und das genügt vollauf; nicht so in der deutschen Sprache. Kommt ein Adjektiv unter die Zunge eines Deutschen, so dekliniert er es und dekliniert es fort und fort, bis er endlich allen gesunden Sinn herausdekliniert hat. Er dekliniert z. B. ›mein guter Freund, meines guten Freundes, meinem guten Freunde usw.‹ Diese beständigen Änderungen möge ein Irrenhausaspirant auswendig lernen! Man tut wahrhaftig in Deutschland besser daran, sich ohne Freunde zu behelfen, als diese Plackerei mit ihnen in den Kauf zu nehmen. Ich habe nun gezeigt, welche Mühsal es ist, einen guten Freund zu deklinieren, das ist aber nur ein kleiner Vorgeschmack von der Schwierigkeit, denn es gibt noch eine Menge neuer Adjektivverrenkungen, wenn es sich um einen weiblichen beziehungsweise um einen sächlichen Gegenstand handelt.

Sodann gibt es in dieser Sprache mehr Adjektive als schwarze Katzen und diese müssen alle nach obigem Beispiel sorgfältigst abgewandelt werden. Schwierig? – Mühselig? – Diese Ausdrücke sind viel zu schwach. Ein Heidelberger Student aus Kalifornien hat mir allen Ernstes versichert, er mache sich weniger daraus, zwei Kneipereien auszuschlagen, als ein deutsches Adjektivum zu deklinieren.

Der Erfinder dieser Sprache scheint ein besonderes Vergnügen daran gefunden zu haben, dieselbe so verwickelt zu machen, als nur irgend möglich. So heißen z. B. *house, horse, dog* für gewöhnlich Haus, Pferd, Hund, im Dativ aber hängt man ein ganz törichtes, überflüssiges e daran und schreibt Hause, Pferde, Hunde. Da nun ein e am Schluss häufig die Mehrzahl bezeichnet, so kann der Anfänger einen ganzen Monat lang aus einem Hund im Dativ ein Pärchen machen, ehe er seinen Irrtum gewahr wird; und wiederum hat mancher junge Musensohn, der kein Geld hinauszuwerfen hatte, zwei Hunde bezahlt und nur einen bekommen, weil er unwissentlich diesen Hund im Dativ Singularis kaufte, während er glaubte, im Plural zu sprechen. – Das Recht hatte natürlich unter solchen Umständen angesichts der strengen grammatischen Regeln der Verkäufer auf seiner Seite, und eine Ersatzklage musste erfolglos bleiben.

Im Deutschen werden alle Hauptwörter mit einem großen Anfangsbuchstaben geschrieben. Das ist ein guter Einfall, weil man so auf den ersten Blick ein Hauptwort erkennt. Aber bisweilen gibt es zu Täuschungen Anlass, indem man einen Personennamen für einen Sachnamen ansieht, und umgekehrt. Dann geht bei dem Versuch, Sinn in den Satz zu bringen, viel Zeit verloren; und man wird um so leichter in die Irre geführt, da die deutschen Personennamen meistens eine Bedeutung haben. Ich übersetzte einmal einen Text, welcher lautete: ›Die wütende Tigerin brach los und fraß den unglücklichen Tannenwald völlig auf.‹ Nach langem Besinnen kam ich endlich dahinter, dass Tannenwald in diesem Falle der Name eines Mannes war.

Jedes Hauptwort hat einen Artikel; aber da ist kein System und Sinn in der Anwendung desselben, sodass nichts übrig bleibt, als jeden Artikel zu jedem Wort besonders auswendig zu lernen. So hat z. B. in der deutschen Sprache ein junges Mädchen kein Geschlecht, während eine Steckrübe ein solches hat. Welche maßlose Hochachtung zeigt das einer Rübe gegenüber, welche Geringschätzung vor einem Mädchen! Man sehe sich einmal an, wie sich dies gedruckt ausnimmt. Ich übersetze aus meinem Lesebuch:

Gretchen. Wilhelm, wo ist die gelbe Rübe?
Wilhelm. *Sie* ist in der Küche.
Gretchen. Wo ist das hübsche und wohlerzogene Mädchen?
Wilhelm. *Es* ist in die Oper gegangen.

Aber weiter mit diesen Artikeln. Ein Baum ist männlich, seine Knospen sind weiblich, seine Blätter sind sächlich. Pferde sind geschlechtslos, Hunde sind männlich, Katzen sind weiblich; des Menschen Mund, Nacken, Busen, Ellbogen, Finger, Nägel, Füße und Leib sind männlichen Geschlechts; Kopf oder Haupt ist männlich oder sächlich, je nachdem man eines dieser Wörter gebraucht, nicht also je nachdem ein Mann oder eine Frau das Ding trägt; eines Menschen Nase, Lippe, Schulter, Brust, Hüfte und Zehe sind weiblich; seine Ohren, Augen, Kinn, Beine, Knie, Herz und Gewissen haben gar kein Geschlecht. (Der Erfinder dieser Sprache kannte vermutlich das Gewissen nur vom Hörensagen.) Aus dieser Zergliederung geht deutlich hervor, dass ein deutscher Mann sich zwar einbilden mag, er sei ein Mann, wenn er aber näher zusieht, muss er wohl daran zweifeln; er muss entdecken, dass er eine ganz lächerliche Zusammensetzung aller möglichen Geschlechter bildet.

Es gibt in dieser Sprache einige ungemein nützliche Wörter; z. B. Schlag und Zug. Im Wörterbuch nehmen diese Schlagwörter mehrere Spalten und die Zugwörter noch einmal so viel ein. Das Wort Schlag bedeutet so ziemlich alles; es bedeutet unser *blow, stroke, dash, hit, shock clip, clap, time, bar, coin, stamp, kind, sort, manner, way, apoplexy, woodcutting, enclosure, field, forest-clearing*. Das alles bedeutet Schlag im engeren beschränkten Sinn; wenn aber das Wort einmal losgelassen wird, dann nimmt es Flügel der Morgenröte und fliegt, wohin es mag. An seinen Schwanz kann sich jedes beliebige Wort anhängen, wodurch der Sinn ins Unglaubliche vervielfältigt wird. Man kann anfangen mit Schlag-Ader, auf Englisch *artery*, und so fort das ganze Wörterbuch daranhängen, Wort für Wort, ganz durch bis Schlag-Wasser, auf Englisch *Bilge-water* und Schlag-Mutter, *mother-in-law*. Ebenso ist es mit dem Wort ›Zug‹. Nimmt man zu den Wörtern Schlag und Zug noch das Wörtchen ›Also!‹ hinzu, so verfügt man über einen hübschen Sprachschatz, mit dem man schon ziemlich gut durchkommt. ›Also‹ ist gleichbedeutend mit der englischen Redensart *you know* und besagt eigentlich gar nichts – wenigstens in der Unterhaltungssprache. So oft ein Deutscher seinen Mund auftut, fällt ein ›Also‹ heraus, und so oft er ihn wieder zumacht, beißt er sicher ein ›Also‹, das gerade zwischen seinen Zähnen herauskommen wollte, entzwei. Diese häufige zwecklose Anwendung des Wortes ›Also‹ ist eine spezifisch süddeutsche, besonders weibliche *schwäbische* Untugend. Nichts verleiht einer deutschen oder englischen Unterhaltung so viel Anmut und Zwanglosigkeit, als wenn man sie voll mit Alsos und *you knows* spickt.

In meinem Tagebuch finde ich folgenden Eintrag: »Juli 1. Gestern wurde ein Kranker mit Erfolg von einem Wort mit 13 Silben Länge befreit; der Kranke war ein Norddeutscher von Hamburg. Da aber die Chirurgen den Kranken unglücklicherweise an der falschen Stelle aufschnitten, in der Meinung, er habe ein Panorama verschluckt, so starb er. Das Ergebnis hat die Stadt in Trauer versetzt.«

An diese Notiz möchte ich einige Bemerkungen über eine der sonderbarsten Erscheinungen unseres Gegenstandes knüpfen; nämlich über die Länge deutscher Wörter. Einige davon sind so lang, dass sie einen Schatten werfen und perspektivisch wirken, z. B.:

Freundschaftsbezeugungen,
Dilettantenaufdringlichkeiten,
Stadtverordnetenversammlungen.

Das sind keine Wörter mehr; das sind alphabetische Prozessionen. Man sieht sie in jeder Nummer einer Zeitung majestätisch einherschreiten und mit einiger Einbildungskraft kann man die zur Prozession gehörigen Banner fliegen sehen und die Musik hören. Sie verleihen dem schmächtigsten Begriff etwas ungemein Großartiges. So oft ich ein gelungenes Exemplar von einem solchen Worte finde, verleibe ich es meinem Museum ein. Ich habe bereits eine Sammlung beieinander. Meine Duplikate tausche ich mit andern Sammlern aus. Anbei einige Prachtexemplare, welche ich neulich auf der Auktion erstand:

Generalstaatenverordnetenversammlung,
Altertumsforschungswissenschaften,
Kleinkinderbewahrungsanstalten,
Wiederherstellungsbestrebungen,
Waffenstillstandsverhandlungen.

Wenn solch eine Alpenkette sich stolz hinzieht über eine Druckseite, so muss dadurch die literarische Landschaft bedeutend verschönert werden; aber für den Anfänger in der Sprache sind diese Gebirge ein großes Hindernis; sie versperren ihm den Weg, er kann weder unten durch, noch darüber weg, höchstens per Tunnel, wo einer ist. Nimmt er seine Zuflucht zum Wörterbuch, so lässt ihn das im Stich. Mit solchen zusammengesetzten Wörtern befasst es sich nicht. Man muss zuvor das

Wort durch den Chemiker in seine Bestandteile auflösen lassen und dann die einzelnen Brocken im Wörterbuch aufsuchen.

Also jetzt habe ich gezeigt, wie schwierig die deutsche Sprache ist, oder zum wenigsten habe ich mich bemüht, es zu zeigen.

Ein Student aus Amerika soll auf die Frage, wie er mit seinem Deutsch zurechtkomme, ohne Zögern erwidert haben: »Ich komme gar nicht damit zurecht. Drei volle Monate habe ich es mir sauer werden lassen und kann nur den einen Satz aufweisen: ›Zwei Glas‹! (*two glasses of beer*).« Nach einem Augenblick stummen Nachsinnens setzte er mit Emphase hinzu: »Aber das habe ich auch fest im Kopf!«

Die englische Sprache, will mir scheinen, verfügt in der Beschreibung lärmender erhaben-schrecklicher Dinge über kräftigere, klangvollere, bezeichnendere Worte als die deutsche Klänge wie: *boom, burst, crash, roar, bellow, blow, thunder, explosion, howl, cry, shout, yell, battle, hell*, sind von prächtiger Wirkung, voll Kraft und Großartigkeit. Die entsprechenden deutschen Worte kommen mir viel schwächer vor; einzelne klingen so sanft, dass man Kinder damit in Schlaf bringen könnte: Wie zahm klingt z. B. Schlacht, Gewitter! Als stärksten Ausdruck für unser *explosion* hat man im Deutschen – Ausbruch! Da liegt in unserm *toothbrush* (Zahnbürste) etwas Fürchterliches im Vergleich.

Nach dieser Erörterung der Gebrechen der deutschen Sprache gehe ich jetzt an die kurze angenehme Aufgabe, deren Vorzüge hervorzuheben. Das Großschreiben der Hauptwörter habe ich bereits erwähnt. Aber noch weit über diesem steht ein anderer, – nämlich der, die Wörter zu schreiben, wie man sie ausspricht. Nach kurzer Unterweisung weiß der Anfänger von jedem deutschen Wort, wie es ausgesprochen wird, während in unserer Sprache der Schüler damit die größten Schwierigkeiten hat. Ferner ist die deutsche Sprache ungemein reich an Ausdrücken für das friedliche, heimelige, trauliche, häusliche Dasein; für alles, was mit Liebe, kindlichem Gefühl und Freundlichkeit gegen Fremde zusammenhängt; endlich für das mannigfaltige Leben und Weben in der Natur. Es gibt deutsche Lieder, welche selbst den der Sprache Fremden zu Tränen rühren; das beweist, wie treffend der Klang der Worte ist. Er bringt deren Bedeutung so treu und wahr zum Ausdruck, dass sie, auch unverstanden, dem Fremden durchs Ohr zu Herzen dringen.

Deutsche Frauen rufen häufig aus: Ach Gott, mein Gott, Gott im Himmel, Herr Gott. Sie scheinen zu glauben, die Amerikanerinnen haben dieselbe Gewohnheit; denn ich hörte einmal ein ältliches deutsches

Fräulein zu einer jungen Landsmännin von mir sagen: »Die beiden Sprachen sind sich so ähnlich – wie hübsch das ist. Wir sagen ›ach Gott‹ und ihr sagt »*Goddam*!«

Aus Obigem geht hervor, dass die deutsche Sprache einer Reform bedarf. Ich erlaube mir, einige Vorschläge zu diesem Zwecke zu machen.

1) Man gebe dem Zeitwort einen Platz weiter oben, sodass man es mit dem bloßen Auge deutlich erkennen kann.

2) Man organisiere den Artikel und verteile ihn nach den Geschlechtsverhältnissen, wie es Gottes Wille ist.

3) Man schaffe die endlos langen zusammengesetzten Wörter ab oder man schreibe vor, dass sie stückweise geschrieben werden, mit Erholungspausen dazwischen. Geistige Speise ist wie andere auch; man genießt sie angenehmer mit dem Löffel als mit der Schaufel.

4) Es soll darauf gehalten werden, dass der Schreiber aufhört, wenn er mit seinem Satz und Vortrag zu Ende ist und dass er nicht noch ein unnötiges ›gewesen zu sein haben würden‹ und dergleichen anhängt.

5) Auf die Anwendung von Parenthesen ist die Todesstrafe zu setzen.

6) Für die Beschreibung aller Arten von geräuschvollen Dingen müssen einige kraftvolle englische Wörter eingeführt werden.

Am besten wäre es vielleicht, von der ganzen Sprache nur die Wörter Schlag, Zug und Also nebst den an die ersten beiden anzuhängenden Wörtern beizubehalten; das würde die Sprache wesentlich vereinfachen. Nach meiner Erfahrung braucht man zum Erlernen des Englischen 30 Stunden, des Französischen 30 Tage, des Deutschen 30 Jahre. Entweder reformiere man also diese Sprache, oder man lege sie zu den toten Sprachen, denn nur die Toten haben heutzutage noch Zeit genug, sie zu erlernen.

Berliner Eindrücke

Berlin hat mich im höchsten Grade überrascht. Keine Beschreibung, die ich früher in Büchern gelesen habe, trifft mehr zu. Das Berlin, wie es im vorigen Jahrhundert und noch in der ersten Hälfte des jetzigen war, die schmutzige, einförmige, hässliche Stadt, ist wie vom Erdboden verschwunden. Nur der Grund, auf dem sie stand hat, noch eine Geschichte und alte Überlieferungen, – Berlin selbst ist ganz neu, die neueste Stadt, die mir jemals vorgekommen ist.

Sogar Chicago würde altersgrau daneben aussehen. Im Übrigen gleichen sich diese beiden Städte, was die flache Umgebung, das rasche Wachstum und die Einwohnerzahl betrifft. Mit Bestimmtheit behaupten kann ich das freilich nicht, da ich nicht weiß, wie viele Einwohner Chicago heute hat, vorletzte Woche waren es etwa anderthalb Millionen. Auch wegen der vielen geraden Straßen und der ungeheuren Raumverschwendung kann man Berlin das europäische Chicago nennen; die Straßen sind fast durchgängig so breit angelegt, wie ich es noch in keiner Stadt irgendeines andern Landes gefunden habe. ›Unter den Linden‹ sind drei Straßen in einer; die Potsdamerstraße ist auf beiden Seiten von Bürgersteigen eingefasst, die breiter sind als die berühmten Hauptstraßen der größten Städte Europas; auch hat Berlin einen Park von ungewöhnlicher Ausdehnung.

Für die Bauordnung bestehen die sonderbarsten Vorschriften. Die Stadt ist aus lauter Steinriesen aufgetürmt, man darf in Berlin keine unsicheren und unansehnlichen Häuser bauen, und so sind denn diese auffallend schönen und großartigen Gebäude entstanden, die weder mit Einsturz drohen, noch bei der geringsten Feuersbrunst ein Raub der Flammen werden. Nie Baukommissäre nehmen ihre Besichtigung während des Baues vor; man hat gefunden, dass dies besser ist, als zu warten, bis das fertige Haus wieder einfällt. Bricht ein Brand aus, so herrscht dabei die größte Ordnung und Ruhe, die uniformierte Feuerwehr marschiert in Reih und Glied, so ernst und gemessen in Miene und Haltung, als ginge es zu einem Begräbnis, man glaubt die Heilsarmee einherkommen zu sehen, in tiefer Zerknirschung über ihre Sünden. Da das Feuer sich in den steinernen Gebäuden immer nur auf ein Stockwerk beschränkt, brauchen die übrigen Bewohner des Hauses sich nicht weiter darum zu kümmern.

Allabendlich findet eine wahrhaft verschwenderische Beleuchtung mit Gas und elektrischem Licht statt, Berlin bietet daher zur Nachtzeit einen entzückenden Anblick. Überall hat man eine Doppelreihe glänzender Lichter vor sich, die nach allen Seiten in gerader Linie weit in die Nacht hinaus läuft. Die dazwischen liegenden Plätze leuchten im Strahlenglanz, und zahllose Droschkenlaternen schießen wimmelnd in allen Richtungen hin und her, wie Schwärme von Leuchtkäfern an einem Sommerabend.

In keiner Stadt wird wohl so viel regiert wie in Berlin, aber ich wüsste auch keine, die besser regiert wäre. Methode und System machen sich allenthalben geltend, in großen wie in kleinen Dingen und selbst bei den geringfügigsten Einzelheiten. Die Verordnungen stehen aber nicht etwa bloß auf dem Papier, sodass es dabei sein Bewenden hat, nein, sie treten wirklich in Kraft und werden bei Armen und Reichen ohne Gunst und Ungunst auf gleiche Weise durchgeführt. Der mühevolle, emsige Fleiß, die Ausdauer und Pflichttreue, welche die Behörde bei jeder Gelegenheit entfaltet, erregt Bewunderung – zuweilen auch Leidwesen. Das Erstaunlichste, was ich diesseits des Ozeans gefunden habe, ist die höfliche, unerschütterliche, verfluchte Beharrlichkeit, mit welcher die Polizei ihren Willen durchsetzt und die Ordnung aufrechterhält. Sie duldet keine Ansammlung von Menschen, weil daraus Ungehörigkeiten entstehen könnten; ja, träte plötzlich ein Erdbeben ein, so würde es die Berliner Polizei beaufsichtigen und ordnungsmäßig zu Ende führen.

Die Straßen werden sehr rein gehalten, aber nicht, wie es in New York Sitte ist, mit schönen Worten und frommen Reden, sondern durch tägliche und stündliche Arbeit mit Kratzbürste und Besen. Kurz, man hat den Eindruck, dass hier eine Stadtverwaltung am Ruder ist, die vor keinen Kosten zurückscheut, wo die öffentliche Bequemlichkeit, Behaglichkeit und Gesundheit in Betracht kommt.

Nur *eine* Ausnahme muss ich erwähnen; das ist die Benennung der Straßen und die Nummerierung der Häuser. Zuweilen ändert sich der Straßennamen mitten in der Häuserreihe; man merkt dies erst bei der nächsten Ecke und weiß natürlich nicht, wo der Wechsel angefangen hat. In Betreff der Hausnummern herrscht ein Chaos wie vor Erschaffung der Welt. Unmöglich kann die weise Berliner Stadtregierung eine derartige Einrichtung getroffen haben. Sie ist eines Blödsinnigen würdig; allein, so mannigfaltige Arten Verwirrung und Unheil anzurichten, wäre ein Blödsinniger nicht imstande sich auszudenken. Oft dient eine Nummer für drei bis vier Häuser, und doch steht sie nur auf einem derselben; dann wieder wird ein Haus z. B. mit Nummer 4 bezeichnet und die folgenden mit 4a, 4h, 4e, sodass man alt und schwach geworden ist, bis man bei Nummer 5 anlangt. Die Folge dieses systemlosen Systems ist die, dass man bei Nr. 1 keine Ahnung hat, ob Nr. 150 ein paar Meilen oder hundert Schritte weit sein mag. Obendrein steigen oder fallen die Zahlen ganz willkürlich; von 50 oder 60 gelangt man vielleicht plötzlich zu 140, 139 usw. und nur ein Pfeil gibt durch seinen Flug die veränderte

Richtung an. Es ist um den Verstand zu verlieren, und bis hier nicht Abhilfe geschafft wird, muss man auf das Schlimmste gefasst sein.

Als ich in Berlin war, fand eine Feier zu Ehren der berühmten Gelehrten Virchow und Helmholtz statt, welche beide fast zu gleicher Zeit ihr siebzigstes Lebensjahr erreichten. Schon seit Wochen war eine Deputation nach der andern eingetroffen, um den beiden Geistesheroen Glückwünsche, Ehrungen und Huldigungen aus allen Orten und Enden der Welt darzubringen. Die fernsten Städte, die berühmtesten Hochschulen beteiligten sich an diesen Kundgebungen.

Den Schluss derselben bildete der große Studentenkommers, der in einem mit Fahnen und Standarten geschmückten, glänzend erleuchteten Riesensaal gehalten wurde. An jedem der zahllosen Tische, die den ganzen Raum erfüllten, hatten vierundzwanzig Personen Platz. Ich war hocherfreut, einen Sitz an der Mitteltafel zu erhalten, an welcher auch die beiden Helden des Abends saßen, obwohl ich durchaus nicht gelehrt genug bin, um eine derartige Ehre zu verdienen. Es bereitete mir ein seltsam angenehmes Gefühl, mich in solcher Gesellschaft zu befinden, mit dreiundzwanzig Männern zusammen zu sein, welche an einem Tage mehr vergessen, als ich je gewusst habe. In Verlegenheit geriet ich nicht; die Gelehrsamkeit steht dem Menschen selten im Gesicht geschrieben und ich konnte mit leichter Mühe Haltung und Gebärden der Herren so nachahmen, dass mich die Menge auch für einen Professor hielt.

In kurzer Zeit war der ganze Saal voll, es hieß, es seien gegen viertausend Personen anwesend; auch alle Zwischengänge waren dicht besetzt. An jeder Tafel stand ein Student im Wichs seiner Verbindung. Diese Trachten sind alle von reichem Stoff in glänzenden Farben und außerordentlich malerisch.

So weit mein Auge reichte, sahen alle die frischen, jugendlichen Gesichter nach einer Richtung hin; unverwandt hingen die Blicke sämtlicher Studenten an dem Platz, wo Virchow und Helmholtz saßen. Sie verschlangen die beiden Geistesriesen förmlich mit den Augen und die Verehrung der Herzen strahlte aus allen Mienen.

Mancher ausgezeichnete Gast war schon durch die Ehrengarde an seinen Platz geleitet worden, da erklangen noch einmal die drei Trompetenstöße und wieder fuhren die Rapiere aus den Scheiden. Vom fernen Eingang her blitzten die erhobenen Schläger – ›Mommsen!‹, ging es flüsternd durch die Reihen. Der ganze Saal erhob sich, rief, stampfte mit den Füßen, klatschte mit den Händen, rasselte mit den Biergläsern. Es war ein wirklicher Sturm. Dann drängte sich der kleine Mann mit dem langen Haar an uns vorbei und nahm seinen Sitz ein. Denkt euch meine Überraschung! Ich hatte ja nicht im Traum daran gedacht, dass ich den Mann leibhaftig vor mir haben würde, der die ganze römische Welt und alle Cäsaren in seinem lichtvollen Haupte trug. Meilenweit wäre ich gewandert, um ihn zu sehen, und hier saß er, ohne dass es mir die kleinste Mühe oder Reise oder sonst etwas gekostet hätte.

Die Musik spielte einen kriegerischen Marsch; es folgte der Toast auf den Kaiser, bei dessen Schluss alle Gläser auf einmal geleert und mit einem Schlage auf den Tisch gestoßen wurden. Es klang täuschend wie Donnergetöse. Mächtige Weisen ertönten, immer höher schwoll die Lust, die Schläger krachten, die Biergläser rasselten, die Begeisterung wuchs und ließ sich bald nicht mehr überbieten. Ich wenigstens fühlte mich außerstande, noch mehr darin zu leisten.

Die Feier des Abends schloß mit zwei von Studenten gehaltenen Reden und der Erwiderung von Virchow und Helmholtz.

Virchow ist seit langer Zeit Mitglied der Berliner Stadtverwaltung. Er arbeitet ebenso eifrig für das Wohl der Stadt wie jeder andere Stadtrat und für den nämlichen Sold: für nichts. Ich weiß nicht, ob wir in Amerika es unserm berühmtesten Mitbürger zumuten könnten, sich an der städtischen Verwaltung zu beteiligen und ob, falls wir es wagten, wir seine Wahl durchsetzen würden. Aber hier ist das Munizipalsystem so vorzüglich, dass die besten Männer es sich zur Ehre rechnen, unentgeltlich als Stadträte dienen zu dürfen und das Volk ist vernünftig genug, diese Männer zu bevorzugen und immer wieder zu wählen. Darum ist Berlin auch eine in jeder Beziehung gut und zweckmäßig verwaltete Stadt.

Eine schlaflose Nacht

Auf unserer Neckarreise in Heilbronn angekommen, stiegen wir in der nämlichen Herberge ab, wo vor drei- bis vierhundert Jahren der alte Haudegen, Götz von Berlichingen, nach seiner Befreiung aus der Gefangenschaft im Turm, gewohnt hat. Wir, mein Reisegefährte Harris und ich, wurden sogar in dem Zimmer des tapferen Ritters einquartiert. Reste der damaligen Tapeten klebten noch an den Wänden, die vierhundertjährigen Möbel waren mit wunderlich verschnörkeltem Schnitzwerk bedeckt, und einige Gerüche in dem Zimmer mochten wohl tausendjährig sein. Der Wirt zeigte uns auch den Haken in der Mauer, an dem der grimme alte Götz beim Zubettgehen seine eiserne Hand aufzuhängen pflegte. –

Nach einem Abendspaziergang durch die altertümliche Stadt begaben wir uns früh zur Ruhe, da wir bei Tagesanbruch unsere Wanderung fortsetzen wollten.

Ich wälzte mich im Bett umher, während Harris sofort eingeschlafen war. Dass es geradezu eine Unverschämtheit ist, wenn jemand gleich einschläft, ist vielleicht zu viel gesagt, aber rücksichtslos ist es gewiss. Ich lag brütend über dieser Unbill wach und bemühte mich vergebens, in Schlaf zu kommen. Ohne jegliche Ansprache fühlte ich mich anfangs im Dunkeln sehr einsam und verlassen; bald begannen jedoch tausenderlei Gedanken mir durch den Kopf zu schwirren, von denen einer den andern in rasender Eile verdrängte. Nach Verlauf einer Stunde war ich von dieser Gedankenjagd ganz schwindelig und fühlte mich todmüde und abgehetzt.

Meine Ermüdung war so groß, dass sie momentan über meine nervöse Erregung siegte; denn, während ich mir einbildete, völlig wach zu sein, musste ich dennoch vorübergehend, auf Augenblicke, der Bewusstlosigkeit verfallen sein. Ich bemerkte dies, indem ich wiederholt durch das Gefühl, rücklings in einen Abgrund zu sinken, jählings aufgeschreckt wurde. Dies wiederholte sich sechs bis achtmal, worauf die Bewusstlosigkeit das Übergewicht über meinen Geist soweit bekam, dass ich in einen Schlummer verfiel, der tiefer und tiefer wurde und sich gewiss zum solidesten und genussreichsten Schlaf entwickelt hätte, wenn – – doch, *was war das?* Ich rief alle meine Lebensgeister wieder wach und begann zu lauschen: Mir war's, als ob ich aus unermesslicher Ferne einen Ton vernähme, der näher kam, – war es das Heulen des Sturms? – jetzt wurde es deutlicher – war es das Knarren und Raspeln irgendeiner Maschine? Nun klang es noch vernehmlicher – war es der gemessene Tritt eines heranziehenden Heeres? Immer kleiner wurde die Entfernung, und jetzt war es mitten im Zimmer: – es war nur eine Maus, die am Holzwerk nagte. Und um solcher Kleinigkeit willen hatte ich die ganze Zeit über den Atem angehalten! –

So ärgerlich mir das war, es ließ sich nicht mehr ändern, – aber nun wollte ich auch gleich einschlafen, um die verlorene Zeit wieder einzubringen. Das war jedoch leichter gedacht als getan. Ohne es zu wissen und zu wollen, begann ich auf das Geräusch zu horchen, das die Maus mit ihren Nagezähnen machte, und bald verursachte mir diese Beschäftigung die grässlichsten Qualen. Wäre nur das Tier wenigstens bei seiner Arbeit geblieben! – aber es setzte von Zeit zu Zeit aus, und ich wartete und lauschte gespannt, bis es anfing, weiter zu nagen – ein unerträglicher Zustand!

Wer mir die Maus umbrächte, dem setzte ich innerlich zur Belohnung zuerst 5, 6, 7 – 10 Dollars aus und verstieg mich endlich zu Summen, die weit über meine Mittel gingen! Ich klappte das Ohrläppchen über das Ohr und presste die Hände dagegen, ich steckte die Finger hinein – alles vergebens! – durch die Hindernisse hindurch schien ich nur noch schärfer zu hören.

In rasender Wut griff ich zuletzt zu dem Auskunftsmittel, auf das von Adam her schon jeder Mensch verfallen ist – ich beschloss, einen Wurf zu wagen! Ich griff nach meinen Wanderschuhen und erhob mich im Bette, um zu horchen, von wo das Geräusch herkäme. Ich konnte es aber nicht herausbringen; die Stelle, woher das Geräusch kam, war so undefinierbar wie bei einer im Grase zirpenden Grille. So schleuderte ich denn meinen Schuh mit kräftiger Hand auf gut Glück hinaus. Er schlug gerade über Harris Kopf an die Wand und fiel auf ihn herunter, – ich war erstaunt, dass ich so weit werfen konnte, denn das Bett stand am entgegengesetzten Ende des großen Zimmers.

Harris wachte auf und das freute mich; da er aber nicht ärgerlich wurde, tat es mir wieder leid. Er blieb nicht lange wach und das war gut; aber nun begann die Maus von Neuem, was mich ganz in Harnisch brachte. Ich wollte Harris nicht noch einmal wecken, da aber das Nagen fortdauerte, konnte ich es nicht mehr aushalten und benutzte den zweiten Schuh als Wurfgeschoss. Diesmal flog er gegen den Spiegel – es waren zwei im Zimmer, natürlich zerbrach der größere. Harris erwachte abermals, ließ aber keinen Laut der Klage hören, was mir sehr leid. Ich beschloss, lieber alle Qualen zu erdulden, als ihn zum dritten Mal im Schlaf zu stören.

Schließlich zog sich die Maus vom Schauplatz zurück und ich war im Begriff einzuschlummern, als ich eine Uhr schlagen hörte. Ich zählte die Schläge und wollte mich eben wieder aufs Ohr legen, da schlug die zweite Uhr, und während ich zählte, begannen die beiden großen Engel an der Rathausuhr auf ihren Posaunen wunderbar melodische reiche und volle Töne zu blasen. Etwas so überirdisch Zartes und Geheimnisvolles hatte ich nie gehört! Als sie dann aber auch die Viertelstunden bliesen, dachte ich, das sei des Guten zu viel. Kaum schlummerte ich einen Moment, so weckte mich ein neuer Lärm und beim jedesmaligen Erwachen vermisste ich mein Deckbett und musste es erst vom Boden aufheben, wie das bei den schmalen deutschen Betten nicht gut anders möglich ist.

Kein Wunder, dass sich meine Schläfrigkeit endlich ganz verlor und ich zu der Überzeugung kam, dass in dieser Nacht an Schlaf für mich nicht mehr zu denken war. Dabei schüttelte ich mich wie im Fieber und litt den brennendsten Durst. – So ging es wirklich nicht länger; ich beschloss aufzustehen, mich anzuziehen, am Brunnen auf dem großen Platz Kühlung zu suchen und meinen Durst zu löschen. Dann wollte ich bei einer Zigarre im Freien den Morgen erwarten.

Ich konnte mich sehr gut im Dunkeln ankleiden, ohne Harris zu wecken; meine Schuhe hatte ich zwar nach der Maus geschleudert, aber für die Sommernacht genügten auch die Pantoffeln. Leise stand ich auf und kam allmählich in die Kleider; nur eine Socke war verloren gegangen, – ich konnte sie nirgends entdecken, und doch musste ich sie haben.

Ich kniete nieder, und den einen Pantoffel am Fuß, den andern in der Hand, suchte ich nun rund auf dem Boden umher; – vergebens. Ich suchte weiter und weiter, indem ich fortrutschte. Dabei krachten die Dielen und so oft ich an einen Gegenstand stieß, entstand ein Lärm, zehnfach größer, als er bei Tage gewesen wäre. Ich wartete jedes Mal erst mit angehaltenem Atem, um mich zu überzeugen, dass Harris weiter schlief, ehe ich vorwärts kroch. Trotz alles Suchens fand ich die Socke nicht, sondern stieß nur von einem Möbel ans andere. War das Zimmer wirklich so reich möbliert gewesen, als ich zu Bette ging, oder waren vielleicht seitdem einige Familien eingezogen? Überall standen mir Stühle im Wege, und statt sie im Vorbeikriechen nur zu streifen, stieß ich jedes Mal mit dem Kopf dagegen.

Langsam aber sicher begann mir die Geduld zu reißen, und ich glaube wirklich, dass ich von Zeit zu Zeit einen leisen Fluch ausstieß, um mir das Herz zu erleichtern. Endlich schwur ich im höchsten Zorn, ohne die Socke auszugehen, stand auf und schritt, wie ich meinte, geradeswegs zur Türe – stattdessen starrte mir plötzlich mein gespenstisches Ebenbild aus dem unzerbrochenen Spiegel entgegen. Ich schrak zusammen, und erkannte zugleich, dass ich verirrt sei und die Richtung gänzlich verloren habe. Ich geriet darüber in einen solchen Zorn, dass ich mich auf den Boden setzen und etwas packen musste, um einen fürchterlichen Ausbruch explodierender Leidenschaft hintanzuhalten.

Wenn im Zimmer nur ein Spiegel gewesen wäre, so hätte ich mich daran vielleicht zurechtfinden können; aber es waren zwei da und zwei waren ebenso schlimm wie hundert; abgesehen davon, dass die beiden sich an den entgegengesetzten Enden des Zimmers befanden. Ich konnte an einem schwachen Schimmer die Fenster erkennen, aber da ich dieselben in meiner Verdrehtheit ganz wo anders vermutete, so wurde ich nur um so verwirrter.

Beim Aufstehen stieß ich einen Regenschirm um; der Fall auf den harten teppichlosen Boden klang wie ein Pistolenschuss. Ich hielt den Atem an und biss auf die Lippen – Harris rührte sich nicht. Ich versuchte mehrere Male den Regenschirm an die Wand zu stellen – aber plumps lag er jedes Mal wieder unten, sobald ich die Hand losließ.

Ich bin von guter Erziehung, aber wäre es nicht so schwarz, feierlich und unheimlich in dem riesigen Zimmer gewesen, so würde ich – glaube ich – etwas gesagt haben, das man nicht in ein Sonntagsschulbuch hätte setzen dürfen, ohne den Absatz desselben zu schädigen. Wären meine Verstandeskräfte nicht bereits durch die ausgestandenen Qualen erschöpft gewesen, so hätte ich etwas Gescheiteres getan. Als zu versuchen, einen Regenschirm bei Nacht auf einen gewichsten deutschen Stubenboden zu stellen. Das eine tröstete mich noch – Harris rührte sich nicht.

Der Regenschirm konnte mich auch nicht orientieren, da mehrere ganz gleiche herumstanden. So tastete ich mich denn an der Wand hin, um zur Türe zu gelangen. Dabei stieß ich ein Bild herunter – kein großes, aber es machte einen Höllenlärm! – Harris rührte sich nicht, wenn ich aber noch mehr Angriffe auf Bilder ausführte, musste er sicherlich wach werden. Ich beschloss mein Vorhaben aufzugeben und statt nach dem Ausweg zu suchen, zu dem Tisch in der Mitte zurückzukehren, mit dem ich schon mehrmals zusammengestoßen war. Von dort wollte ich dann eine Entdeckungsreise nach meinem Bett antreten; hatte ich das erst gefunden, so war der Wasserkrug nicht weit, ich konnte meinen verzehrenden Durst löschen und mich wieder hinlegen. Ich kroch auf allen Vieren, weil das schneller ging und ich dabei weniger umzuwerfen hoffte. Bald fand ich den Tisch – das heißt, ich stieß mit dem Kopf dagegen – rieb mir die Beule etwas, richtete mich in die Höhe, streckte die Hände aus und tastete umher, bis ich an einen Stuhl kam; dann berührte ich die Wand, wieder einen Stuhl, dann ein Sofa, einen Alpenstock und wieder ein Sofa. Das brachte mich in Verwirrung – es war doch nur ein Sofa im Zimmer gewesen! Ich suchte abermals den Tisch auf, begann meine Wallfahrt von Neuem und fand mehrere Stühle.

Nun erst fiel mir ein, woran ich schon längst hätte denken sollen, dass der große Tisch ja so rund war wie der vom König Artus und seiner Tafelrunde, mir also in Bezug auf die Richtung durchaus nicht behilflich sein konnte. So wanderte ich denn aufs Geratewohl durch unbekannte Regionen, bis ich einen Leuchter vom Kaminsims stieß; ich wollte den Leuchter festhalten und brachte eine Lampe zum Fallen; ich wollte die Lampe halten und stieß den Wasserkrug um, der krachend zu Boden stürzte, während ich zu mir sagte: »So, habe ich dich endlich; ich wusste wohl, du könntest nicht weit sein!«

Gleich darauf schrie Harris: »Räuber, Diebe, – das Wasser geht, mir bis an den Hals!« Er war ganz außer sich.

Auf den Krach hin wurde das ganze Haus lebendig. Mit Lichtern und im Nachtgewand stürzten die Gäste von allen Seiten ins Zimmer, auch der Wirt und die Dienstmagd drängten sich mit herein.

Ich stand vor Harris' Bett, eine Meile von dem meinigen entfernt. Das Zimmer hatte nur ein einziges Sofa, das an der Wand stand, und einen einzigen Stuhl, der frei umherstand, und – um diesen hatte ich mich die halbe Nacht herumgedreht, wie ein Planet um die Sonne und war auf meiner Kometenbahn nur allzu oft mit ihm zusammengestoßen.

Meine Taten in der schlaflosen Nacht waren bald erzählt; Wirt und Gäste zogen sich hierauf wieder in ihre Gemächer zurück, während wir unsere Vorbereitungen zum Frühstück trafen, da der Morgen schon zu dämmern anfing. Wie ich einen verstohlenen Blick auf meine Schrittuhr warf, fand ich, dass ich fünfzehn Kilometer zurückgelegt hatte, was mich indessen nicht verdross, da ich ja zum Zweck einer Fußwanderung die Reise unternommen hatte.

Als der Wirt am andern Tage erfuhr, dass wir auf einer Fußtour durch Europa begriffen seien, behandelte er uns sehr rücksichtsvoll. Er ließ sich die Sachen, die ich während der Nacht zerschlagen hatte, nur zum Selbstkostenpreis bezahlen, stärkte uns reichlich mit Speise und Trank, und um uns zum Abschied die größte Ehre zu erweisen, ließ er uns mit

Götz von Berlichingens Pferd und Wagen zum Thor, von Heilbronn hinausfahren.

Rezept für Schwarzwäldergeschichten

Auf meiner Reise im Schwarzwald fand ich die Bauernhöfe und Dörfer ganz, wie sie in den Schwarzwälder Dorfgeschichten beschrieben werden. Das erste echte Exemplar, das mir aufstieß, war die Behausung eines reichen Bauern und Mitglieds des Gemeinderats. Er war eine gewichtige Persönlichkeit im Lande und seine Frau natürlich nicht minder. Wer seine Tochter bekam, tat den besten Fang weit in der Runde; vielleicht hat sie schon als Heldin eines Romans von Auerbach Unsterblichkeit erworben. Wenn sie in seinen Dorfgeschichten vorkommt, so würde ich sie gewiss leicht wieder erkennen an ihrem Schwarzwaldkostüm, ihrem sonnverbrannten Gesicht, der rundlichen Figur, den fetten Händen, dem schläfrigen Ausdruck, dem friedlichen Gemüt, den gar zu vollkommenen Füßen, dem bloßen Kopf und den flachsfarbenen Haarzöpfen, die am Rücken hinunterhängen. Das Haus wäre geräumig genug gewesen für ein Hotel, hundert Fuß lang, fünfzig breit, und vom Boden bis zur Dachrinne zehn Fuß hoch, aber von der Dachrinne bis zum Firste des mächtigen Daches waren gewiss noch vierzig Fuß, wenn nicht mehr. Dieses Dach, aus altem lehmgelbem und fußdickem Dachstroh, war bis auf wenige Stellen über und über mit üppig reicher grüner Vegetation bedeckt, die meist aus Moos bestand. Wo es ausgebessert war, hatte man dicke Lagen neuen goldgelben Strohs eingefügt; die weit vorspringenden Dachtraufen schienen das Haus unter ihren schirmenden Schutz zu nehmen. An der Giebelseite, nach der Straße zu, ungefähr zehn Fuß über dem Boden, lief ein schmaler Altan mit hölzernem Geländer am Hause entlang, auf den eine Reihe kleiner Fenster mit winzigen Scheiben hinausging. Darüber waren noch zwei oder drei andere kleine Fenster, eins dicht unter dem spitzen Giebel. Vor der Tür im Erdgeschoss lag ein riesiger Düngerhaufen, und durch eine offene Seitentür im zweiten Stock erblickte man eine Kuh von hinten. Die ganze vordere Hälfte des Hauses schienen die Menschen, die Kühe und Hühner zu bewohnen, während die hintere Hälfte durch das Zugvieh und das Heu eingenommen wurde. Aber was den Blick am meisten anzog, waren die großen Düngerhaufen rings um das Haus. Ich wurde mit dieser Quelle der Fruchtbarkeit im Schwarzwald bald vertraut, und, ohne es zu wissen, verfiel ich bald in die Gewohnheit, die Lebensstellung eines Menschen nach diesem äußeren und sehr bedeutsamen Merkmal zu beurteilen. Manchmal dachte ich: Wer hier wohnt, ist ein armer Teufel, das ist klar! – Sah ich aber einen stattlichen Haufen, so sagte ich: Hier wohnt ein Bankier! Und bei einem Landsitz, der von einem Alpengebirge von Dünger umgeben war, behauptete ich gar: Hier muss wohl ein Herzog wohnen.

In den Schwarzwaldgeschichten tritt dieser charakteristische Zug durchaus nicht genügend hervor. Der Dünger ist augenscheinlich der größte Schatz des Schwarzwälders, sein Geld und Gut, sein Juwel, sein Stolz, sein Schoßkind, das liebste Kunstwerk, das er besitzt; er trägt ihm Ehre und Ansehen, Neid und Hochachtung ein, und ist seine erste Sorge, wenn er sich anschickt, sein Testament zu machen.

Wenn die wahre Schwarzwaldgeschichte je geschrieben wird, muss das Rezept dazu etwa folgendermaßen lauten:

Mast, ein reicher alter Bauer. Er hat große Reichtümer an Dünger geerbt, und sie durch eigenen Fleiß vermehrt. Im Baedeker stehen zwei Sternchen ** bei seinem Düngerhaufen.[5] Das Bild, das ein Schwarzwaldmaler davon macht, ist ein Meisterstück. Sogar der König kommt, ihn zu sehen.

Gretchen Mast, seine Tochter und Erbin.

Paul Hoch, ein Nachbarsohn, wirbt scheinbar um Gretchens Hand – eigentlich begehrt er den Dünger. Hoch hat selbst mehrere Wagenladungen der Schwarzwaldmünze und ist daher eine schätzbare Partie, er ist jedoch niedrig gesinnt, habgierig und gefühllos, während Gretchen ganz Gefühl und Poesie ist. Sobald sein Düngerhaufen eine gewisse Größe erreicht hat, will ihm der Alte seine Tochter geben.

Hans Schmidt, Nachbarssohn, voll Gefühl und Poesie, liebt Gretchen, und Gretchen liebt ihn; aber er hat keinen Dünger! Der alte Mast verbietet ihm sein Haus. Er geht gebrochenen Herzens fort, um im Walde zu sterben, fern von der grausamen Welt – denn, sagt er voll Bitterkeit: Was ist der Mensch ohne Dünger? –

(Es vergehen sechs Monate.)

---

[5] Zwei Sternchen bei Baedeker bedeuten, dass etwas besonders sehenswert ist.

Paul Hoch kommt zum alten Mast und sagt: ›Endlich bin ich so reich, wie du verlangst, komm' und sieh den Haufen!‹

Der alte *Mast* beschaut ihn und ruft aus: ›Es genügt – nimm sie und seid glücklich!‹ –

(Es vergehen zwei Wochen.)

Die Hochzeitsgesellschaft versammelt sich im Wohnzimmer des alten Mast. – Paul Hoch ist gelassen und ruhig, Gretchen beweint ihr hartes Geschick. – Der Verwalter des alten Mast tritt ein.

Mast sagt zornig: ›Ich ließ dir drei Wochen Zeit, um zu entdecken, warum unsere Bücher nicht stimmen und zu beweisen, dass du mir nichts veruntreut hast. Die Zeit ist um – verschaffe mir das fehlende Gut, oder ich lasse dich als Dieb ins Gefängnis werfen!‹

Verwalter. ›Ich hab's gefunden!‹ –

Der *alte Mast*. ›Wo steckt's!‹ – Verwalter (mit tragischem Ernst): ›Im Düngerhaufen des Bräutigams! – Da steht der Dieb – sieh, wie er bleich wird und zittert!‹ – (Aufregung.)

Paul Hoch. ›Alles verloren!‹ – (fällt ohnmächtig über eine Kuh und wird gefesselt.)

Gretchen. »Ich bin gerettet!« – (fällt vor Freude in Ohnmacht über ein Kalb. Hans Schmidt, der gerade hereinstürzt, fängt sie in seinen Armen auf.)

Der alte Mast. »Was, du hier? – Schurke, lass das Mädchen los, und geh' mir aus den Augen!«

Hans (der fortfährt, das bewusstlose Mädchen zu stützen.) »Niemals, grausamer alter Mann! Wisse, dass selbst du meine gerechten Ansprüche jetzt anerkennen musst!«

– »Was? Ansprüche! Nenne sie!«

Hans. »So höre denn: Die Welt hatte mich verstoßen; ich verließ die Welt und suchte in der Waldeseinsamkeit den Tod, ohne ihn zu finden. Ich nährte mich von Wurzeln; und in der Bitterkeit meines Herzens verschmähte ich die süßen und grub nur nach den bittersten. – Drei Tage ist es her, da stieß ich beim Graben auf eine Düngergrube! – ich fand ein Golconda, einen unerschöpflichen Vorrat des köstlichsten Düngers. Ich habe so viel wie Ihr alle zusammen, und noch ganze Berge voll darüber. Haha! Jetzt lacht dir wohl das Herz im Leibe!« (Ungeheure Aufregung. Es werden Proben aus der Grube vorgezeigt.)

Der alte Mast. (voll Begeisterung:) »Wecke sie auf, schüttle sie tüchtig, edler junger Mann, sie ist dein!«

Die Hochzeit findet sogleich statt. Der Verwalter wird wieder in sein Amt und Gehalt eingesetzt; Paul Hoch aber ins Gefängnis geworfen.

Der Düngerkönig des Schwarzwalds erfreut sich bis in sein hohes Alter der Liebe seines Weibes und seiner siebenundzwanzig Kinder sowie der noch größeren Wonne, von allen umher nach Kräften beneidet zu werden.

Die Ameise

Auf einer Wanderung im badischen Schwarzwald verfolgte ich einmal mit Aufmerksamkeit die Ameise bei ihrer emsigen Arbeit. Ich entdeckte jedoch nichts Neues an ihr, und besonders nichts, was mir eine höhere Meinung von ihr beigebracht hätte.

Mir scheint, dass die Ameise außerordentlich überschätzt wird, besonders was ihren Verstand betrifft. Ich habe sie nun schon manchen Sommer hindurch beobachtet, während ich etwas Besseres hätte tun können, und bis jetzt habe ich noch keine einzige gesehen, die bei ihrer Arbeit auch nur den geringsten Sinn und Verstand gezeigt hätte.

Ich meine natürlich nur die gemeine Ameise, denn mit den merkwürdigen afrikanischen Arten, welche Abgeordnete wählen, stehende Heere haben, Sklaven halten und über Religion streiten, habe ich keinen Verkehr gehabt. Was der Naturforscher von ihnen erzählt, mag alles wahr sein, aber in Bezug auf die gewöhnliche Ameise bin ich fest überzeugt, dass uns vieles aufgebunden wird.

Ihren Fleiß will ich durchaus nicht bestreiten: In der ganzen Welt arbeitet niemand so angestrengt als sie, nur ihre Hohlköpfigkeit habe ich an ihr auszusetzen. Betrachten wir sie einmal, wenn sie auf Beute ausgeht. Sie hat einen Fang getan; aber was macht sie dann? Geht sie etwa nach Hause? Durchaus nicht, gerade im Gegenteil; sie weiß nicht mehr, wo ihre Wohnung ist und kann sie nicht finden, wenn sie auch kaum drei Fuß davon entfernt ist. Sie tut einen Fang, habe ich gesagt; aber es ist gewöhnlich etwas, das weder ihr noch sonst jemand vom geringsten Nutzen sein kann; gewöhnlich ist das Ding zehnmal so groß, als es sein sollte, sie fasst es gerade am unbequemsten Ende an und hebt es mit aller Gewalt in die Höhe, – dann trägt sie es fort, nicht nach Hause, sondern in entgegengesetzter Richtung, nicht ruhig und bedächtig, sondern mit rasender Eile, bei der sie ihre Kräfte unnütz vergeudet. Sie rennt gegen einen Kieselstein und anstatt ihn zu umgehen, klettert sie rückwärts hinauf, zerrt ihre Beute hinter sich her, kugelt auf der andern Seite hinunter, springt wütend auf, schüttelt sich den Staub aus den Kleidern, wischt sich die Hände ab und greift gierig nach ihrem Eigentum, stößt es hierhin und dorthin, schiebt es jetzt vor sich her, dreht sich dann um und zerrt es weiter, mit immer wilderer Gebärde, bis sie es plötzlich wieder hoch in die Luft hebt und nach einer ganz neuen Richtung fortrennt. Nun stößt sie auf eine Pflanze, es fällt ihr aber gar nicht ein herumzugehen – nein, sie muss hinaufklettern, bis oben in die Spitze und noch dazu ihren ganz wertlosen Besitz hinter sich dreinziehen, was ungefähr eben so klug ist, als wenn ich einen Sack Mehl von Heidelberg nach Paris über den Straßburger Kirchturm schleppen wollte. Wenn sie hinaufkommt, sieht sie, dass sie nicht am rechten Ort ist, wirft einen flüchtigen Blick auf die Gegend, klettert oder kugelt hinunter und nimmt einen neuen Anlauf – wie gewöhnlich in einer andern Richtung.

Nach Verlauf einer halben Stunde, kaum sechs Zoll von ihrem Ausgangspunkt entfernt, hält sie plötzlich still und legt ihre Last nieder; sie hat in dieser Zeit die ganze Umgegend zwei Meter in der Runde durchlaufen und ist über alle Steine und Pflanzen geklettert, die ihr in den Weg kamen. Jetzt wischt sie sich den Schweiß von der Stirn, streckt die Glieder und eilt dann ebenso ziellos und in so wahnsinniger Hast davon wie zuvor. Während sie im Zickzack umherläuft, stößt sie abermals auf ihre frühere Beute; sie erinnert sich nicht, sie je vorher erblickt zu haben, sieht sich nach dem Wege um, der nicht nach Hause führt, packt ihren Fund an und trägt ihn fort. Sie macht genau dieselben Abenteuer noch einmal durch, und als sie endlich stillhält, um auszuruhen, kommt eine Freundin des Weges. Diese findet offenbar, dass das vorjährige Heuschreckenbein – das ist nämlich die Beute – eine sehr wertvolle Eroberung ist und sie bietet nun ihre Hilfe an, um die Fracht nach Hause zu schaffen. Mit höchst weisem Entschluss ergreifen sie jetzt die beiden äußersten Enden des Heuschreckenbeins und beginnen es aus Leibeskräften nach den zwei entgegengesetzten Richtungen zu zerren. Nun ruhen sie aus und halten Rat: etwas muss nicht in der Ordnung sein, aber sie können nicht begreifen, was es ist. Von Neuem machen sie sich daran, gerade wie zuvor und mit demselben Ergebnis; nun schiebt eine die Schuld des Misserfolgs auf die andere, sie werden hitzig und es kommt zu Tätlichkeiten; sie ringen zusammen und verbeißen sich ineinander, dann rollen und wälzen sie sich auf dem Boden umher, bis eine ein Horn oder ein Bein verliert. Hierauf versöhnen sie sich und machen sich auf dieselbe unsinnige Weise wiederum ans Werk; aber die verkrüppelte Ameise befindet sich im Nachteil, wie sehr sie auch zerrt, die andere schleppt die Beute weg und sie obendrein. Anstatt loszulassen, bleibt sie hängen, sodass ihr die Haut geschunden wird, so oft ein Hindernis im Wege liegt. So wird denn das Heuschreckenbein noch einmal auf demselben Platz herumgezerrt, um endlich an dem nämlichen Punkt zu landen, wo es zuerst gelegen hat. Die zwei keuchenden Ameisen betrachten es nachdenklich und kommen zu dem Schluss, dass dürre Heuschreckenbeine eigentlich ein schlechter Besitz sind, worauf denn jede nach einer anderen Richtung läuft, um zu sehen, ob sie nicht einen alten Nagel finden kann oder sonst etwas, was schwer genug ist, um einen Zeitvertreib zu gewähren und zugleich wertlos genug, um die Begierde einer Ameise zu reizen.

Auf einem Bergabhang im Schwarzwald sah ich eine Ameise, die diese ganze Arbeit mit einer toten Spinne durchmachte, welche mehr als zehnmal so schwer war wie sie.

Die Spinne war nicht ganz tot, hatte aber keine Widerstandskraft mehr, ihr runder Körper war etwa so groß wie eine Erbse. Die kleine Ameise, welche bemerkte, dass ich ihr zusah, nahm die Spinne auf den Rücken, krallte sich an ihrer Kehle fest, hob sie in die Höhe und trug sie gewaltsam fort; sie stolperte über kleine Steine, raffte sich wieder auf, trat auf die Beine der Spinne, zog sie rückwärts weiter, schob sie vor sich her, schleppte sie sechs Zoll hohe Steine hinauf, statt diese zu umgehen, erkletterte Pflanzen, die zwanzigmal so hoch waren wie sie und sprang von oben herunter; dann ließ sie die Spinne endlich auf dem Wege liegen, wo sich jede andere Ameise ihrer bemächtigen konnte, die töricht genug war, sie zu begehren. Ich habe die Strecke ausgemessen, welche das einfältige Ding zurückgelegt hat, und bin zu dem Schluss gekommen, dass, was diese Ameise innerhalb zwanzig Minuten verrichtet hat, verhältnismäßig dasselbe ist, als wenn ein Mensch zwei achthundert Pfund schwere Pferde zusammenkoppelt und sie achtzehnhundert Fuß weit trägt, meist über hohe Steinblöcke, unterwegs mit ihnen Höhen erklimmt wie 300 Fuß hohe Kirchtürme und sich in Abgründe stürzt wie der Niagara, bis er die Pferde zuletzt auf einem offenen Platz niedersetzt und sie ohne Wächter zurücklässt, während er irgendein anderes unsinniges Kraftstück probiert, um seiner Eitelkeit zu frönen.

Die Wissenschaft hat neuerdings entdeckt, dass die Ameise keinen Wintervorrat anlegt; dies wird sie um einen großen Teil ihres literarischen Ruhmes bringen. Sie arbeitet nur, wenn jemand zusieht, besonders jemand, der ein naturforscherähnliches Ansehen hat und Notizen zu machen scheint. Der sprichwörtliche Fleiß der Ameise läuft also beinahe auf Betrügerei heraus, so dass sie als Beispiel für Sonntagsschulen hinfort nicht mehr zu gebrauchen ist. Sie hat nicht einmal Verstand genug, um gesunde Nahrung von schädlicher zu unterscheiden; bei solcher Unwissenheit wird sie die Achtung der Welt gänzlich verscherzen. Sie kann nicht um einen Baumstumpf herumgehen und sich dann wieder nach Hause finden; das streift an Blödsinn, und sobald diese Tatsache feststeht, werden verständige Leute die Ameise nicht länger bewundern. Ihr viel gepriesener Fleiß ist nichts als Eitelkeit und hat keinerlei Zweck, da sie nie etwas nach Hause trägt, was sie herumschleppt. Damit geht auch noch der letzte Rest ihres guten Rufes und ihr Hauptnutzen als sittliches Beispiel verloren. Es übersteigt doch wirklich alle Begriffe, dass so viele Nationen Jahrhunderte lang nicht hinter die Schliche der Ameise gekommen sind, während es doch ganz auf der Hand liegt, dass sie die Leute nur zum Besten hat!

Die Ameise ist stark, aber ich habe an demselben Tag noch etwas Stärkeres gesehen, und zwar in der Pflanzenwelt. Ein Fliegenschwamm – jener Pilz, der in einer Nacht aufschießt – hatte eine feste Lage von Tannennadeln und Erdreich, die etwa doppelt so viel Umfang hatte als er, in die Höhe gehoben, und trug sie, wie die Säule das Wetterdach! Demnach hätten zehntausend Fliegenschwämme Kraft genug, um einen Mann zu heben, – aber, wozu sollte das nützen? –

Eine Episode in Baden-Baden

Kein Land der Welt besitzt wohl eine solche Menge von Heilquellen wie Deutschland! Manche dieser Brunnen sind für *ein* Leiden gut, manche für ein anderes; ja, es gibt besondere Leiden, die man durch die vereinten Kräfte und Tugenden der verschiedenen Heilquellen zu bekämpfen vermag. So trinkt z. B. der Patient gegen eine gewisse Krankheitserscheinung, das naturwarme Wasser von Baden-Baden, in welchem er einen Teelöffel voll Karlsbader Salz auflöst. – Eine solche Dosis vergisst man nicht allzuschnell! –

Dieses heiße Wasser wird aber nicht etwa verkauft! Oh nein, man geht in die große Trinkhalle und steht da herum, zuerst auf einem Bein, dann auf dem andern, während zwei oder drei Mädchen dicht daneben mit irgendeiner Näharbeit sitzen, ohne die geringste Notiz von der Anwesenheit des Patienten zu nehmen, den sie als Luft betrachten.

Allmählich erhebt sich eins von diesen Brunnenmädchen mühsam und beginnt sich zu recken, – sie reckt ihre Fäuste und ihren ganzen Körper gen Himmel, bis ihre Fersen den Boden nicht mehr berühren, und gähnt dabei zu ihrer Erholung auf so herzhafte Weise, dass ihr ganzes Gesicht hinter ihrer Oberlippe verschwindet, und man beobachten kann, wie sie inwendig beschaffen ist; – endlich schließt sich ihr Schlund langsam, Fäuste und Fersen kommen wieder herunter und sie selbst tut einige matte Schritte vorwärts. Sie wirft nun einen verächtlichen Blick auf den Patienten, holt ein Glas heißes Wasser herauf und setzt es so fern wie möglich von ihm hin. Fragt er dann:

›Was bin ich schuldig?‹, so gibt sie ihm mit ausstudierter Gleichgültigkeit die bettelhafte Antwort: »Nach Belieben!«

Durch diesen bettelhaften Kunstgriff, womit sie sich an die Großmut des Fremden wendet, der sich auf ein einfaches kaufmännisches Geschäft gefasst gemacht hat, gießt sie Öl in die Flamme seines erwachenden Ärgers. Er tut, als hätte er ihre Antwort nicht gehört und fragt wieder:

»Was bin ich schuldig?«, und sie erwidert ebenso ruhig und gleichgültig:

»Nach Belieben!«

Jetzt würde der Ärger losbrechen, wenn der Fremde nicht den Entschluss fasste, sich zu bezwingen und mit äußerlicher Ruhe die Frage so lange zu wiederholen, bis das Mädchen eine andere Antwort gibt, oder mindestens ein weniger gleichgültiges Wesen annimmt. Wenn daher sein Fall dem meinigen gleicht, so stehen die beiden wie die Narren einander gegenüber und führen mit scheinbarer Kälte, indem sie sich sanftmütig anschauen, die folgende höchst eintönige Unterhaltung:

»Was bin ich schuldig?«
»Nach Belieben!«

»Was bin ich schuldig?«
»Nach Belieben!«
»Was bin ich schuldig?«
»Nach Belieben!«
»Was bin ich schuldig?«
»Nach Belieben!«
»Was bin ich schuldig?«
»Nach Belieben!«
»Was bin ich schuldig?«
»Nach Belieben!«
»Was bin ich schuldig?«
»Nach Belieben!«

Was ein anderer an meiner Stelle getan haben würde, weiß ich nicht, aber an diesem Punkt angelangt, gab ich es auf! Ihr steinerner Ausdruck, ihr hochmütiges und gleichgültiges Wesen trugen den Sieg davon, und ich streckte mein Gewehr! Da ich wusste, dass sie gewöhnlich von selbstständigen Charakteren, die sich nicht um die Meinung einer Spülmagd kümmern, zehn Pfennige erhält, und zwanzig Pfennige von moralischen Feiglingen, so legte ich ein silbernes Markstück vor sie hin und versuchte sie mit folgender sarkastischer Rede zu Boden zu schmettern:

»Wenn das nicht genug ist, so begeben Sie sich gefälligst Ihrer erhabenen Würde, um es mir zu sagen!«

Es gelang mir nicht! Sie würdigte mich keines Blickes, hob nur langsam die Münze auf, und nahm sie zwischen die Zähne – um zu prüfen, ob es gutes Geld wäre. Dann wandte sie mir den Rücken und wackelte zu ihrem früheren Sitz zurück, nachdem sie zuvor das Geldstück in eine offene Schublade hatte gleiten lassen. So blieb sie Siegerin bis zuletzt!

Ich habe die Art und Weise dieses Brunnenmädchens genau beschrieben, weil sie viele ihresgleichen hat.

Wagnermusik

Abends fuhr ich in Begleitung eines Freundes von Heidelberg nach Mannheim, um ein Charivari zu hören – oder vielleicht eine Oper – sie heißt ›Lohengrin‹. Das Hämmern und Klopfen, das Sausen und Krachen war über alle Beschreibung. Es erregte mir einen unerträglich quälenden Schmerz, ganz ähnlich wie das Plombieren der Zähne beim Zahnarzt. Zwar hielt ich die vier Stunden bis zum Schluss aus, die Umstände nötigten mich dazu, aber die Erinnerung an dies endlos lange, erbarmungslose Leiden hat sich mir unauslöschlich eingeprägt. Dass ich es schweigend ertragen musste und mich dabei nicht vom Fleck rühren könnte, machte die Sache noch ärger. Ich war mit acht bis zehn fremden Personen beiderlei Geschlechts in einem umhegten Raum eingeschlossen und versuchte natürlich mich so viel wie möglich zu beherrschen, doch überkam mich dann und wann ein so namenloses Weh, das ich kaum imstande war, die Tränen zurückzuhalten. Wenn das Geheul, das Geschrei und Klagegestöhn der Sänger und das rasende Toben und Donnergetöse des ungeheuren Orchesters noch wilder und grimmiger wurde und sich zu immer höheren Höhen verstieg, hätte ich laut aufschluchzen mögen. Aber ich war nicht allein und die Fremden neben mir hätte ein solches Benehmen sicherlich überrascht; sie würden allerlei Bemerkungen darüber gemacht haben. Freilich mit Unrecht; denn, einen Menschen weinen zu sehen, dem man – um bildlich zu sprechen – bei lebendigem Leibe die Haut abzieht, sollte niemanden in Erstaunen setzen.

In der halbstündigen Pause am Ende des ersten Akts hätte ich hinausgehen und mich etwas erholen können, aber ich wagte es nicht, aus Furcht, fahnenflüchtig zu werden, was ich meinem Reisegefährten nicht antun wollte. Als dann gegen neun Uhr abermals eine Pause eintrat, hatte ich schon so viel durchgemacht, das ich keine Widerstandskraft mehr besaß. In Ruhe gelassen zu werden, war mein einziges Verlangen. Ich will nicht behaupten, dass die übrigen Zuhörer meine Gefühle teilten, das war keineswegs der Fall. Ob sie für den Lärm von Natur eine besondere Vorliebe besaßen, oder ob sie sich mit der Zeit daran gewöhnt hatten, ihn schön zu finden, – jedenfalls gefiel er ihnen, das unterlag keinem Zweifel. Während das Getöse in vollem Gange war, saßen sie mit verzückten und wohlgefälligen Mienen da, wie Katzen, denen man den Rücken streichelt; kaum aber fiel der Vorhang, so stand die ganze ungeheure Menge wie ein Mann auf, und ein wahres Schneegestöber von wehenden Taschentüchern sauste durch die Luft, von Beifallsstürmen begleitet. Dies ging über mein Verständnis. Zudem waren die Logen und Ränge bis zum Schluss so voll wie sie es zu Anfang gewesen, und da sich nicht annehmen ließ, dass die Zuhörer alle nur gezwungen dablieben, musste es ihnen wohl Vergnügen machen.

Was das Stück selbst betraf, so zeichnete es sich zwar durch prächtige Kostüme und Szenerien aus, aber es enthielt merkwürdig wenig Handlung. Das heißt, es geschah in Wirklichkeit nichts, doch wurde viel über die Begebenheiten hin und her geredet und immer mit großer Aufregung. Man könnte es eine dramatisierte Erzählung nennen. Jeder Mitspieler trug eine Geschichte und eine Beschwerde vor, aber nicht ruhig und vernünftig, sondern auf eine höchst beleidigende, unbotmäßige Art und Weise. Ferner fiel mir auf, dass Tenor und Sopran sich nur selten in ihrer gewöhnlichen Manier dicht an die Rampen stellten, um mit vereinten Kräften und Stimmen zu trillern, die Arme nacheinander auszustrecken, sie wieder zurückzuziehen, erst die rechte, dann die linke Hand auf die Brust zu drücken und sich dabei zu schütteln. Nein, jeder Lärmmacher besorgte seine Sache für sich allein; nacheinander sangen sie ihre verschiedenen Anschuldigungen mit Begleitung des ganzen großen Orchesters. Wenn dies eine Weile gedauert hatte und man sich gerade mit der Hoffnung schmeichelte, sie würden sich nun verständigen und etwas weniger Spektakel machen, dann begann plötzlich ein Riesenchor, der aus lauter Tollhäuslern zusammengesetzt war, loszukreischen, und ich musste zwei, oft auch drei Minuten lang alle Qualen noch einmal durchleben, die ich vor Jahren erlitten habe, als das Waisenhaus in N. in Brand geriet.

Diese lange und mit größter Anschaulichkeit durchgeführte Wiedergabe der grässlichen Höllenpein ward nur durch einen einzigen kurzen Beigeschmack von Himmelsfrieden und Seligkeit unterbrochen – nämlich im dritten Akt, während ein prachtvoller Festzug auf der Bühne fort und fort rundum ging und der Hochzeitsmarsch ertönte. Dies war Musik für mein ungeschultes Ohr – göttliche Musik. Während der heilende Balsam jener lieblichen Töne meine wunde Seele überflutete, hätte ich fast alle vergangenen Qualen wieder erdulden mögen, um noch einmal diese süße Erquickung zu durchleben. Dabei wurde mir klar, mit welcher Schlauheit die Oper ihre Wirkung berechnet. Sie erregt so viele und schreckliche Leiden, dass die wenigen dazwischen gestreuten Freuden durch den Gegensatz aufs Wunderbarste erhöht werden.

Nichts lieben die Deutschen so von ganzem Herzen wie die Oper. Sie werden durch Gewohnheit und Erziehung dahin geleitet. Auch wir Amerikaner können es ohne Zweifel eines Tages noch zu solcher Liebe bringen. Bis jetzt findet aber vielleicht unter fünfzig Besuchern der Oper *einer* wirklich Gefallen daran; von den übrigen neunundvierzig gehen viele, glaube ich, hin, weil sie sich daran gewöhnen möchten, und die andern, um mit Sachkenntnis davon reden zu können. Letztere summen gewöhnlich die Melodien vor sich hin, während sie auf der Bühne gesungen werden, um ihren Nachbarn zu zeigen, dass sie nicht zum ersten Mal in der Oper sind. Sie verdienten dafür gehängt zu werden.

Drei bis vier Stunden auf einem Fleck zu bleiben, ist keine Kleinigkeit; einige von Wagners Opern zerschmettern aber das Trommelfell der Zuhörer sechs Stunden hintereinander. Die Leute sitzen da, freuen sich und wünschen, es dauerte noch länger. Mir sagte einmal eine deutsche Dame in München, Wagner gefiele keinem gleich bei der ersten Aufführung, man müsse ihn erst lieben lernen; dazu gehöre ein förmlicher Kursus, habe man den aber durchgemacht, so dürfe man auch sicher auf den Lohn rechnen; wer die Musik einmal lieben gelernt, verspüre einen solchen Hunger danach, dass er nie genug bekommen könne; sechs Stunden Wagner sei gar nicht zu viel. Dieser Komponist, sagte sie, habe in der Musik eine völlige Umwälzung hervorgebracht, die alten Meister müssten sich einer nach dem anderen von ihm begraben lassen. Nach ihrer Ansicht bestand der Unterschied zwischen Wagners Opern und allen übrigen hauptsächlich darin, dass sie nicht nur hie und da eingestreute Melodien enthielten, sondern, vom ersten Tone an, aus einer einzigen Melodie beständen. Das war mir überraschend und ich erwiderte, ich hätte der Aufführung einer seiner Schöpfungen beigewohnt und außer dem Hochzeitsmarsch wäre mir nichts darin wie Musik vorgekommen. Darauf riet sie mir, Lohengrin noch recht oft zu hören, dann würde ich mit der Zeit die endlose Melodie gewiss herausfühlen. Ich hatte schon auf der Zunge, sie zu fragen, ob sie einem Menschen wohl zureden würde, sich jahrelang darin zu üben, Zahnschmerzen zu haben, um schließlich einen Genuss daran zu finden. Aber ich unterdrückte die Bemerkung.

Die Dame sprach auch von dem ersten Tenor, den sie am vergangenen Abend in einer Wagnerschen Oper gehört hatte. Sie war seines Lobes voll, pries seinen altbewährten Ruhm und zählte die Auszeichnungen auf, welche ihm von sämtlichen Fürstenhäusern Deutschlands zu teil geworden waren. Das setzte mich abermals in Erstaunen. Ich war nämlich bei jener Aufführung zugegen gewesen – vertreten durch meinen Reisebegleiter – und hatte die genauesten Beobachtungen angestellt.

»Aber, gnädige Frau«, erwiderte ich daher, »mein Vertreter hat sich mit eigenen Ohren überzeugt, dass jener Tenor gar nicht singt, sondern nur kreischt und heult – wie eine Hyäne.«

»Das ist wahr«, versetzte sie, »jetzt kann er nicht mehr singen; seit vielen Jahren hat er schon die Stimme verloren; aber früher sang er wahrhaft himmlisch. Deshalb kann auch das Theater kaum die Zuhörer fassen, wenn er auftritt. Jawohl, bei Gott, seine Stimme klang wunderschön – in jener alten Zeit.«

Dies offenbarte mir einen freundlichen Charakterzug der Deutschen, welcher alle Anerkennung verdient. Jenseits des Ozeans sind wir weniger hochherzig. Wenn bei uns ein Sänger die Stimme verloren hat, oder ein Springer seine Beine, so ist es mit der Gunst des Publikums für ihn vorbei. Nach meiner Erfahrung zu urteilen, – ich bin dreimal in der Oper gewesen, einmal in Hannover, einmal in Mannheim und einmal in München, wo ich mich vertreten ließ – scheinen die Deutschen diejenigen Sänger am liebsten zu hören, welche nicht mehr singen können.

Das ist durchaus keine Übertreibung. In Heidelberg war die ganze Stadt schon eine Woche lang im Voraus außer sich vor Entzücken über den dicken Tenor gewesen, der in Mannheim auftrat. Seine Stimme klang aber täuschend, als kratze man mit einem Nagel auf einer Fensterscheibe. Das gaben die Heidelberger auch zu, aber in früherer Zeit, meinten sie, sei sein Gesang so herrlich gewesen wie kein anderer. Ähnlich ging es mir in Hannover. Der Herr, mit dem ich dort in der Oper war, strahlte förmlich vor Begeisterung.

»Sie werden den großen Mann sehen«, rief er, »in ganz Deutschland ist sein Ruhm verbreitet. Er bezieht eine Pension von der Regierung und braucht nur noch zweimal jährlich zu singen. Tut er das aber nicht, so wird ihm die Pension entzogen.« Als der bejahrte Tenor nun wirklich auftrat, war ich sehr enttäuscht. Wenn er hinter einem Schirm gestanden hätte, würde ich geglaubt haben, man schneide ihm gerade die Gurgel ab. Ich warf meinem Bekannten einen Blick zu, aber der schwelgte in Wonne, seine Augen funkelten vor Vergnügen. Als der Vorhang endlich fiel, erhob sich ein wahrer Beifallssturm, welcher kein Ende nehmen wollte, bis der gewesene Tenor dreimal wieder zum Vorschein gekommen war und seine Verbeugungen gemacht hatte. Mein Freund klatschte aus Leibeskräften mit, dann wischte er sich den Schweiß von der Stirn.

»Entschuldigen Sie«, sagte ich, »aber nennen Sie das Gesang?«

»Nein, Gott im Himmel, das nicht – aber vor fünfundzwanzig Jahren, da konnte er singen! Jetzt singt er nicht mehr, er schreit nur. Wenn man einer Katze auf den Schwanz tritt, klingt es gerade so.«

Wir halten die Deutschen im Allgemeinen für ein ruhiges, phlegmatisches Volk, aber das ist weit gefehlt. Sie sind warmherzig, heißblütig und folgen der Eingebung des Augenblicks. Man kann sie ebenso leicht zu Tränen rühren wie zum Lachen bringen. Ihre Treue ist unerschütterlich und wen sie einmal ins Herz geschlossen haben, von dessen Lobe fließt ihr Mund über und sie werden nicht müde, ihm zuzujubeln. Wir Amerikaner sind kalt und zurückhaltend im Vergleich mit ihnen.

Sonntagsheiligung in Deutschland

Der schönste Tag auf dem Festland ist der Sonntag, ein freier, ein glücklicher Tag. Man kann dort den Sonntag auf hunderterlei Weise entheiligen, ohne eine Sünde zu begehen.

Wir arbeiten am Sonntag nicht, weil es gegen Gottes Gebot ist, die Deutschen ebenso wenig. Wir ruhen am Sonntag, weil das Gebot es befiehlt. Die Deutschen ruhen auch. Aber in der Erklärung des Wortes *ruhen* liegt der ganze Unterschied. Bei den Deutschen bedeutet es am Sonntag genau dasselbe wie am Wochentag, nämlich: Gib *dem* Teil des Körpers Ruhe, der sie braucht, und lass den übrigen Menschen tun, was er will. Der ermüdete Teil soll ausruhen – das muss durch alle Mittel gefördert werden. Wen also seine Pflichten die ganze Woche über ans Haus gefesselt haben, der ruht aus, wenn er am Sonntag spazieren geht; wer in der Woche nur ernste, inhaltschwere Dinge studiert hat, der erholt sich am Sonntag bei einer leichten Lektüre; wer sich in seinem Alltagsberuf meist mit Tod und Grab beschäftigen muss, der ruht am Sonntag, wenn er ins Theater geht und ein Paar Stunden lang über eine Komödie lacht; wer die Woche hindurch Bäume gefällt oder Gräben gezogen hat, der legt sich am Sonntag zu Hause ruhig hin. Ist deine Hand, dein Arm, dein Hirn, deine Zunge oder irgendein anderes Glied untätig gewesen, so ist es für dasselbe keine Erholung noch einen Tag länger nichts zu tun; war dagegen ein Glied durch Arbeit besonders angestrengt, so ist Ruhe seine rechte Feier.

Bei den Deutschen bedeutet also die Ruhe eine Erholung, Erneuerung, Wiederbelebung der erschöpften Kräfte. Wir schränken den Begriff viel zu sehr ein, indem wir allesamt auf gleiche Weise ruhen, nämlich uns still verhalten und zurückziehen, einerlei, ob das für die meisten eine Erholung ist oder nicht. Bei den Deutschen müssen Schauspieler, Pfarrer und manche andere Leute am Sonntag arbeiten. Auch wir lassen unsere Prediger, Journalisten, Drucker etc. am Sonntag nicht ruhen und glauben, dass uns kein Teil der Schuld trifft. Ist es aber für den Drucker eine Sünde am Sonntag zu arbeiten, warum sollte es keine für den Pfarrer sein? Ich habe wenigstens nirgends gefunden, dass das Gebot zu seinen Gunsten eine Ausnahme macht. Wir kaufen und lesen die Morgenzeitung am Montag, die doch sonntags gedruckt werden muss, und unterstützen dadurch die Sonntagsarbeit. Ich werde das aber nie mehr tun.

Die Deutschen heiligen den Sonntag damit, dass sie sich der Arbeit enthalten, wie das Gebot es befiehlt; wir tun das auch, aber wir enthalten uns zugleich des Vergnügens, was nicht geboten ist. Vielleicht übertreten wir das Gebot der Sonntagsruhe im eigentlichen Sinn, weil wir in den meisten Fällen nicht in Wahrheit ausruhen, sondern nur dem Namen nach.

Trauben- und Molkenkur

Am Kursaal in Interlaken finden regelmäßig Konzerte im Freien statt; man geht dabei in den Gartenanlagen spazieren und hat Wein, Bier, Milch, Molken und Trauben zur Auswahl. Für gewisse Kranke, welche die Ärzte nicht wieder zurechtstutzen können, sind Molken und Trauben die nötigsten Bedürfnisse, um ihr Leben weiter zu fristen. Einer dieser abgestorbenen Geister machte mir mit trauriger, tonloser Stimme die Mitteilung, dass er sich überhaupt nur noch von Molken ernähre und dies Getränk über alles liebe, weshalb wisse er nicht. Ein anderer, den nur noch die Traubenkur vor dem Tode bewahrte, erzählte mir, es würden dazu nur Trauben verwandt, die einen bedeutenden medizinischen Gehalt hätten, sodass die Traubenärzte sie wie Pillen verschreiben und einnehmen ließen. Zu Anfang der Kur, wenn der Patient sich noch sehr schwach fühlt, beginnt er mit einer Traube vor dem Frühstück, drei während desselben, zwei zwischen den Mahlzeiten, fünf zum zweiten Frühstück, drei im Laufe des Nachmittags, sieben zum Mittagessen, vier zum Abendbrot und vor dem Schlafengehen isst er dann noch als Zugabe eine halbe Traube. Allmählich steigert sich dann die Zahl, je nach Bedürfnis und Fähigkeit des Patienten, bis er nach und nach so weit kommt, dass er jede Sekunde eine Traube und den Tag über ein Stückfass voll verzehrt.

Wer auf solche Weise geheilt wird, sagte mir der Kranke, verliere nie wieder die Gewohnheit so zu sprechen, als diktiere er einem langsamen Schreiber, weil er zwischen jedem Wort eine Pause macht, um in Gedanken eine Weintraube auszusaugen. Sich mit solchen Menschen zu unterhalten, erfordere viel Geduld. Wer dagegen auf die andere Methode gesund geworden sei, den unterscheide man leicht von der übrigen Menschheit, weil er immer beim zweiten Wort den Kopf in den Nacken wirft, um in Gedanken ein Glas Molken zu schlürfen. Fangen nun zwei solche Leute zusammen ein Gespräch an, so könne man beobachten, mit welcher Regelmäßigkeit und Ausdauer sie immer dieselben Pausen und Bewegungen machten. Ein Fremder würde sicherlich meinen, er habe zwei Automaten vor sich. Man hört und lernt doch wirklich die wunderbarsten Dinge auf Reisen, wenn man nur die richtigen Leute trifft, die einem ihre Erfahrungen mitteilen.

Der deutsche Portier

Der persische Prophet und Dichter Omar Khayam schrieb vor mehr als achthundert Jahren:
»In den vier Weltteilen gibt es viele, die gelehrte Bücher schreiben können, viele, die Armeen zu führen verstehen, auch viele, die imstande sind, große Reiche zu regieren, aber nur wenige, die wissen, wie man ein Gasthaus halten muss.«
Der Portier in den deutschen Hotels ist eine wunderbare Erfindung, eine höchst wertvolle Annehmlichkeit. Man erkennt ihn stets an seiner Uniform, und wenn man ihn braucht, ist er immer da, weil er seinen

Posten an der Eingangstür nicht verlässt. Er ist höflich wie ein Herzog; er spricht vier bis zehn Sprachen; er ist die sicherste Hilfe und Zuflucht in Zeiten der Not und Gefahr. Statt sich wie bei uns mit allem an den Hotel-Clerk zu wenden, geht man hier zum Portier. Bei uns setzt der Clerk seinen Stolz darein, alles zu wissen, hier tut es der Portier. Man fragt ihn, wenn der Zug abgeht – sofort erhält man die Antwort; man erkundigt sich bei ihm nach dem besten Arzt in der Stadt oder nach dem Droschkentarif; fragt ihn, wie viele Kinder der Major hat oder an welchen Tagen die Galerien geöffnet sind; ob man Eintrittskarten braucht, wo man sie erhält und was man dafür bezahlt; wann die Theater anfangen und wann sie aus sind, was für Stücke gespielt werden, wie hoch die Preise der Plätze sind; aber auch, was für Hüte man trägt, wie groß die Sterblichkeitsziffer im Durchschnitt ist oder wer Bill Patrones besiegt hat. Man mag ihn fragen was man will, in neun Fällen von zehn weiß er es und über den zehnten Fall verschafft er die gewünschte Auskunft im Handumdrehen. Er schreckt vor keiner Schwierigkeit zurück. Wenn ihm jemand sagt, er wolle von Hamburg über Jericho nach Peking reisen, sei aber über die Routen und Preise im unklaren, so überreicht der Portier ihm tags darauf ein Blatt Papier, auf dem die ganze Reise bis ins kleinste verzeichnet steht. Wer sich längere Zeit in Europa aufhält, wird zwar noch immer *sagen*, er verlasse sich auf die Vorsehung, aber bei näherer Betrachtung wird er bald die Entdeckung machen, dass er sich eigentlich auf den Portier verlässt. Diesem ist nichts verborgen, was uns quält und bange macht; er weiß schon, was wir bedürfen, wenn wir es noch auf der Zunge haben, und sein Wort: »Ich werde es besorgen,« beruhigt uns schnell. Wer sich an einen amerikanischen Hotel-Clerk wendet, empfindet dabei eine gewisse Verlegenheit, er zaudert und fürchtet sich vor einer abschlägigen Antwort; beim Verkehr mit dem Portier ist davon keine Rede, die freudige Bereitwilligkeit, die er uns entgegenbringt, wirkt ermutigend und die Schnelligkeit, mit der er an die Ausführung unserer Wünsche geht, hat etwas wahrhaft Berauschendes. Je mehr Besorgungen man ihm aufbürdet, desto zufriedener zeigt er sich. Die natürliche Folge ist, dass man selber überhaupt nichts mehr tut. Der Portier holt die Droschke für uns, hilft uns einsteigen, sagt dem Kutscher, wohin er fahren soll, empfängt uns bei der Rückkehr wie einen lang und schmerzlich vermissten Sohn, bittet nur, dass wir uns um gar nichts kümmern, übernimmt es, sich mit dem Droschkenkutscher herumzuzanken und bezahlt ihn aus seiner eigenen Tasche. Er lässt uns Theater

Billett holen und alles was wir möglicherweise wünschen können, es mag nun ein Arzt, ein Elefant oder eine Briefmarke sein. Schließlich gibt er uns noch bei der Abfahrt einen Untergebenen mit, der vom Kutscherbock steigt, uns an das Coupé bringt, die Fahrkarten kauft, die Koffer wiegen lässt, uns den Gepäckzettel übergibt und versichert, dass alles schon auf der Rechnung steht und vorausbezahlt ist. In Amerika findet man nur in den besten Hotels der großen Städte solche vorzügliche, freundliche und bereitwillige Bedienung, aber in Europa hat man sie gerade so gut in den kleinsten Landstädtchen.

Wie lässt sich denn aber die rührende Hingebung des Portiers erklären? Auf sehr einfache Weise: *Er bekommt nur Trinkgelder und kein Gehalt.* Die großen Hotels auf dem Kontinent stellen für geringen Lohn einen Kassierer an, aber der Portier muss dem Hotel eine Abgabe bezahlen. Diese Einrichtung ist sowohl für den Wirt als für das Publikum eine Ersparnis und sichert ihnen bessere Dienste, als wir nach unserem System erhalten. Ein amerikanischer Konsul hat mir erzählt, dass der Portier in einem großen Berliner Hotel jährlich fünftausend Dollars für seine Stelle bezahlt und trotzdem einen Reingewinn von sechstausend Dollars erzielt. Vielleicht würde das Amt des Portiers in einem unserer besuchtesten Hotels in Saratoga, Long Branch, New York und anderen Hauptverkehrsplätzen noch einträglicher sein.

Als wir vor etwa zwölf Jahren das Trinkgeldsystem nach europäischem Muster bei uns einführten, hätten wir natürlich aufhören müssen, Gehalt zu bezahlen. Ich dächte, das ließe sich jetzt auch noch nachholen und dabei könnte zugleich der Portier eingeführt werden. Seit ich zuerst anfing, mich eingehend mit ihm zu beschäftigen, habe ich Gelegenheit gehabt, ihn in den größten Städten von Deutschland, der Schweiz und Italien zu beobachten. Je mehr ich aber von ihm gesehen habe, um so größer ist mein Wunsch geworden, ihm in Amerika zu begegnen, damit er auch bei uns ein Schutzengel für die Fremden werde, wie er es in Europa ist. Was vor achthundert Jahren als wahr galt, bestätigt sich noch heute: »Nur wenige wissen, wie man ein Gasthaus halten muss!«

Duelle

1. Das deutsche Studentenduell

Eines Tages erhielt mein Geschäftsträger im Interesse der Wissenschaft die Erlaubnis, mich in das Pauklokal an der Hirschgasse mitzunehmen, wo die Heidelberger Korps ihre Mensuren ausfechten: ein heller, hoher, geräumiger Saal im ersten Stockwerk des idyllisch gelegenen altberühmten Wirtshauses »Zum Hirschen«.

Wir trafen daselbst etwa 50–75 Musensöhne, die sich an den langen längs der Wände aufgestellten Tischen die Zeit bis zum Beginn der Paukerei mit Kneipen, Karten- oder Schachspiel, Schwatzen und Rauchen vertrieben. Man sah fast nur farbige Mützen: Weiße, grüne, blaue, rote und hellgelbe; es waren mithin sämtliche fünf Korps stattlich vertreten. Am einen Ende des Saales war für die Paukerei ein Stück frei gelassen, und hier standen an den Fenstern 6 bis 8 lange schmale Schläger mit mächtigen Körben zum Schutz der Hände, während draußen ein Mann damit beschäftigt war, noch eine Anzahl solcher an einem Schleifstein zu schärfen. Er verstand seine Sache, denn jeder Schläger, der aus seiner Hand kam, konnte es mit dem schärfsten Rasiermesser aufnehmen.

Der Verkehr zwischen den Angehörigen der verschiedenen Korps beschränkte sich auf die kalten, förmlichen Verhandlungen der Chargierten behufs Vorbereitung der Mensuren. Kameradschaftlicher Umgang zwischen Angehörigen verschiedener Korps wird nicht geduldet, weil man glaubt, die Beteiligten würden dadurch die rechte Schneide und den Eifer für die Mensur verlieren. Kurz vor dem Tage, an dem ein Korps die Reihe trifft loszugehen, ruft dessen Präses Freiwillige zur Mensur auf, worauf sich denn auch eine Anzahl meldet, die jedoch nicht unter drei betragen darf. Die Namen der Betreffenden werden den Vorständen der anderen Korps mitgeteilt, und diese sind dann bald in der Lage, die entsprechende Anzahl von Mitgliedern ihrer Korps zu bezeichnen, welche sich bereit erklären, die Forderungen anzunehmen. Heute war gerade die Reihe zur Forderung an den Rotmützen; die Gegner, die sich gemeldet hatten, gehörten verschiedenen anderen Korps an. Seit 250 Jahren spielen sich nunmehr in diesem Raum in der hier beschriebenen Weise die Mensuren zweimal in jeder Woche während sieben bis acht Monaten im Jahre ab.

Wir waren eben mit den Weißmützen, von denen wir unsere Einladung erhalten hatten, im Gespräch begriffen, als die beiden, die zuerst an die Reihe kommen sollten, in ihrem – deutschen Lesern wohlbekannten – abenteuerlichen Paukwichs von Kommilitonen aus einem Nebenzimmer hereingeführt wurden. Nun drängte alles nach dem leeren Ende des Saales, wo wir uns ebenfalls einen guten Platz verschafften. Die Kämpfer traten einander gegenüber; um jeden derselben scharten sich eine Anzahl Kameraden, um ihm nötigenfalls Beistand zu leisten; die Sekundanten, gleichfalls bandagiert und den Schläger in der Hand, traten ihnen zur Seite; der Unparteiische, der den Kampf zu überwachen hatte, nahm seinen Platz ein; endlich trat noch ein Student mit der Uhr und einem Notizbuch in der Hand, das die erforderlichen Einträge über die Zeitdauer und die Zahl der Beschaffenheit der Schmisse aufnehmen sollte, sowie der grauhaarige Paukarzt mit seinem Verbandzeug und seinen Instrumenten auf den Plan. Für einen Augenblick herrschte jetzt Ruhe, und sämtliche bei der Mensur Beteiligten traten der Reihe nach auf den Unparteiischen zu, um demselben ihren achtungsvollen Gruß darzubringen, worauf sie ihre Plätze wieder einnahmen. Nun war alles bereit; den Vordergrund füllte dicht gedrängt die Schar der Zuschauer, zum Teil auf Tischen und Stühlen stehend, die Blicke voll Spannung auf den Kampfplatz gerichtet.

Mit blitzenden Augen maßen die Gegner einander; rings herrschte atemlose Stille; ich erwartete nun, es werde recht bedächtig bei der Sache zugehen. Aber ganz und gar nicht. Auf den Ruf ›los‹ prangen die beiden gegeneinander vor und ließen die Hiebe hageldicht und mit solch blitzartiger Geschwindigkeit aufeinander niederregnen, dass ich die Klingen in der Luft nicht mehr deutlich zu unterscheiden vermochte. Das rasselnde Geräusch, das die Hiebe verursachten, wenn sie die Waffe oder die Bandage des Gegners trafen, hatte etwas merkwürdig Aufregendes, und es war mir ein Rätsel, das die Waffe des Gegners unter der Wucht derselben nicht abbrach. Plötzlich, mitten unter diesem Hagel von Hieben, sah ich ein Büschel Haare von dem Kopf des einen der beiden emporstiegen, als wären dieselben auf einmal losgegangen und hätte der Wind sie weggeblasen. Die Sekundanten riefen ›Halt‹ und schlugen die Waffen der Kämpfer mit ihren eigenen zurück. Die letzteren setzten sich, ein Kamerad besichtigte die Stelle und tupfte dieselbe ein paarmal mit einem Schwamm ab; dann kam der Paukarzt, der das Haar zurückstrich und eine blutige Schramme von zwei bis drei Zoll Länge feststellte. Er befestigte einen Leinwandbausch und ein rundliches Lederläppchen auf derselben, und der Schmiss wurde der betreffenden Partei aufs Kerbholz geschrieben.

Jetzt stellten sich die Gegner wieder auf; dem Verletzten lief das Blut in einem schmalen Streifen an dem ganzen Leib herunter bis auf den Boden, allein er schien sich nichts daraus zu machen. Wieder hieß es »los«, und mit der gleichen Wucht wie zuvor regneten die Hiebe, sodass die scharfäugigen Sekundanten den Kampf alle Augenblicke unterbrechen mussten, weil ein Schläger verbogen war, der dann von einem Kameraden wieder geradegebogen wurde.

Das merkwürdige Kampfgetümmel nahm seinem Fortgang – plötzlich stoben die hellen Funken von einer der Klingen; dieselbe war in mehrere Stücke zerhauen, von denen eines bis an die Decke flog. Wiederum wurde ein frischer Schläger gebracht und der Kampf ging weiter. Natürlich war dies eine furchtbare Anstrengung, und bald sah man den Kämpfenden große Ermüdung an. Sie durften nun eine Weile ruhen, aber nur ganz kurz; sie brauchten einander ja nur Schmisse zu geben, so hatten sie allemal Zeit sich auszuruhen, bis der Doktor seinen Verband angelegt hatte. Jede Mensur muss fünfzehn Minuten dauern, wofern die Kämpfer es aushalten; die Pausen werden jedoch nicht mitgerechnet und so dauerte die diesmalige nach meiner Schätzung reichlich zwanzig bis dreißig Minuten. Schließlich wurde wegen Übermüdung der Paukenden abgebrochen. Blutbespritzt von Kopf bis zu Fuße führte man sie hinaus. Es war wacker gefochten worden, und doch zählte die Mensur nicht, teils, weil das wirkliche Fechten keine volle fünfzehn Minuten gedauert, teils, weil keiner den Gegner vollständig abgeführt hatte. Sobald ihre Schmisse geheilt waren, hatten die beiden der bestehenden Vorschrift gemäß neuerdings loszugehen, bis die Sache endgültig ausgefochten war.

Während dieser Vorgänge hatte ich zeitweise ein paar Worte mit einem jungen Mann von den Weißmützen gewechselt; dabei hatte er mir mitgeteilt, dass er zunächst daran kommen werde und mir auch seinen Gegner gezeigt, der ihn gefordert hatte und nun drüben an der anderen Wand lehnend mit einer Zigarette im Munde ruhig der Paukerei zuschaute. Infolge der Bekanntschaft mit einem der Kämpfer sah ich der nächsten Mensur mit einer Art von persönlichem Interesse entgegen. Ich wünschte natürlich meinem Bekannten den Sieg und war sehr wenig erbaut, zu hören, dass dazu keine Aussicht vorhanden sei, indem er zwar ganz gut schlage, sein Gegner aber allgemein für entschieden überlegen gelte.

Sie gingen nun los und paukten nicht minder schneidig als ihre Vorgänger. Obwohl ich ganz dicht dabei stand, war ich doch nicht imstande zu sehen, ob ein Hieb saß oder nicht, so blitzschnell folgten diese aufeinander. Sie schienen alle zu sitzen, der Schläger bog sich jedes Mal ganz von der Stirne aus über den Kopf des Gegners hin – aber es war Täuschung: Jedes Mal fing, ehe ich es zu sehen vermochte, dessen Klinge den Hieb auf. Nach zehn Sekunden hatte jeder seinem Gegner zwölf bis fünfzehn Hiebe beigebracht und ebenso viele davongetragen, von denen jedoch keiner blutete. Dann wurde ein Schläger unbrauchbar, und es trat eine kurze Ruhepause ein, bis ein frischer zur Stelle war. Bald nach Beginn des neuen Ganges hatte jeder einen schweren Kopfschmiss; beim dritten Gang erhielt der Gegner meines Bekannten noch einen solchen, während dem letzteren selbst die Unterlippe durchgehauen wurde; darauf teilte derselbe noch mehrere schwere Schmisse aus, ohne seinerseits einen nennenswerten zu erhalten. Nachdem die Mensur im Ganzen fünf Minuten gedauert hatte, wurde dieselbe vom Paukarzt unterbrochen; die Verletzungen des Fordernden waren derart, dass jede weitere hatte gefährlich werden können. Er sah schauerlich aus, und ich will auf eine nähere Beschreibung lieber verzichten. So blieb wider Erwarten der Sieg meinem Bekannten.

Die vierte und fünfte Mensur verliefen so blutig, dass der Paukarzt beide nach ein paar Minuten unterbrechen musste, um einer ernsten Gefährdung von Leben und Gesundheit der Verletzten vorzubeugen. Beim Anblick dieser klaffenden Wunden an Gesichtern und Köpfen überlief mich jedes Mal ein Schauder und ich fühlte, wie mir das Blut aus den Wangen wich; trotzdem musste ich immer und immer wieder hinschauen. Bei der letzten Mensur sah ich gerade mit an, wie dem einen die Nase aus dem Gesicht gehauen wurde; nun denkt man vielleicht, hätte ich das vorher gewusst, so würde ich nicht hingeblickt haben; aber nein – der wilde, aufregende Reiz des Kampfes wirkt unwiderstehlich. Es kommt öfters vor, dass der Zuschauer ohnmächtig wird, und das ist auch wahrlich gar nicht zu verwundern.

An den beiden letzten Paukenden hatte der Doktor so ungefähr eine Stunde zu flicken – dies sagt genug. Es war jetzt Mittag vorüber, und so benutzte die übrige Gesellschaft diese Pause, um in größter Munterkeit und Gemütlichkeit ihr Mittagsmahl an den Tischen ringsum einzunehmen; dabei hörte und sah man durch die offene Tür, wie der Doktor im Nebenzimmer drauflosschnitt, sägte und meißelte; es ließ sich jedoch offenbar niemand den Appetit dadurch verderben. Ich sah ihm eine Zeit lang dabei zu, hielt es aber nicht lange aus – der fesselnde Reiz des Kampfes fehlte hier zu sehr.

Endlich war der Doktor fertig, und die letzte Mensur des heutigen Tages begann. Augenblicklich ließen alle ihr Essen stehen und drängten sich um den Kampfplatz. Diesmal handelte es sich um eine Kontrahage, die hier ausgefochten werden sollte. Die Gegner gehörten keinem Korps an, hatten jedoch die Erlaubnis erhalten, deren Waffen zu belegen. Offenbar waren dieselben mit der Führung des Schlägers besser vertraut als mit dem Paukkomment; denn kaum hatte man ihnen die Plätze angewiesen, als sie, ohne ein Kommando abzuwarten, wie wütend aufeinander loshieben, sodass unter ungeheurer Heiterkeit des ganzen Zuschauerkreises die Sekundanten schleunigst dazwischen fahren mussten. Auch dieser Mensur machte der Paukarzt bald ein Ende – und damit war denn die Tagesordnung erschöpft. Es war jetzt zwei Uhr nachmittags und ich war seit 9½ Uhr morgens da. Der Kampfplatz hatte sich inzwischen völlig rot gefärbt; doch mit etwas Sägemehl war dem bald abgeholfen. Vor meinem Eintreffen hatte bereits eine Mensur stattgefunden, wobei der eine zahlreiche Schmisse erhielt, während der andere ohne eine Schramme davon kam.

Zehnmal hatte ich nun mit angesehen, wie einem der jungen Leute Kopf und Gesicht kreuz und quer mit der scharfen zweischneidigen Klinge zerhauen wurde, und dabei hatte keiner auch nur einmal gezuckt oder den geringsten Laut oder ein sonstiges Zeichen des Schmerzes von sich gegeben. Das hieß doch in der Tat echte und wahre Tapferkeit beweisen. Von einem Wilden oder einem gewerbsmäßigen Preisfechter hätte man eine solche Schmerzverachtung allenfalls erwarten können, aber bei diesen unter sorgsamer Pflege aufwachsenden Jünglingen dieselbe in diesem Maße zu finden, musste doch wirklich überraschen; und nicht etwa nur in der Aufregung des Kampfes legten sie diese Tapferkeit an den Tag; nein, auch unter den Händen des Paukarztes in dessen totenstillen einsamen Zimmer zuckte keiner mit der Wimper, und auf der Mensur hieben diese Bürschchen, nachdem sie einander mit blutenden

Schmissen bedeckt hatten, noch gerade so schneidig und mutig drauf los wie zuvor.

Man betrachtet im Allgemeinen diese Studentenduelle als reines Possenspiel: wohl war; fasst man aber ins Auge, dass es halbwüchsige Knaben sind, die dieselben ausfechten, und zwar mit scharf geschliffenen Schlägern und mit ungeschütztem Kopf und Gesicht, so meine ich doch, diese Posse habe auch ihre recht ernste Seite. Vielfach lacht man darüber, weil man meint, die Studenten seien dabei so bepanzert, dass sie keine ernstliche Verletzung bekommen können. Aber dem ist nicht so: nur Äugen und Ohren sind geschützt, im Übrigen ist Kopf und Gesicht völlig frei. Nicht selten muss der Paukarzt sich ins Mittel legen, weil das Leben der Verletzten sonst allen Ernstes in Gefahr käme. Beabsichtigt ist dieser Erfolg nicht, aber unglückliche Zufälle sind nicht ausgeschlossen. So ist es schon manchmal vorgekommen, dass ein Schläger abbrach und das abgebrochene Stück dem Gegner hinters Ohr flog und dort eine Arterie durchschnitt, sodass der Tod augenblicklich eintrat. Sodann waren früher die Achselhöhlen ungeschützt, während zugleich die Schläger, die jetzt vorne stumpf sind, damals spitz zugeschliffen wurden, sodass manchmal auch die Verletzung einer Arterie in der Achselhöhle zum Tode führte. Ferner fiel damals auch wohl gelegentlich einer der Umstehenden zum Opfer, wenn ein Schläger absprang und ihn das wegfliegende Stück unglücklich traf. Zurzeit beträgt die Zahl der jährlichen Todesfälle infolge der Studentenmensuren zwei bis drei, es lassen sich solche übrigens stets auf verkehrtes Verhalten der Verletzten zurückführen. Nach allem dem ist das Studentenduell doch so blutig und mit so viel Schmerz und Gefahr verbunden, dass dasselbe eine nicht geringe Achtung beanspruchen darf.

Die Gewohnheiten und Vorschriften, die für dasselbe gelten, beruhen sämtlich auf einer edel, sinnigen, natürlichen Ritterlichkeit, die dieses würdige, kühne Kampfspiel mit einem gewissen altertümlichen Reiz umgibt und weit mehr an ein Turnier, als an ein Preisfechten gemahnt. Die Vorschriften sind ebenso eigentümlich als strenge. Z. B. darf man auf der Mensur von seinem Platze aus wohl vorgehen, wenn man will, dagegen unter keinen Umständen kneifen, d. h. zurückweichen, oder sich nur zurückbeugen, widrigenfalls der Betreffende unfehlbar wegen Feigheit aus dem Korps ausgeschlossen wird. Sogar wer auf der Mensur bei einem Schmiss nur einen Augenblick das Gesicht verzieht, wirb als ›Hasenfuß‹ von sämtlichen Kommilitonen in Verruf getan.

Wie überall, so spielt auch im Korbsessel die Gewohnheit neben dem Gesetze eine wichtige Rolle und erweist sich oft noch mächtiger als das letztere. So bestimmt der Präses aus der Zahl der Burschen, die sich noch nicht freiwillig zu einer Mensur gemeldet haben, regelmäßig einige zum Losgehen mit Angehörigen anderer Korps, und obwohl der allgemeinen Versicherung zufolge keine Vorschrift besteht, wonach diese Bestimmung angenommen werden müsste, ist mir doch von einer Ablehnung derselben niemals etwas zu Ohren gekommen. In solchem Falle würde sich der Betreffende einfach nicht länger im Korps halten können.

Ich hatte gedacht, die Verwundeten würden, nachdem sie verbunden seien, sich zurückziehen, und war deshalb höchlich verwundert, zu sehen, wie einer derselben um den anderen wieder bei der übrigen Gesellschaft im Pauklokal Platz nahm. Mein Bekannter blieb mit seiner frisch genähten und über und über bepflasterten Unterlippe noch bei den drei übrigen Mensuren zugegen und unterhielt sich in den Pausen mit uns. So schwer ihm dies wurde; auch das Essen verursachte ihm die größte Mühe, trotzdem verzehrte er während der Vorbereitung der letzten Mensur sein Mittagsmahl bis auf den letzten Bissen, während derjenige, der die schwersten Schmisse des ganzen heutigen Tages davongetragen hatte, zur selben Zeit eine Partie Schach spielte, obgleich sein Gesicht und Kopf unter Pflastern und Binden förmlich vergraben war. Offenbar sind die jungen Leute im höchsten Grad stolz auf ihre Schmisse, denn man begegnet ihnen überall in frisch verbundenem Zustand, unbekümmert um die Folgen für ihre Gesundheit. Sollen doch manche unvernünftig genug sein, ihre Schmisse im Gesicht von Zeit zu Zeit wieder aufzureißen und mit Rotwein einzureiben, damit dieselben schlecht heilen und eine möglichst sichtbare Narbe hinterlassen!

Hat ein Korpsmitglied drei Mensuren ordnungsmäßig ausgefochten, so erhält der Betreffende ein Band in den Korpsfarben, das er über der Brust trägt. Von da an braucht er weder auf Bestimmung noch freiwillig mehr loszugehen, sondern nur noch, falls er beleidigt wird. Allein kein einziger macht von diesem Rechte Gebrauch. Man sieht fast nur Korpsburschen, die das Band tragen, und dennoch kommen nach niedrigster Berechnung auf jeden solchen im Durchschnitt sechs Mensuren im Jahre. Dies zeigt am besten, welch geheimnisvollen Reiz dies kühne Kampfspiel auf die akademische Jugend üben muss – Bismarck soll, so berichtet man, seinerzeit während eines einzigen Sommersemesters nicht weniger als zweiunddreißig Mensuren ausgefochten haben! Kein Wunder auch, das es unter solchen Umständen einzelne zu einer wahren Berühmtheit in der Führung des Schlägers bringen, und solche Leute werden dann oft weithin auf fremde Universitäten eingeladen, um daselbst mit einem ebenbürtigen Gegner in die Schranken zu treten.

Doch hinweg von diesen harmlosen Studentenscherzen! Wie so oft im Leben heiterer Scherz und tragischer Ernst sich merkwürdig nahe berühren, so trat auch an mich bald darauf die Notwendigkeit heran, einem echten Zweikampf beizuwohnen – einem Zweikampf ohne weibische Schutzvorkehrungen, auf Tod und Leben. Ich will denselben im folgenden Kapitel beschreiben, und daraus wird der Leser innewerden, welch himmelweiter Unterschied besteht zwischen einer possenhaften studentischen Paukerei und einem ernsthaften Zweikampf zwischen Männern!

2. Die wahre Geschichte des Duells zwischen Gambetta und Fourtou (1878)

Wie sehr man sich auch von allen Seiten über die Einrichtung des französischen Duells lustig machen mag, es ist und bleibt in Wirklichkeit eines der ungesundesten Dinge der Welt. Da es unter allen Umständen im Freien ausgefochten wird, so können die jedes Maligen Gegner darauf schwören, dass sie sich aufs Gründlichste erkälten. Paul von Cassagnac, der eingefleischteste Gewohnheitspaukant des derzeitigen Frankreichs, hat auf diese Weise so häufig zu leiden gehabt, dass er nachgerade ein ausgesprochener Invalide ist. Die besten Ärzte von Paris sind sich vollständig einig darin, dass, wenn er sich nur noch fünfzehn oder zwanzig Jahre so fort duelliert, ohne den Schauplatz seiner Mensuren von allerlei Wäldern und Sümpfen nach einem eigens dazu hergerichteten, behaglichen, geschlossenen Raum zu verlegen, er leicht sein Leben gefährden könne. Diese Tatsache sollte genügen, um allen den Mund zu stopfen, welche das französische Duell deswegen für einen besonders gesunden Sport halten, weil es stets unter offenem Himmel stattfindet und den Genuss der freien Luft mit allen Vorteilen körperlicher Bewegung vereinigt. Die andere unsinnige Behauptung, dass die französischen Duellanten infolge dessen unsterblich seien, würde dann von selbst verstummen.

Doch zur Sache! Vom ersten Augenblick an, da ich von dem jüngsten Aufeinanderplatzen der Herren Gambetta und Fourtou in der französischen Kammer hörte, waren mir die ernstlichen Folgen klar. Eine lange intime Bekanntschaft mit Herrn Gambetta hatte mir das unversöhnliche und verzweifelte Wesen dieses Mannes enthüllt. Ich wusste, dass das Verlangen nach Rache ihn bis zu den äußersten Spitzen und Ausläufern seiner Persönlichkeit, welche bekanntlich von bedeutendem Umfang ist, durchdringen würde.

Ich wartete nicht, bis er zu mir kam, sondern suchte ihn sofort in seiner Wohnung auf. Wie ich erwartet hatte, fand ich den ritterlichen Staatsmann im unerschütterlichsten französischen Gleichmut. Er raste zwischen den zu Trümmern geschlagenen Möbeln seines Zimmers hin und her, und ab und zu hielt er inne, um solche Stücke, die ihm noch nicht klein genug erschienen, mit dem Fuße emporzuschleudern. Zwischen seinen Zähnen knirschte ein Sprühregen von fragmentarischen Flüchen und Verwünschungen hervor. Gelegentlich fuhr er sich auch mit beiden Händen in die Haare, um eine Faust voll davon auszureißen und sie auf den Tisch zu legen, wo sich bereits eine ganze Pyramide davon auftürmte.

Er schleuderte seine ausgebreiteten Arme um meinen Hals, riss mich über seinen Bauch hinweg an sein Herz, küsste mich auf jede Wange, hob mich fünf- oder sechsmal vom Fußboden empor und trug mich dann in ein andres Zimmer, wo sich noch ganze Möbel befanden, um mich dort in seinen eigenen Armsessel halb niederzusetzen, halb fallen zulassen. Sobald ich meinen Atem wiedergewonnen, kam ich sofort zum Geschäft.

Ich sagte ihm, ich hätte vorausgesetzt, dass er mich zum Sekundanten zu haben wünsche; worauf er sich abwendete und mit einer Stimme, die teils vor freundschaftlicher Bewegung, teils vor Kampflust zitterte, entgegnete: »Ich wusste es wohl!« Dann erklärte ich ihm, dass ich ihm diesen Dienst nur unter einem angenommenen französischen Namen leisten könne, um im Falle eines für ihn tödlichen Ausganges vor den Verwünschungen meiner Landsleute gesichert zu sein. Bei diesen letzten Worten zuckte er zusammen – wahrscheinlich, weil er aus denselben entnahm, dass man in Amerika das Duell verwerfe. Er ließ mich jedoch diese Unritterlichkeit meines Vaterlandes nicht entgelten und gab sich mit meiner Bedingung zufrieden. Es wird jetzt jedermann erklärlich sein, das es in den Zeitungsberichten allgemein hieß, Herrn Gambettas Sekundant sei anscheinend ein Franzose gewesen.

Hierauf schlug ich ihm vor, sein Testament aufzusetzen. Ich bestand umsomehr darauf, als er in seinem blinden Kampfeifer gar nicht zu wissen schien, dass ein Duell, außer der tödlichen Haupthandlung selbst, auch noch allerlei unerlässliche Nebensachen bedinge. Nachdem ich nach längerem Streiten meinen ersten und seinen letzten Willen endlich durchgesetzt hatte, wünschte er verschiedene ›Abschiedsworte‹ niederzuschreiben, um das passendste davon für seinen letzten Augenblick auszuwählen.

»Wie würde sich«, fragte er, »vom rein deklamatorischen Standpunkt aus der nachstehende Satz zu diesem Zweck eignen: Ich sterbe für meinen Gott, für mein Land, für die Freiheit der Rede, für den Fortschritt und für die allgemeine Verbrüderung der Menschen«?«

Ich entgegnete, dass diese Phrase einen sehr langsamen Tod erfordern würde; dass sie für einen an der Auszehrung Erlöschenden vortrefflich sei; dass sie aber dem Bedürfnis eines von jäher Kugel Hingestreckten durchaus nicht entspräche. Nachdem wir in ähnlicher Weise noch über eine ganze Anzahl weiterer *Antemortem*-Ausbrüche verhandelt hatten, brachte ich ihn endlich dazu, sein ›Letztes Wort‹ auf den Satz »Ich sterbe, damit Frankreich lebe!« zusammenzustreichen, den er auch sofort, um ihn auswendig zu lernen, in sein Notizbuch schrieb. So gut mir der Satz auch an sich gefiel, so konnte ich doch die Bemerkung nicht unterdrücken, dass er eigentlich keine Beziehungen zu den vorliegenden Tatsachen habe, worauf er mich mit den Worten beruhigte, dass es darauf bei ›Letzten Worten‹ gar nicht ankomme, sondern dass es sich dabei lediglich um eine packende Phrase handle.

Sodann kamen wir zur Waffenfrage. Kaum war das Wort ›Waffen‹ meinerseits gefallen, als auch mein Freund die Hand auf den Leib legte und mir sagte, er fühle sich nicht ganz wohl und überlasse sowohl diese, wie alle noch zu erledigenden Einzelheiten ganz mir. Ich wusste diese Gleichgültigkeit gegen Dinge von möglicherweise so verhängnisvoller Tragweite nach Gebühr zu schätzen und zu bewundern, und machte mich sofort an die Abfassung der nachstehenden, an die Adresse von Herrn Fourtous Vertrauensmann gerichteten Zuschrift:

»Mein Herr! Herr Gambetta nimmt Herrn Fourtous Forderung an und beauftragt mich, Plessis le Piquet als Platz des Zusammentreffens vorzuschlagen. Zeit: morgen früh bei Tagesgrauen. Waffen: Äxte. Ich bin mit Hochachtung der Ihrige *Mark Twain*.«

Der größeren Sicherheit halber trug ich diesen Brief selbst zu Herrn Virtuos Freund. Er las und schauderte. Dann wendete er sich zu mir und sagte mit strengem Ton:
»Und haben Sie auch in Erwägung gezogen, was das unvermeidliche Ergebnis eines derartigen Zusammentreffens sein würde?«
»Zum Beispiel was?«
»Blutvergießen!«
»Das sollte es wohl sein! Was, wenn ich fragen darf, wäre Ihre Absicht, zu vergießen, wenn nicht Blut?«

Damit hatte ich ihn fest. Er sah, dass er sich verrannt hatte, und beeilte sich, seinen Missgriff hinwegzuerklären. Er habe nur im Scherz gesprochen, und setzte hinzu, sein Auftraggeber würde über Äxte entzückt sein und sie jeder anderen Waffe vorziehen, wenn dieselben nicht unglücklicherweise durch den französischen Ehrenkodex ein für alle Mal ausgeschlossen seien. Ich müsse mich deshalb zu einem anderem Vorschlag entschließen.

Ich ging ein paarmal auf und nieder und überlegte, wozu ich mich entschließen sollte. Es war das angesichts der Wucht des vorliegenden Falles keine Kleinigkeit. Plötzlich schoss mir der rettende Gedanke durch den Kopf, dass Galioten-Kanonen sehr wohl dazu angetan seien, auf fünfzehn Schritt selbst eine so gewichtige und verwickelte Ehrenfrage für immer zu lösen, und formulierte diesen Gedanken sofort zu einem neuen Vorschlag. Aber auch damit sah ich mich zurückgewiesen, und wieder war es der französische Ehrenkodex, welcher mir im Wege stand. Hierauf sprach ich mich für Chassevot-Gewehre, sodann für doppelläufige Flinten und schließlich für Kavallerierevolver aus. Eins nach dem anderen wurde zurückgewiesen, und nachdem ich halb erschöpft eine weitere halbe Stunde nachgedacht hatte, schlug ich, von plötzlichem sarkastischem Mutwillen übermannt, Ziegelsteine auf dreiviertel Meilen vor.

Von jeher ist mir nichts widerwärtiger gewesen, als einen guten oder schlechten Witz an einen Menschen zu verschleudern, der für keines von beiden das leiseste Verständnis hat. Ich bin daher noch heute außerstande, den Ingrimm zu beschreiben, welcher mich erfasste, als ich den Mann im vollsten Ernst mit dem Kopf nicken und hinweggehen sah, um meinen letzten Vorschlag Herrn Fourtou zu unterbreiten. Nach einigen Minuten erschien er wieder und meldete mir, ohne mit einer Wimper zu zucken und in der geschäftsmäßigsten Weise der Welt, dass sein Duellant von der Idee mit den Ziegelsteinen auf dreiviertel Meilen ganz begeistert sei, und daher umsomehr bedaure, darauf verzichten zu müssen aus Rücksicht für die ganz und gar unschuldigen und an der Sache unbeteiligten Personen, welche zur Zeit des Duells nicht umhin könnten, zwischen den beiden Kämpfern hindurchzugehen. Ich musste ihm recht geben, ohne jedoch fähig zu sein, noch einen weiteren Vorschlag zu machen.

»Ich bin jetzt mit meiner Weisheit zu Ende«, sagte ich zusammenknickend. »Vielleicht würden Sie so gut sein und mir irgendeine Waffe namhaft machen, welche der Würde dieses historischen Vorgangs ebenso entspräche, wie dem unverkennbaren Wunsch der beiden Gegner, einander zu töten. Vielleicht fällt Ihnen eine solche ein – oder haben wohl Sie schon die ganze Zeit über eine im Auge gehabt?«

Sein Antlitz verklärte sich und er rief mit aufatmender Bereitwilligkeit:

»Gewiss, mein Herr! Bei der großen Rolle, die der Ehrenpunkt im öffentlichen französischen Leben spielt, sind wir stets für solche Fälle gerüstet.« Und er begann mit Fingern und Händen, welche vor Aufregung zitterten, eine Jagd durch seine Taschen – eine Hetze von Tasche zu Tasche, welche ihn über das ganze Revier seines Anzugs führte, deren Erfolglosigkeit jedoch zuletzt in den mehrfach gemurmelten Worten: »Was habe ich nur damit angefangen?« ihren Ausdruck fand. Aber er ließ sich durch diese ersten verfehlten Versuche nicht einschüchtern, und so gelangte er schließlich in einen inneren weltentlegenen Schlupfwinkel von Westentäschchen, aus dem er triumphierend ein paar kleine Dinge herauszog, die ich ans Fenster trug und in der dort herrschenden besseren Beleuchtung als dem Geschlecht der Pistolen angehörend erkannte. Es waren einläufige Terzerole, ganz und gar mit Silber beschlagen und wirklich die niedlichsten und zierlichsten Spielzeuge dieser Art, welche ich je gesehen. Ich war vor Erstaunen sprachlos. Da ich aber doch eine Meinung äußern musste, so nahm ich die eine der beiden angeblichen Pistolen und befestigte sie an meiner Uhrkette. Die andere gab ich dem Sekundanten des Herrn Fourton zurück, welcher sie in seinem Portemonnaie in Sicherheit brachte. Gleichzeitig entnahm er demselben eine zusammengelegte Briefmarke, faltete sie auseinander und brachte ein paar kleine, pillenartige Gebilde zutage, von denen er eines mit dem Bemerken, dass dies die dazu gehörende Patrone sei, im Innern meiner hohlen Hand verschwinden ließ. Ich fragte meinen Verbrechensgenossen, ob er gesonnen sei, unseren Duellanten nur je einen Schuss zu erlauben, worauf er mir erwiderte, dass der französische Ehrenkodex nicht mehr gestattete. Hierauf ersuchte ich ihn, die Entfernung zu bestimmen, drückte mich jedoch, da unter dem Eindruck unsrer Verhandlungen meine geistige Klarheit getrübt zu werden begann, so dunkel aus, dass ich von ›Schritten‹ sprach und Zahlen wie ›drei‹ und ›fünf‹ fallen ließ. Erst als ich ihn ohne jede vorgreifende Bestimmung meinerseits einfach bat, seine Distanz zu nennen, verstand er mich und sagte mit dem Tone eines Mannes, welcher die ungeheure Verantwortlichkeit, die er damit auf sich nahm, voll empfand: »Fünfundsechzig Meter!«

Das brachte mich insofern wieder zu mir, als ich die Geduld verlor. Ich rief:

»Fünfundsechzig Meter – mit diesen Säuglingspistolen da? Geladene Zahnstocher würden auf fünfzig Meter tödlicher sein. Vergessen Sie denn ganz, mein Herr, dass Sie und ich dazu berufen sind, den gegenseitigen Mord unsrer Auftraggeber zu vermitteln, oder doch wenigstens denjenigen des einen mit allen Kräften sicherzustellen, – und nicht dazu, beide mit Gewalt unsterblich zu machen!«

Aber mit aller Überredungskunst und selbst aller Heftigkeit vermochte ich nicht, mehr von ihm zu erreichen, als eine Verminderung der Entfernung auf fünfunddreißig Meter, und selbst dieses Zugeständnis wurde mit höchstem Widerstreben und einem Gesicht gemacht, als sei es der Mord in seiner hoffnungslosesten Gestalt, der durch dieses Nachgeben besiegelt würde.

»Ich wasche meine Hände in Unschuld – die Schlächterei komme auf Ihr Haupt!«

Damit waren wir fertig und ich konnte zu meinem Löwen in dessen Höhle zurückkehren, um ihm das demütigende Ergebnis meiner Verhandlungen mitzuteilen. Als ich eintrat, schleuderte Herr Gambetta eben seine letzte Locke auf die zur Höhe von anderthalb Fuß von ihm emporgeraufte Haarpyramide, von welcher ich bereits gesprochen. Mit einem Satz sprang er mir bis zur Schwelle entgegen:

»Sie haben die Todesveranstaltungen getroffen – ich lese es in Ihren Blicken!«

»Ich habe mein Bestes versucht –«

Er erblasste, als ob er die ganze Beschämung ahne, welche ich für ihn in Bereitschaft hatte, und lehnte sich, um seiner bevorstehenden Entrüstung besser Herr werden zu können, gegen den Tisch. Nach ein paar schweren Atemzügen flüsterte er heiseren Tones:

»Die Waffen, die Waffen! Schnell! Was für Waffen hat man gewählt?«

»Diese hier«, rief ich, indem ich mich aufraffte und allen weiteren Umschweifen dadurch aus dem Wege ging, dass ich ihm meine Uhrkette mit ihrem kleinen silberbeschlagenen Anhängsel hinhielt. Er warf nur einen Blick darauf, dann stürzte er schwer und massig zu Boden. Das ganze Zimmer teilte seine Erschütterung. Ich wollte eben Hilfe herbeiholen, als er zum Glück auch schon wieder zu sich kam und die Worte ausstieß:

»Die unnatürliche Ruhe, welche ich mir bisher aufgezwungen habe, hat meine Nerven erschöpft. Jetzt fort mit aller Schwäche! Ich will meinem Schicksal die Stirn bieten, wie ein Mann und Franzose!«

Er erhob sich und nahm, nachdem er nicht ohne Kampf das Gleichgewicht gewonnen, eine Stellung an, deren Erhabenheit nie von einem andern Menschen erreicht und nur in ein paar Ausnahmefällen von Statuen übertroffen worden ist. Dann sagte er in seinem tiefen Ton, der ihm, so oft er desselben bedarf, so wunderbar zu Gebot steht:

»Sie sehen, ich bin ruhig, ich bin bereit. Nennen Sie mir die Entfernung!«

»Fünfunddreißig Meter!«, sagte ich halblaut und die Augen niederschlagend.

Selbst in dieser beschwichtigenden Weise vorgebracht, traf ihn meine Enthüllung auf das Fürchterlichste. Diesesmal blieb er länger liegen. Da ich mit meiner einfachen Menschenkraft außerstande war, den gestürzten Herkules aufzuheben, rollte ich den Halbgott derartig herum, dass er auf den Bauch zu liegen kam, worauf ich ihm Wasser zwischen Hals und Rockkragen goss, welches bald das ganze Gebiet seines Rückens nebst den dazu gehörigen Hinterländern überrieselte und ihn wieder zu sich brachte.

»Fünfunddreißig Meter!«, stöhnte er. »Und ohne jede Zugabe, wie sie bei jedem ordentlichen Ellengeschäft selbstverständlich ist!? Doch wozu fragen? Da einmal Mord die eingestandene Absicht des Mannes ist – warum sollte er sich mit solchen Kleinigkeiten abgeben? Aber merken Sie sich eins: Die Welt wird in meinem Fall ein Beispiel von dem erleben, was französische Ritterlichkeit unter Sterben versteht.«

Nach einem längeren und peinlichen Stillschweigen fragte er:

»Kam denn nicht wenigstens der Umstand zur Sprache, dass jener Mann zwar Familienvater ist, wogegen ich eine ganz andere Körpermasse in die Wagschale lege? Meinetwegen, es kann nicht meine Sache sein, auf diesen Vorteil hinzuweisen, den er vor mir voraushat. Wenn er nicht selbst so viel Anstand hat, wohlan, so möge er sich einen Umstand zunutze machen, von welchem kein Ehrenmann profitieren sollte, ohne zu erröten!«

Er sprach es mit unbeschreiblicher Bitterkeit. Dann versank er in eine Art dumpfen Brütens, welches ihn trefflich kleidete und das mehrere Minuten dauerte. Nach Ablauf desselben machte er eine erneute Anstrengung, etwas Unerhörtes mit der Fassung eines Helden hinzunehmen, indem er fragte:

»Und die Stunde? Welche Stunde ist bestimmt, das Zusammentreffen noch verhängnisvoller zu machen, als es an sich schon ist?«

»Morgen früh, beim Tagesgrauen.«

»Ich war darauf gefasst«, rief er. »Aber ich sage Ihnen, es ist ein Wahnsinn. In meinem ganzen Leben habe ich mich zu einer solchen Tageszeit noch nicht töten lassen. Es ist eine Stunde, zu welcher ja noch nicht ein einziger Mensch draußen ist!«

»Eben deswegen wählte ich sie. Oder – verstehe ich Sie recht – wünschen Sie eine Zuschauerschaft zu haben?«

»Es ist keine Zeit zu müßigen Fragen. Ich begreife nicht, wie Herr Fourtou sich bereitfinden lassen konnte, einer solchen Neuerung seine Zustimmung zu geben. Gehen Sie augenblicklich zurück zu ihm und bestehen Sie auf einer späteren Stunde!«

Ich eilte die Treppe hinunter und öffnete eben die Haustüre, um auf die Straße zu treten, als ich dem Vertrauensmann des Herrn Fourtou fast in die Arme stürzte. Er sagte:

»Ich komme, um Ihnen mitzuteilen, dass mein Freund auf das Allerentschiedenste gegen die gewählte Stunde Einsprache erhebt und um Ihre Zustimmung ersucht, dass dieselbe auf halb zehn verlegt werde.«

Ich machte unwillkürlich ein Gesicht, als zwänge man mich, in einen Apfel von unberechenbarer Säure zu beißen. Nachdem ich jedoch Herrn Fourtous Sekundanten etwa fünf Minuten mit steigender Ängstlichkeit an meinen Mienen hatte hängen lassen, verbeugte ich mich und sagte:

»Eine jede Gefälligkeit, welche wir Ihnen erweisen können, sei hiermit Ihnen und Ihrem ausgezeichneten Freunde zugestanden. Wir stimmen der gewünschten Verlegung der Stunde um so lieber zu, als dieselbe ja mit dem unvermeidlichen Schlussergebnis des Zusammentreffens nichts zu tun hat.«

»Darf ich Sie bitten, den Dank meines Auftraggebers entgegenzunehmen?« Er wartete keine Antwort ab, sondern kehrte sich um und rief einem dicht hinter ihm stehenden Herrn zu: »Liebster Noir, haben Sie es gehört, die Zeit ist auf halb zehn festgesetzt – auf halb zehn!« Worauf Herr Noir sich mit ein paar gemurmelten Dankesworten verneigte und davonschoss. Mein Mitsekundant wendete sich wieder mir zu.

»Wenn es Ihnen genehm ist, können sich Ihre Hauptärzte und die unsrigen in einer und derselben Kutsche nach der Kampfstätte begeben. Eine alte Sitte will es so.«

»Auch ohne die alte Sitte würde mir das vollkommen passen. Es ist genug, dass die beiden Gegner einander als tödliche Feinde gegenüberstehen; warum sollte auch noch zwischen den nur indirekt Beteiligten ein Abgrund des Mordes aufgähnen? Aber wenn ich recht hörte, sprachen Sie von Hauptärzten auf beiden Seiten. Darf ich fragen, wie viele davon ich für uns zu besorgen habe? Werden zwei oder drei genügen?«

»Zwei für jede Partie ist die übliche Anzahl. Ich meinte jedoch damit nur die ›Hauptärzte‹. Was die bei der hohen Stellung der Duellanten unerlässlichen konsultierenden Ärzte anlangt, so wünsche ich Sie in Betreff der Zahl derselben durchaus nicht zu beschränken, sondern möchte nur den Wunsch aussprechen, dass Sie aus den höchsten Zierden der Pariser Wissenschaft auswählen. Dieselben haben nicht in gemeinsamen Wagen zu fahren, sondern pflegen sich ihrer eigenen Equipagen zu bedienen. Und nun noch eine wichtige Frage – haben Sie bereits den Leichenwagen engagiert?«

»Der Himmel erleuchte meinen vergesslichen Kopf!«, rief ich beschämt aus. »Aber ich habe wahrhaftig nicht daran gedacht. Dafür soll es auch jetzt das Allernächste sein, was ich besorge. Sie müssen schon Nachsicht mit mir haben, und ich fürchte allen Ernstes, dass meine Unwissenheit und Vergesslichkeit Ihnen bereits mehr als ein innerliches Lächeln entlockt hat. Versuchen Sie den Mantel christlicher Liebe und den Schild französischer Ritterlichkeit darüber zu decken. Es ist das erste Mal, dass ich etwas mit einem hochzivilisierten Duell im Herzen der modernen Kultur zu tun habe. Ich habe reichliche Duellerfahrungen an der pazifischen Küste, in Kalifornien und Nevada gesammelt, aber ich sehe erst jetzt, wie roh und primitiv die Menschen dort in der Erledigung ihrer Ehrenhändel sind. Ein Leichenwagen – pah! Wir waren gewohnt, die Toten, welche dort bei keinem Zweikampf ausbleiben, zerstreut, wie sie gefallen waren, liegen zu lassen und ihre Fortschaffung denen anheimzugeben, die gerade ein Interesse daran hatten. Haben Sie mich noch auf etwas aufmerksam zu machen?«

»Auf nichts; es sei denn, dass auch die beiden Haupttotengräber, wie die beiden Hauptärzte, in einem Wagen sich dem Zuge nach der Walstatt anzuschließen haben. Deren Gehilfen können gehen und die Prozession zu Fuß beschließen. Ich selbst werde Sie morgen um 8 Uhr abholen und mit Ihnen die Reihenfolge des Zuges anordnen. Bis dahin habe ich die Ehre, mich Ihnen zu empfehlen.«

Nachdem ich meine Geister, von welchen ich fühlte, dass sie mir mehr und mehr entschlüpften, ein wenig gesammelt hatte, stieg ich zu Herrn Gambetta empor. Er schien sich in den Gedanken an alle möglichen weiteren Zumutungen demütigender Natur ergeben zu haben und fragte nur:

»Wann hat die Tragödie zu beginnen?«

»Um halb zehn!«

Er atmete auf, offenbar, weil ich nicht ›um zwölf Uhr‹ geantwortet hatte, zu welcher Zeit eine Störung durch das alsdann noch zahlreicher ausgerückte Publikum ganz unvermeidlich gewesen wäre. Um so befremdender war es mir, dass er in selbem Atem hinzusetzte:

»Haben Sie die Zeitungen benachrichtigt?«

»Herr!«, rief ich mit unwillkürlicher, nicht zurückzudrängender Indignation. »Wie können Sie mich nach unserer langen und herzlichen Freundschaft einer solchen Verräterei für fähig halten?«

»Pst, pst!«, machte er beschwichtigend. »Habe ich Sie verletzt? Ach, ich sehe es wohl, ich überbürde Sie mit Aufträgen. Vergessen Sie, was ich da eben sagte, und begnügen Sie sich mit den übrigen Punkten Ihrer Liste. Übrigens wird der Bluthund von Fourtou schon dafür gesorgt haben. Im Notfalle könnte ich es auch allein – ja ich will es sogleich selbst tun – eine Zeile an Herrn Noir genügt –«

»Noir?«, unterbrach ich ihn. »Die Mühe können Sie sich ersparen. Herr Noir ist soeben von dem andern Sekundanten unterrichtet worden und befindet sich mit der Neuigkeit bereits auf dem Wege zu allen Redaktionen.«

»Hm, – das hätte ich wissen können. Es sieht diesem Fourtou ganz und gar ähnlich, aus einem Ehrenhandel eine öffentliche Komödie zu machen.«

Wenige Minuten vor halb zehn Uhr näherte sich am andern Tage ein feierlicher Zug in der nachstehenden Ordnung dem Felde von Plessis le Piquet. Zuerst unser Wagen mit dunkeln Vorhängen, welche sorgfältig so weit zugezogen waren, dass man Herrn Gambetta noch recht gut von außen erkennen konnte. Er hatte niemanden bei sich, als mich und eine weiße Rosenknospe im Knopfloch. Nach uns eine ähnliche Kutsche mit Herrn Fourtou und seinem Sekundanten. Hierauf ein Wagen mit zwei dichterischen Rednern aus der Schule Viktor Hugos, welche dicke Manuskripte für den Fall einer auf offenem Felde zu improvisierenden Leichenrede bei sich hatten. Dann der Wagen mit den Hauptärzten und mächtigen Kasten voll chirurgischer Instrumente. Ferner acht Kutschen mit konsultierenden Ärzten und Wundärzten. Hierauf die beiden Leichenwagen, mit sechs Pferden bespannt, denen die Kutsche mit den Totengräbern folgte. Und endlich die lange Reihe der Gehilfen der letzteren, welchen sich eine unabsehbare und stets wachsende Menge von Bummlern, anständigen Spaziergängern, persönlichen Freunden der Duellanten, Berichterstattern und Polizisten angeschlossen hatte. Leider lag ein brettdichter Nebel über der Landschaft, welcher von dem Zug nie mehr als ein paar Meter auf einmal erkennen ließ. Bei etwas reinerem Wetter wäre es ein wahrhaft großes und erhebendes Schauspiel gewesen.

Ein allgemeines Schweigen herrschte. Ich versuchte einige Male, mit meinem Freunde zu sprechen. Aber er bemerkte es nicht, so sehr war er in sein Notizbuch vertieft, über welches gebeugt er von Zeit zu Zeit die Worte murmelte: »Ich sterbe, damit Frankreich lebe!«

Als wir an der Walstatt angekommen waren, war mein Erstes, dass ich durch den jetzt völlig greifbar gewordenen Nebel auf eine Entdeckungsreise nach dem andern Sekundanten ausging und nach seiner glücklichen Auffindung mich mit ihm daran machte, die Entfernung von fünfunddreißig Metern abzuschreiten. Dass dies bei dem herrschenden Wetter zu einer ganz nichtssagenden Förmlichkeit herabsank, konnte uns in dem Ernst, womit wir uns ihrer entledigten, nicht stören. Nachdem wir mit dem Abmessen der Distanz fertig waren, begab ich mich zu Herrn Gambetta und fragte ihn, ob er bereit sei. Er schien mich zuerst durch den dicken Nebel hindurch nicht zu verstehen, dann, als er mich verstand, dehnte er sich zu seiner vollen Weite aus und rief mit starker, selbst den am fernsten Stehenden vernehmlicher Stimme:

»Fertig! Man lasse die Batterien laden!«

Das Laden wurde in der Gegenwart von zwei fachmännischen Zeugen, nachdem sie sich mit ihren Augengläsern von der Existenz und Beschaffenheit der beiden Patronen überzeugt hatten, besorgt. Wegen der uns umgebenden Nebelnacht waren wir gezwungen, uns der Hilfe einer von unserer Kutsche herbeigeholten Laterne zu bedienen. Als wir endlich fertig geworden waren und eben an das blutige Werk schreiten wollten, verursachte die Polizei eine Störung. Sie hatte die Entdeckung gemacht, dass das Publikum von allen Seiten in den eigentlichen Bannkreis des Kampfplatzes eingedrungen war, und bat deshalb um Erlaubnis, vor Beginn des Schießens diese guten und völlig unschuldigen Leute in Sicherheit bringen zu dürfen. Es wurde bewilligt und die Sicherheitsbeamten teilten die zahllose Zuschauermenge in zwei Hälften, von denen sie die eine dicht hinter Herrn Gambetta, die andere dicht hinter Herrn Fourtou zusammentrieben.

Da es immer finsterer wurde, hatten mein Gegensekundant und ich verabredet, unmittelbar vor dem verhängnisvollen Zeichen ein Hallo-Hoh auszustoßen, damit jeder von den Duellanten ungefähr wisse, wo sich sein Gegner befände. Nachdem dies geschehen, begaben wir uns zu unsern beiderseitigen Kämpfern. Ich fand den meinigen, den ich so mutvoll verlassen, im vollsten Kampf mit der ihn umgebenden Dunkelheit und einer inneren Verfassung, welche kaum weniger finster war. Ich tat mein Bestes, ihn aufzurichten, indem ich ihm versicherte, dass trotz dieses abscheulichen Nebels, in den wir uns verrannt hatten, doch ganz Frankreich auf ihn blicke. »Und dann«, setzte ich tröstend hinzu, »die Dinge sind gar nicht so schwarz, wie sie aussehen. Die Beschaffenheit der Waffen, die verhältnismäßig beschränkte Zahl der Schüsse, die rücksichtsvolle Entfernung und die Gediegenheit dieses sonst so unzeitgemäßen Nebels lassen im Verein mit der weiteren Tatsache, dass der eine Gegner einäugig ist[6], während der andre schielt und kurzsichtig ist, immerhin die Annahme zu, dass dieser Zweikampf nicht absolut tödlich ausfallen muss. Es liegt sogar die Möglichkeit vor, dass Sie beide das Duell überleben. Fort daher mit dieser letzten Anwandlung von Schwäche, und seien Sie ganz wieder, was Sie sind!«

Diese Worte machten sichtlichen Eindruck. Wieder dehnte sich mein Mann zu seiner ganzen Massenhaftigkeit aus und rief, die Hand ausstreckend:

---

[6] Gambetta war auf einem Auge blind.

»Ich bin wieder ich selbst! Man gebe mir das tödliche Geschoss!«
Ich legte es in die weite Innenfläche dieser fleischigen Riesenhand, welche bestimmt war, einst die Zügel der republikanischen Regierung Frankreichs zu führen. Er bückte sich darüber hin und schauderte.
»Ach«, murmelte er, »mein Freund, es ist nicht der Tod, den ich fürchte, sondern die Verstümmlung!«
Aufs Neue sprach ich ihm Mut ein und wieder mit solchem Erfolg, dass er in die Worte ausbrach:
»So beginne denn die Tragödie! Stellen Sie sich hinter mich und stemmen Sie sich gegen meinen Rücken. Der Boden ist hier von dem feuchten Wetter so schlüpfrig, und wir stehen beide zusammen ungleich fester in einer so feierlichen Stunde der Geschichte Frankreichs, mein Freund!«
Ich sagte ihm dies zu, dann richtete ich seinen Arm mit der erhobenen Pistole auf die Stelle im Nebel, wo ich unsern Gegner vermutete. Ich ermahnte ihn, genau auf das Hallo-Hoh des Gegensekundanten zu hören und die Richtung seiner Pistole danach zu verändern, wenn es nicht von der Stelle käme, wo wir hinhielten. Hierauf trat ich hinter ihn, stemmte mich mit aller Kraft gegen seinen gigantischen Rücken und stieß mein verabredetes Hallo-Hoh aus. Es wurde prompt von irgendwoher im Nebel beantwortet, und nun klang das Kommando:
»Eins – zwei – drei – Feuer!«
Zwei Detonationen, welche genau so klangen, als habe einer unsrer amerikanischen Hinterwäldler zweimal hintereinander seinen Tabaksaft auf einen glühenden Ofen geschleudert, verloren sich im Nebel, und gleich danach brach Herr Gambetta mit solcher Wucht zusammen und über mich herein, dass mir Hören, Sehen und Atmen verging. Begraben und regungslos, wie ich lag, hörte ich nur, wie sich aus dem über mir zusammengeballten Fleischberg unverständliche Töne hervorarbeiteten, welche endlich bestimmter wurden und schließlich wie die Worte klangen: »Ich sterbe – ich sterbe für das – zum Teufel, wo ist mein Notizbuch? Ich – sterbe – ja für was nur? – für Frankreich – Frankreich, so ist's! – Ich sterbe, damit Frankreich lebe!«
Im nächsten Augenblick umschwärmte uns eine ganze Wolke von Ärzten und Totengräbern, von denen die ersteren mit zahllosen Händen, Instrumenten und Augengläsern Herrn Gambettas ganze Oberfläche abjagten, um die Wunde zu finden, welcher Frankreich das Leben verdanken sollte. Nur zu bald überzeugten sie sich, dass nichts derartiges vorhanden war, und nachdem man mich unter meiner lebenden Last

hervorgezogen und diese auf ihre beiden Beine gestellt, folgte eine Scene, deren Schilderung einer andern Dichterkraft würdig ist, als sie meiner schwachen und überdies etwas pessimistischen Feder innewohnt.

Die beiden Duellanten fielen sich unter einer Flut von Tränen des Stolzes und der Freude um die Hälse. Der andre Sekundant hatte keine Augen und kein Erbarmen für meinen Zustand und umarmte mich gleichfalls. Die Ärzte, die Totengräber, die Leichenredner, die Polizisten, das ganze Publikum – alles umarmte sich, und ein Jubel erfüllte den Nebel, dass selbst dieser gerührt wurde, sich verzog und die Sonne auf das herrliche Schauspiel, dessen tragischere Hälfte er ihr so wohlmeinend entzogen hatte, ungehindert herabblicken ließ.

Obgleich ich eine Empfindung hatte, als ob während der kurz vorhergegangenen Minuten alle Rippen und Knochen meines Leibes gebrochen worden seien, konnte ich doch den beseligenden Gedanken nicht unterdrücken, dass es schöner sein müsse, der Held eines französischen Duells zu sein, als selbst ein gekrönter und beszepterter Monarch.

Nachdem die allgemeine Aufregung ein wenig nachgelassen hatte, hielten die anwesenden Ärzte eine Massenversammlung ab, deren Zweck eine Konsultation über die Verletzungen war, welche ich erlitten hatte. Nach einer halben Stunde kamen sie zu dem Schluss, dass dieselben bei guter Pflege und gewissenhafter Behandlung nicht unbedingt tödlich seien. Am ernstlichsten waren die inneren Beschädigungen, welche ich davongetragen hatte, was sich freilich erst herausstellte, als ich nach Paris zurückgekehrt war und meinen eigenen Arzt hatte rufen lassen, welcher die Entdeckung machte, dass eine von den drei gebrochenen Rippen meinen linken Lungenflügel durchbohrt habe, während von meinen übrigen Organen mehrere unter dem Drucke sich verschoben hätten, sodass es sehr zweifelhaft sei, ob sie jemals lernen würden, ihre natürlichen Funktionen an so ungewohnten Stellen auszuüben. Auf dem Duellplatz selbst hatte man sich begnügt, mir den an zwei Stellen gebrochenen rechten Arm in einen Notverband zu legen, das verrenkte linke Knie wieder einzurichten, und die aus meiner Nase schießenden Blutströme, von denen auch mein Gegensekundant bei seiner Umarmung auf das Reichlichste profitiert hatte, zu stillen. Obgleich mir dabei einige Male das Bewusstsein verging, fühlte ich mich doch unwillkürlich durch das allgemeine Interesse, welches ich einflößte, gerührt, und das stolze Bewusstsein, der erste und einzige Mann zu sein, welcher seit Jahren bei einem französischen Duell ordentlich verwundet worden war, gab mir Kräfte, alle Schmerzen siegreich zu überstehen.

Seitdem gehe ich langsam der Genesung entgegen, obgleich ich noch heute nicht so weit bin, diese harmlosen, aber wahrhaften Aufzeichnungen niederzuschreiben. Ich muss sie diktieren. Im Übrigen bin ich von Aufmerksamkeiten erdrückt worden. Selbstredend ist das Kreuz der Ehrenlegion nicht ausgeblieben, – wer entgeht demselben im derzeitigen republikanischen Frankreich?

Und doch habe ich mir eine Lehre aus meinem Anteil an dem großen Gambetta-Fourtou-Duell gezogen. Ich werde nie zurückschrecken, *vor* einem französischen Duellanten zu stehen, – *hinter* einen aber soll mich keine Gewalt der Erde mehr bekommen!

Eine Beobachtung in Paris

Der Pariser reist nur wenig, er versteht keine Sprache als die seinige, liest nur einheimische Bücher und ist infolgedessen recht beschränkt und selbstzufrieden. Doch seien wir gerecht; es gibt Franzosen, die auch fremde Sprachen verstehen: die Kellner. Unter anderem verstehen sie auch englisch; allerdings auf ihre Art – sie können es sprechen, aber nicht verstehen. Sie machen sich leicht verständlich, aber es ist fast unmöglich, einen englischen Satz so auszudrücken, dass sie fähig wären, ihn zu verstehen. Sie glauben und behaupten, ihn zu verstehen, verstehen ihn aber nicht. Nachstehende Unterredung hatte ich mit einem dieser Menschen; ich schrieb dieselbe seinerzeit nieder, um sie aufzubewahren.

Ich. Das sind schöne Orangen. Wo sind sie her?

Er. Mehr? Ich werde gleich welche bringen.

Ich. Nein, bringen Sie keine mehr; ich möchte nur wissen, wo sie her sind – wo sie gewachsen sind.

Er. Ja? (mit unerschütterlich gleichgültiger Miene.)

Ich. Ja. Können Sie mir sagen, aus welchem Lande sie sind?

Er. Ja? (lächelnd, mit stärkerer Betonung.)

Ich (entmutigt.) Sie sind sehr erfrischend.

Er. Guten Abend. (Verbeugt sich und entfernt sich sehr befriedigt.)

Der junge Mann hätte ein guter ›Engländer‹ werden können, wenn er sich ordentlich Mühe gegeben hätte; aber er war Franzose und wollte das nicht. Wie ganz anders bei unsern Leuten! Sie benützen jede Gelegenheit, um französisch zu lernen. Es gibt in Paris eine Anzahl französischer Protestanten, welche sich ein hübsches Kirchlein an einer der großen Avenuen, die vom Triumphbogen ausgehen, bauten. Sie wollen dort die rechte Lehre auf die rechte Art in französischer Sprache predigen hören. Aber ihre Freude wird ihnen verdorben: Unsere Landsleute kommen ihnen jeden Sonntag zuvor und füllen den ganzen Raum. Wenn der Geistliche die Kanzel betritt, findet er das Gotteshaus voll von andächtigen Fremden, von denen jeder ein kleines Buch in der Hand hat – anscheinend ein in Maroquin gebundenes Testament, wenn man genauer hinsieht, erblickt man Bellows ausgezeichnetes und erschöpfendes französisch-englisches Taschenwörterbuch, das in Ansehen, Einband und Größe genau einem Testament gleicht. Diese Andächtigen haben sich eingefunden, um Französisch zu lernen. Das Gebäude hat daher den Spitznamen ›Die Kirche für französische Gratislektion‹ erhalten.

Diese Zuhörer eignen sich wahrscheinlich mehr Sprachkenntnis als allgemeines Wissen an, denn eine französische Predigt gleicht ganz einer französischen Rede; sie nennt nie ein geschichtliches Ereignis, sondern gibt nur das Datum an; wenn man darin nicht gut beschlagen ist, verliert man sich. Eine französische Rede aber lautet etwa wie folgt: – »Freunde, Bürger, Brüder, edle Glieder der einzig erhabenen und vollkommenen Nation, lasset uns nicht vergessen, dass der 21. Januar unsere Ketten zerbrach, dass der 10. August uns von der schimpflichen Gegenwart fremder Spione befreite, dass der 5. September seine eigene Rechtfertigung war vor Gott und der Welt, dass der 18. Brumaire den Keim zu seiner eigenen Bestrafung in sich trug, dass der 14. Juli die mächtige Stimme der Freiheit war, welche die Auferstehung, den neuen Tag verkündete und die unterdrückten Völker der Erde einlud, das göttliche Antlitz Frankreichs zu beschauen und zu leben; und lasset uns unsern ewigen Fluch aussprechen gegen den Mann des 2. Dezember und mit Donnerstimme der ureigenen Stimme Frankreichs, erklären, dass es ohne ihn in der Geschichte keinen 17. März, keinen 12. Oktober, keinen 19. Januar, keinen 22. April, keinen 16. November, keinen 30. September, keinen 2. Juli, keinen 14. Februar, keinen 29. Juni, keinen 15. August, keinen 31. Mai gegeben hätte – dass ohne ihn Frankreich, das Reine, das

Große, das Unvergleichliche, heute einen glücklicheren und reineren Kalender besäße.«

Ich habe von einer französischen Predigt gehört, die in dieser wunderlichen, aber beredten Weise schloß:

»Andächtige Zuhörer, wir haben eine traurige Veranlassung, des Mannes vom 13. Januar zu gedenken. Die Folgen des ungeheuren Verbrechens vom 13. Januar stehen im richtigen Verhältnis zu der Größe der Tat selbst; ohne diese wäre uns das kummervolle Schauspiel des 30. Novembers erspart geblieben. Die Gräueltat des 16. Juni wäre ohne sie nie verübt worden, noch wäre der Mann des 16. Juni je zum Dasein gelangt; sie war allein schuld an dem 3. September, wie an dem verhängnisvollen 12. Oktober. Sollen wir also dankbar sein für den 13. Januar mit seinem Todesschrecken für euch und mich und alles, was atmet? Ja, meine Freunde, denn er gab uns auch, was ohne ihn nie und nimmermehr gekommen wäre – den gesegneten 25. Dezember.«

Vielleicht ist hier eine Erklärung am Platze, obgleich eine solche für viele meiner Leser kaum nötig sein wird. Der Mann des 13. Januar ist Adam; das Verbrechen jenes Tages war das Essen des Apfels; das traurige Schauspiel des 30. November war die Vertreibung aus dem Paradiese; die Gräueltat des 16. Juni war die Ermordung Abels; am 3. September begann die Reise nach dem Lande Nod[7]; am 12. Oktober verschwand die letzte Bergspitze unter der Sündflut. Wenn man in Frankreich zur Kirche geht, muss man einen Kalender, in dem die Gedenktage verzeichnet sind, mitnehmen.

Pariser Führer

Im Jahre 1867 war ich mit einigen Freunden in Paris, und zwar zum Besuch der Weltausstellung. Am Morgen nach unserer Ankunft gingen wir zu dem ›commissionaire‹ des Hotels – ich weiß nicht, was das bedeutet, allein es war der Mensch, an den wir uns wandten – und sagten ihm, wir möchten einen Führer haben. Er bemerkte, dass es nahezu unmöglich sein werde, einen guten Führer außer Beschäftigung zu finden. Für

---

[7] Nach der Bibel: Land der Verbannung. Anm. des Übers.

gewöhnlich habe er ein bis zwei Dutzend an der Hand, augenblicklich aber nur drei. Er rief dieselben herbei. Der eine sah so banditenmäßig aus, dass wir ihn gleich wieder wegschickten. Der zweite redete uns in einer peinlichen Aussprache an, welche recht deutlich sein sollte, also:

»Wenn die Gentlemen mick woll geben die Ehr, ßu behalten mick in ihre Dienste, werd ik Sie ßeigen alle Ding das sein präktik in der schönen Paris. Ik sprek die fremde Spracke parfaitement.«

Er würde am besten getan haben, hier inne zu halten, weil er gerade so viel auswendig gelernt hatte und ohne Verstoß hersagte. Aber seine Selbstgefälligkeit verleitete ihn, sich in die höheren Regionen der fremden Sprache zu versteigen und dieser tollkühne Versuch war sein Verderben. Binnen zehn Sekunden hatte er sich in einen Haufen von verstümmelten Wörtern und verhackten Sprachformen verfilzt, dass kein menschlicher Scharfsinn mehr imstande war, ihn wieder mit heiler Haut herauszukriegen. Wir überließen ihn seinem Schicksal.

Der dritte Mann nahm uns gleich für sich ein. Er war einfach, aber sauber und nett gekleidet. Er trug einen hohen Seidenhut, der ein bisschen alt, aber sorgfältig gebürstet war, Handschuhe, die schon gewaschen, aber gut ausgebessert waren und einen zierlichen Spazierstock mit einem geschnitzten Griff – einem Damenfuß aus Elfenbein. Er schritt so subtil und zierlich einher wie eine Katze, die über eine schmutzige Straße geht und oh! – er war die Artigkeit, – die ruhige und zurückhaltende Selbstbeherrschung – die Ehrerbietung selbst. Er sprach sanft und bedächtig, und wenn er im Begriff war, etwas auf seine eigene Verantwortlichkeit zu behaupten, oder eine Andeutung zu machen, so erwog er es aufs Bedächtigste, indem er seinen Stock sinnend vor die Zähne hielt. Seine Eröffnungsrede war für einen Franzosen wirklich recht gut – im Satzbau, in den Redewendungen, in der Grammatik, im Tonfall, in der Aussprache – kurz in allem. Nachdem sprach er wenig und zurückhaltend. Wir waren bezaubert, ja mehr als bezaubert – ganz außer uns vor Freude. Wir mieteten ihn auf der Stelle und fragten gar nicht nach seinem Lohne. Dieser Mann war zwar unser Lakai, unser Diener, unser unterwürfiger Sklave, aber dennoch ein Gentleman, während von den andern beiden der eine linkisch und ungehobelt, und der andere ein geborener Seeräuber war. Wir frugen unseren Mann nach seinem Namen. Er zog aus seinem Taschenbuch eine schneeweiße kleine Karte und überreichte sie uns mit einem tiefen Bückling:

A. Bilfinger
Führer durch Paris, Frankreich,
Deutschland, Spanien, etc.
Grand Hotel du Louvre

»Bilfinger! Mir wird sterbensübel!«, sagte mein Freund Dan, indem er sich wegwandte. Auch meinem Ohr Tat der abscheuliche Name furchtbar weh. Wir können uns viel eher an ein Gesicht gewöhnen, oder sogar es gern sehen, das uns anfänglich missfällt, als uns mit einem übelklingenden Namen aussöhnen. Ich ärgerte mich fast, dass wir den Menschen, der wahrscheinlich ein Elsässer war, gemietet hatten, sein Name war uns zu unausstehlich. Indes, es war zu spät und wir wollten gern aufbrechen. Während Bilfinger hinausging, um einen Wagen herbeizurufen, sagte unser Freund, der Doktor:

»Nun mit dem Führer geht es uns wie mit mancher anderen Illusion. Ich versprach mir einen Führer namens Henry de Montmorency oder Armand de la Chartreuse oder dergleichen, was in den Briefen an unsere Kleinstädter daheim recht großartig ausfallen würde; und nun denke man sich einen Franzosen Namens – Bilfinger. Nein, das klingt zu abgeschmackt. Es geht unmöglich; es macht einem übel. Wir müssen ihn umtaufen. Wie wäre es mit dem Namen Alexis du Caulaincourt?«

»Oder Alphonse Henri Gustave de Hauteville«, schlug ich vor.

»Heißt ihn Ferguson«, meinte Dan.

Das klang zwar unromantisch, aber verständig und praktisch. Ohne weitere Debatte löschten wir Bilfinger als Bilfinger aus und nannten ihn Ferguson.

Der Wagen – ein offener Landauer – stand bereit. Ferguson stieg auf den Bock neben den Kutscher und fort ging's zum Frühstück. Im Restaurant angekommen, stellte sich Ferguson, wie sich's gehörte, neben uns, um unsere Bestellungen zu vermitteln und Fragen zu beantworten. Ganz beiläufig bemerkte er – der Schlaumeier –, er selbst würde sich erlauben, sein bescheidenes Frühstück nach dem unsrigen einzunehmen. Er wusste, dass wir auf ihn angewiesen waren und keine Lust hatten, auf ihn zu warten. Wir luden ihn daher ein, sich zu uns zu setzen und mitzuessen. Er lehnte mit hundert Verbeugungen ab; es sei zu viel Ehre für ihn und er wolle lieber an einem andern Tisch sitzen. Wir befahlen ihm hierauf energisch, sich hinzusetzen. Das war unsere erste Lehre. Wir waren doch hereingefallen. Solang wir den Burschen in unserem Dienst hatten, war er immer hungrig, immer durstig. Er kam frühmorgens und blieb spät;

er konnte an keinem Restaurant vorbeigehen; er schaute mit dem Auge eines Blutegels nach jeder Weinschenke. Alle Augenblicke hatte er einen Grund anzuhalten, um uns zum Essen und Trinken zu veranlassen. Wir gaben uns die größte Mühe, ihn so vollzufüllen, dass er vierzehn Tage lang keinen Platz mehr für Speise und Trank hätte; allein es misslang. Er fasste nicht genug, um das Verlangen seines übermenschlichen Appetits eine Zeit lang beschwichtigen zu können.

Er hatte noch eine andere Unart an sich. Er wollte uns beständig veranlassen einzukaufen. Unter den gesuchtesten Vorwänden lotste er uns in Weißzeugläden, Stiefelläden, Schneiderläden, Handschuhläden – kurzum, überall hin, wo die mindeste Aussicht war, dass wir etwas kauften. Jedermann würde erraten haben, dass die Ladenbesitzer ihm einen Prozentsatz von unseren Einkäufen bewilligten, aber wir in unserer glücklichen Harmlosigkeit ahnten das nicht eher, bis Ferguson die Sache etwas zu handgreiflich machte.

Eines Tages äußerte Dan zufällig, er gedenke, drei bis vier seidene Kleider zu Geschenken zu kaufen. Augenblicklich war Fergusons hungriges Auge auf ihn gerichtet. Nach Verlauf von zwanzig Minuten blieb der Wagen stehen.

»Wo sind wir?«

»Dies sein die feinste Seidenmagazin in Paris – die berühmteste.«

»Weshalb sind Sie denn hierhergefahren? Sie sollten uns doch nach dem Palais du Louvre bringen!«

»Ik dakt, der Err wünschte seidenen Stoffe ßu kaufen.«

»Man verlangt von Ihnen nicht, dass Sie für uns ›denken‹ sollen. Das hieße Ihre Energie zu sehr in Anspruch nehmen. Wir wollen von des Tages Last und Hitze selbst etwas tragen. Wir wollen versuchen, das ›Denken‹, das wirklich vonnöten ist, selbst zu besorgen. Also weitergefahren!«, sagte der Doktor.

Binnen fünfzehn Minuten machte der Wagen abermals Halt, und zwar vor einem zweiten Seidenwarenlager.

Wir wurden ärgerlich; aber der Doktor bewahrte seine milde Ruhe und sagte freundlich:

»Endlich! Wie großartig der Louvre ist, und doch wie schmal. Wie prächtig stilisiert, wie reizend gelegen. – Ehrwürdiges Werk.« –

»Pardon, Err Doktor. Dies sein nicht das Louvre – es sein –«

»Was ist es denn?«

»Es fiel mir ein – ganz plötzlich – dass die Seide in diese Magazin –«

»Ach, Ferguson, wie gedankenlos ich doch bin. Ich wollte Ihnen ganz bestimmt sagen, dass wir heute keine Seide kaufen wollten, dass wir vielmehr erpicht darauf seien, zum Palais du Louvre zu gelangen; aber ich muss es rein vergessen haben, es Ihnen zu sagen. Das Vergnügen, Sie heute Vormittag viermal frühstücken zu sehen, muss mir alle anderen Gedanken verscheucht haben. Fahren wir also jetzt zum Louvre, Ferguson!«

»Aber, Err Doktor!« (aufgeregt) »Es kostet Ihnen keine Minute. – höchstens eine kleine Minute. Der Err brauchen nix zu kaufen, wenn er nicht wollen, – nur *besehen* – nur ein Blick auf die prächtige Ware werfen. (Flehend: »Mein Err, – nur eine einzige Moment.«

Dan sagte: »Infamer Narr! Ich will heute durchaus keine Seidenstoffe sehen, ich tue keinen Blick darauf. Weiterfahren!«

Und der Doktor fügte hinzu: »Wir brauchen heute keine Seidenstoffe, Ferguson. Unsere Herzen sehnen sich nach dem Louvre. Lassen Sie uns weiterfahren – lassen Sie uns weiterfahren.«

»Aber, Doktor! Es sein ja nur eine Augenblick, kleine Augenblick. Und die Szeit wird nix verloren, gar nix verloren sein, weil es jetzt nix mehr zu sehen gibt – es ist ßu spät. Es fehlen noch ßehn Minuten zu vier und der Louvre wird um vier Uhr geschlossen – nur einen kleinen Augenblick, Doktor!«

Der verräterische Halunke! Uns nach vier Frühstücken und einer Gallone Champagner einen solchen Streich zu spielen. So bekamen wir an diesem Tag von den zahllosen Kunstschätzen des Louvre nichts zu sehen und unsere einzige kümmerliche Genugtuung bestand in dem Gedanken, dass es Ferguson nicht gelungen war, uns ein seidenes Kleid zu verkaufen.

Ich schreibe diesen Artikel teils wegen der Befriedigung, die mir das Schimpfen auf diesen vollendeten Bösewicht Bilfinger gewährt, teils um jedem, der dies liest, zu zeigen, wie die Fremden in den Händen dieser Pariser Führer fahren und was für eine Sorte diese letzteren sind. Man meine nicht, dass wir eine dümmere oder leichtere Beute waren, als unsere Landsleute gewöhnlich sind; durchaus nicht. Die Führer machen's mit jedem so, der sich ihnen anvertraut, wenn er zum ersten Mal in Paris ist. Aber – ich werde Paris eines schönen Tages wieder besuchen und dann mögen sich diese Führer in acht nehmen. Ich werde in meiner Kriegsbemalung hingehen und – meinen Tomahawk mitbringen.

Die alten Meister

In Mailand besuchte ich wie vor 12 Jahren die bedeutendsten Sehenswürdigkeiten und Bildergalerien; nicht weil ich noch einmal darüber zu schreiben wünschte, sondern, nur um zu sehen, ob ich in der Zwischenzeit etwas gelernt hätte. Auch in die Galerien von Rom und Florenz ging ich später zum gleichen Zweck. Einen Fortschritt hatte ich doch zu verzeichnen: Als ich zuletzt über die alten Meister schrieb, behauptete ich, die Kopien waren besser als die Originale. Das war ein großartiger Irrtum. Zwar finde ich, nach wie vor, keinen Gefallen an den alten Meistern, aber sie scheinen mir wahrhaft himmlisch im Vergleich zu den Kopien. Diese sind den Originalen ungefähr so ähnlich, wie künstliche, bleiche, seelenlose Wachsfiguren den kraftvollen, ernsten und würdigen Männern und Frauen, welche sie darstellen wollen. Der zarte Schmelz, die gedämpfte Farbe der alten Bilder ist dem Auge höchst wohltuend und um dieses Vorzugs willen werden sie auch am lautesten gepriesen; er geht der Kopie völlig ab, kein Kopist darf hoffen, ihn je zu erreichen. Die Künstler, mit denen ich über diesen Umstand sprach, waren alle der Ansicht, dass jene gedämpfte Farbenpracht, jener weiche Glanz, dem Bilde nur durch das Alter verliehen wird. Wenn das wahr ist, warum loben wir dann die alten Meister, welche ganz unschuldig an dem Zauber sind, und nicht vielmehr die *Zeit*, die ihn vollbracht hat? –

Ich fragte einmal einen Künstler in Venedig: »Was bewundert man denn eigentlich an den alten Meistern? Im Dogenpalast habe ich meilenlang Wände voll von schlimmen Verzeichnungen, unrichtigen Proportionen und falscher Perspektive gefunden; Paul Veroneses Hunde sehen gar nicht wie Hunde aus; alle Pferde sind nur Schläuche auf Beinen und ein Mann war da, der sein rechtes Bein auf der linken Seite des Körpers trug. Bei dem großen Bilde, wo der Kaiser vor dem Papste kniet, sieht man drei Männer im Vordergrund, die über dreißig Fuß hoch sind im Verhältnis zu dem kleinen Knaben in der Mitte; legt man denselben Maßstab an, so beträgt die Größe des Papstes sieben Schuh, der Doge aber ist ein zusammengeschrumpfter Zwerg von vier Fuß.«

Der Künstler versetzte: »Jawohl, die alten Meister zeichneten oft schlecht, sie fragten nicht viel nach Wahrheit und Genauigkeit bei untergeordneten Einzelheiten. Aber trotz aller Verzeichnungen, aller falschen Perspektive und Proportionen, und obgleich sie Gegenstände dargestellt haben, welche heutzutage niemanden mehr so fesseln wie vor dreihundert Jahren, liegt doch ein gewisses Etwas in den Bildern, das göttlich ist – ein Etwas, zu dem sich bisher noch keine andere Kunstepoche aufgeschwungen hat – ein Etwas, das uns Künstler zur Verzweiflung treiben müsste, hätten wir nicht von vornherein beschlossen uns nicht darum zu grämen, weil wir doch keine Hoffnung haben, es jemals zu erreichen.«

Das sagte der Mann und er sprach nur aus, was er wirklich glaubte und fühlte.

Mit Vernunftgründen, besonders wenn sie nicht durch technische Kenntnisse unterstützt sind, lässt sich in solchem Fall nichts ausrichten; sie würden nur zu einer Schlussfolgerung führen, die in den Augen der Künstler höchst unlogisch wäre. Nämlich wie folgt: ›Verzeichnungen, falsche Perspektive, unrichtige Proportionen, Vernachlässigung der Naturwahrheit im Detail, Farben, die ihre Schönheit nicht dem Künstler, sondern der Zeit verdanken – das sind die Hauptkennzeichen des alten Meisters. Folglich war der alte Meister ein schlechter Maler – er war gar kein alter Meister, sondern ein alter Lehrling.‹ – Mein Künstler gibt nun zwar die Tatsachen alle zu, aber die Schlussfolgerung lässt er nicht gelten und behauptet, dass trotz der erschrecklichen Liste anerkannter Mängel den alten Meistern doch etwas Göttliches, Unerreichtes innewohnt, das sich durch keine Gründe und Schlüsse fortstreiten lässt.

Ich begreife das wohl. Es gibt z. B. Frauen, in deren Zügen ein unbeschreiblicher Reiz liegt, sodass sie in den Augen ihrer Angehörigen schön erscheinen. Ein Fremder aber, der mit kühlem Verstande nach dieser Schönheit sucht, vermag sie nicht zu entdecken. Er sagt vielleicht: »Das Kinn ist zu kurz, die Nase zu lang, die Stirn zu hoch, das Haar zu rot, die Farbe zu bleich, die Zusammenstellung des Ganzen nicht regelrecht – folglich ist die Frau keine Schönheit.« Darauf erwidert man ihm: »Deine Bemerkungen sind richtig, gegen deine Logik ist nichts einzuwenden und dennoch gelangst du zu einem falschen Schluss. Sie ist schön, aber nur für Leute, die die alten Meister kennen. Beweisgründe für ihre Schönheit gibt es nicht, aber sie ist trotzdem vorhanden.«

Ich habe mir diesmal die alten Meister mit größerem Vergnügen angesehen, als bei meinem früheren Besuch in Europa; aber es ist ein ruhiger

Genuss, er regt mich nicht auf. Als ich zum ersten Mal nach Venedig kam, fand ich kein Bild, das mich besonders interessiert hätte, aber jetzt zogen mich zwei so sehr an, dass ich tagtäglich in den Dogenpalast ging, um sie stundenlang zu betrachten. Das eine ist Tintorettos Gemälde im Saal des Großen Rats, das drei Morgen im Umfang hat. Als ich es vor zwölf Jahren sah, sagte mir der Führer, es stelle einen Aufstand im Himmel dar – aber das beruht auf einem Irrtum.

Das Bild ist voll Leben und Bewegung. Es umfasst zehntausend Figuren, von denen keine untätig ist. Das verleiht dem Ganzen eine großartige Wirkung. Einige Gestalten schweben mit gefalteten Händen kopfüber in der Luft, andere schwimmen durch das Wolkenmeer, teils auf dem Rücken, teils auf dem Gesicht. Lange Züge von Märtyrern und Engeln streben eilig aus den verschiedensten Richtungen dem Mittelpunkt zu. Von allen Seiten kommen Gestalten herbeigeströmt in dicht gedrängten Scharen, überall herrscht Freude und Jubel.

Wie gewaltig die Bewegung ist, lässt sich schwer beschreiben. Viele singen, andere rufen Hosianna oder blasen auf ihren Posaunen. Man bekommt den Eindruck von einem so mächtigen Getöse, dass die Zuschauer, die sich in das Bild vertiefen, unwillkürlich einander ihre Bemerkungen in die Ohren schreien oder ihre Hände als Trompete benutzen, um sich besser verständigen zu können. »Oh, wer erst dort wäre in der ewigen Ruhe!«, hört man häufig einen Reisenden seiner Frau in die Ohren brüllen, während ihm heiße Tränen über die Wangen laufen.

Nur der Pinsel eines Künstlers erster Größe kann solche Wirkung erzielen.

Vor zwölf Jahren verstand ich dies Bild nicht zu würdigen, noch vor einem Jahr wäre es mir unmöglich gewesen; aber meine Kunststudien in Heidelberg haben gute Früchte getragen – ihnen verdanke ich alles, was ich jetzt bin.

Das andere große Gemälde schmückt eine Wand im Zimmer des Rats der Zehn; es ist Bassanos unsterblicher, ungegerbter Lederkoffer. Das Bild ist ebenso groß wie die zwei andern im gleichen Raum, es misst vierzig Fuß und seine Komposition ist über alles Lob erhaben. Der ›Lederkoffer‹ fesselt die Aufmerksamkeit des Beschauers nicht gleich in aufdringlicher Weise, wie das so oft bei dem Hauptmoment eines unsterblichen Werkes der Fall ist. Nein, er wird sorgfältig im Hintergrund gehalten, nebensächlich behandelt und zurückgestellt, und zwar mit so viel Umsicht und Geschicklichkeit, dass, wenn der Zuschauer ihn schließlich zu Gesicht bekommt, er ihm mit verblüffender Plötzlichkeit völlig überraschend und unvorbereitet entgegentritt.

Man kann nur staunen über die sorgfältige und sinnreiche Ausführung des großartigen Plans, über die Mühe und Gedanken, die sie gekostet haben muss: Beim ersten Blick auf das Bild würde kein Mensch ahnen, dass überhaupt ein Koffer da ist. Auch der Titel des Gemäldes: ›Alexander III. und der Doge Ziani, der Besieger Kaiser Friedrich Barbarossas,‹ enthält keine Erwähnung des Lederkoffers; er dient vielmehr dazu, die Aufmerksamkeit von demselben abzulenken. Scheinbar wird also das Vorhandensein des Koffers völlig totgeschwiegen, und doch ist alles nur darauf berechnet, Schritt für Schritt zu ihm hinzuleiten. Wir wollen dies jetzt näher untersuchen und die anscheinende Unvorsichtigkeit des Planes ins Auge fassen:

Zu äußerst, am linken Ende des Bildes, stehen zwei Frauen, von denen die eine ein Kind im Arm hält, das ihr über die Schulter nach einem Manne schaut, der mit verbundenem Kopf am Boden sitzt. Allem Anschein nach sind diese Leute ganz unnütz, aber sie haben doch einen Zweck. Man kann sie nicht ansehen, ohne zugleich den prachtvollen Festzug zu bemerken, der sich hinter ihnen entfaltet. Wenn man aber alle die reich gekleideten Bischöfe, Großwürdenträger, Hellebardiere und Bannerträger vorbeiziehen sieht, wird man natürlich neugierig zu erfahren, wohin der Weg sie führt und folgt ihnen. So gelangt man in die Mitte des Bildes, zum Papst, der mit dem barhäuptigen Dogen spricht. Er unterhält sich ruhig mit ihm, obgleich kaum zwölf Fuß von ihnen entfernt ein Mann seine Trommel rührt, zwei Leute auf dem Horn blasen und viele Reiter mit großem Lärm auf ihren Pferden dahergesprengt kommen. Denn, während zweiundzwanzig Fuß des großen Werkes voll erhabener Sonntagsruhe und glücklicher Festtagsstimmung sind, schließen sich daran unmittelbar elf Fuß voll Wirrwarr, Spektakel und Aufruhr an. Dies ist aber durchaus kein zufälliges Zusammentreffen, sondern ganz mit Absicht so eingerichtet. Man könnte sonst in Versuchung geraten, bei dem Papst und dem Dogen zu verweilen, sie für die Hauptpersonen zu halten und ihre Zusammenkunft für den wichtigsten Vorgang auf dem Bilde. Stattdessen wird man fast unmerklich von ihnen abgezogen, weil man wissen möchte, was der große Aufstand eigentlich zu bedeuten hat. Man verfolgt diesen bis ans Ende – und da – vier Fuß vom Rande des Gemäldes und volle sechsunddreißig Fuß vom Anfang desselben – durchzuckt den Beschauer, plötzlich wie ein elektrischer

Schlag, der ungeahnte Anblick des Lederkoffers. Er steht vor ihm in seiner unvergleichlichen Schönheit, des großen Künstlers Zweck ist erreicht, sein Triumph vollkommen. Von diesem Augenblick an hat auf der vierzig Fuß großen Leinwand alles andere seinen Reiz verloren; man sieht weit und breit nichts als den Lederkoffer – und ihn sehen und verehren ist eins.

Selbst in der nächsten Nähe seines Meisterstücks hat Bassano Figuren angebracht, die den Blick noch eine Weile länger von jenem ablenken und so die Überraschung verzögern, um sie zu erhöhen. Rechts davon, zum Beispiel, steht ein gebückter Mann, dessen leuchtend rote Kappe das Auge sicherlich einen Moment lang fesselt; sechs Fuß zur Linken aber hält sein Reiter auf einem dickbäuchigen Pferde, und man blickt unwillkürlich nach seinem scharlachenen Rock hinüber. Zwischen dem Koffer aber und dem roten Reiter tritt ein halb nackter Mensch mit einem unnatürlichen Mehlsack daher, den er mitten auf dem Rücken trägt statt auf der Schulter; dies erstaunliche Kunstwerk erregt natürlich das Interesse und hält uns wieder eine Zeit lang hin – doch endlich, trotz aller Verzögerung und alles Aufenthalts, muss das Auge des Beschauers, selbst des schläfrigsten und unachtsamsten, auf das unvergleichliche Meisterstück fallen. Er erblickt es und sinkt auf seinen Stuhl nieder oder stützt sich schwankend auf den Arm des Führers.

Wie unvollkommen auch die Beschreibung eines solchen Kunstwerks notwendigerweise sein muss, so hat sie doch ihren Wert. – Der Deckel des Koffers ist gewölbt, und zwar bildet die Wölbung einen vollkommenen Halbkreis im römischen Stil, denn bei dem raschen Verfall der griechischen Kunst machte sich damals schon Roms steigender Einfluss in der Kunst der Venezianischen Republik geltend. Überall, wo der Deckel aufliegt, ist er ringsum mit dem Leder eingefasst oder beschlagen. Manche Kritiker behaupten zwar, dass dies Leder einen zu kalten Ton hat, aber ich halte das gerade für einen Vorzug, weil dadurch der Gegensatz zu der leidenschaftlichen Innigkeit der Haspe noch deutlicher hervorgehoben wird. Die grellen Lichter sind hier sehr geschickt verteilt, das ›Motiv‹ passt sich der Grundfarbe auf das Wunderbarste an und die ›Technik‹ ist vollendet. Die messingnen Nagelköpfe sind im reinsten Stil der Frührenaissance gehalten, jeder Nagelkopf ist ein Porträt und mit kühnem, sicherem Strich ausgeführt. Der Anfasser des Koffers ist offenbar übermalt worden – wahrscheinlich mit einem Stück Kreide – aber, wenn man ihn so sicher und natürlich an der Seite hängen sieht, erkennt man doch den alten Meister. Das Fell des Koffers ist – sozusagen – wirkliches Fell mit weißen und braunen Flecken. Alle Einzelheiten sind aufs Sorgfältigste behandelt, besonders ist die ruhige, unbewegliche Lage, die sich für ein behaartes Fell so vorzüglich eignet, aufs Trefflichste wiedergegeben. Gerade hierin liegt, meinem Gefühl nach, der höchste Vorzug des Werks, der es zu einer Kunstschöpfung ersten Ranges erhebt; die gemeine Wirklichkeit verschwindet und wir fühlen, dass der Stoff beseelt ist.

Man betrachte den Koffer, wie man will, immer wird er ein Kleinod, ein Wunderwerk bleiben. Den Eindruck, welchen er macht, vermag weder das Rokoko in seinem höchsten Fluge noch die Byzantinische Schule zu erreichen. Aber auch bei den gewagtesten Effekten hat die Hand des Meisters nicht geschwankt, in stiller Majestät hat sie ihr Werk vollendet und mit ungeahnter Kunst, nach geheimnisvollen Methoden, die ihr allein zu Gebote stehen, noch über das Ganze einen zarten Schmelz gebreitet, der den irdischen Stoff verfeinert, durchgeistigt, und ihm einen hohen poetischen Reiz und bezaubernde Anmut verleiht.

Unter den Kunstschätzen Europas kommen einige an Wert dem ›Lederkoffer‹ nahe; etwa zwei stehen vielleicht mit ihm auf gleicher Höhe, aber übertroffen wird er von keinem. Selbst auf Leute, die sonst gar kein Verständnis für die Kunst haben, verfehlt der Koffer seinen Eindruck nicht. Ein Gepäckaufseher der Erie-Bahn, der ihn vor zwei Jahren sah, konnte sich kaum enthalten, einen Zettel darauf zu kleben, und als ein Zollinspektor einmal dem Koffer gegenüberstand, betrachtete er ihn mehrere Sekunden lang mit schweigendem Entzücken, legte dann langsam und völlig unbewusst die eine Hand auf den Rücken mit der Innenseite nach oben[8] und zog mit der andern ein Stück Kreide aus der Tasche.

Solche Tatsachen sprechen für sich selber.

---

[8] Mark Twain deutet hier offenbar auf die Geneigtheit dieser Beamten, ein ›Trinkgeld‹ anzunehmen, hin.

Tot oder lebendig

Im Jahre 1892 verbrachte ich den März in Mentone an der Riviera. An diesem ruhigen Ort erfreut man sich im Stillen alle der Schönheit, die man in Monte Carlo oder Nizza öffentlich genießt. Das heißt, man hat die balsamische Luft, die glänzend blaue See, den alles überflutenden Sonnenschein, ohne die störenden Einflüsse des gesellschaftlichen Wirrwarrs, ohne Prunksucht und Missbehagen.

Mentone ist still, einfach, ruhig, anspruchslos; die Reichen und die Vergnügungssüchtigen kommen nicht dahin – in der Regel meine ich. Zuweilen trifft man auch wohl einen Reichen, und mit einem solchen bin ich zufällig bekannt geworden. Ich nenne ihn Schmidt, um ihn unkenntlich zu machen. Eines Tages, beim zweiten Frühstück im Hotel des Anglais, fasst er mich plötzlich beim Arm und ruft aus:

»Geschwind! Sehen Sie den Herrn an, der eben zur Tür hinaus geht. Aber bitte, so genau wie möglich!«

»Warum denn?«

»Wissen Sie vielleicht, wer es ist?«

»Ja. Er war schon mehrere Tage hier, bevor Sie kamen. Es ist ein alter, sehr reicher Seidenwarenfabrikant aus Lyon, der sich von den Geschäften zurückgezogen hat und vermutlich allein auf der Welt steht; er schaut immer träumerisch und traurig darein und spricht mit keinem Menschen. Theophil Magnon heißt er.«

Ich erwartete nun, Schmidt würde mir sogleich das große Interesse, welches er an Herrn Magnon nahm, näher erklären; stattdessen versank er aber in tiefes Sinnen und war einige Minuten lang für mich und die übrige Welt verloren. Hin und wieder fuhr er mit den Fingern durch sein greises welliges Haar, als wollte er den Gedanken nachhelfen, und ließ unterdessen sein Frühstück kalt werden. Zuletzt sagte er:

»Nein, die Geschichte ist mir entfallen; ich kann mich nicht darauf besinnen.«

»Auf was denn nicht?«

»Ach, auf eine von Andersens hübschen kleinen Erzählungen. Ich weiß von dem Inhalt nur noch soviel: Ein Kind hat einen gefangenen

Vogel, den es zwar liebt, jedoch aus Leichtsinn vernachlässigt. Das Lied des Vogels verhallt ungehört und unbeobachtet; bald wird das Tierchen auch von Hunger und Durst gequält, sein Gesang klingt traurig und schwach und hört endlich ganz auf – der Vogel stirbt. Das Kind kommt und möchte vor Reue und Schmerz vergehen. Dann ruft es unter bitteren Tränen und Klagen seine Spielgefährten, und sie begraben den Vogel mit großem Pomp und aufrichtigem Kummer, ohne zu ahnen, dass es nicht bloß die Kinder sind, die ihre Poeten zu Tode hungern lassen und dann soviel Aufwand für Leichenbegängnisse und Denkmäler machen, dass man jene damit hätte am Leben erhalten und vor jeder Entbehrung schützen können. Jetzt – –«

Aber hier wurden wir unterbrochen. Gegen zehn Uhr abends begegnete ich Schmidt von ungefähr, und er lud mich ein, mit ihm auf seinem Zimmer eine Zigarre zu rauchen und ein Glas heißen Whisky zu trinken. Der gemütliche Raum war hell erleuchtet, duftendes Olivenholz brannte in dem offenen Kamin, und, um unser Behagen vollkommen zu machen, klang von fern das Brausen der Brandung gedämpft an unser Ohr. Nachdem wir einige Zeit in harmlosem Gespräch verbracht hatten, schenkte mir Schmidt wieder ein.

»Stärken wir unsere Lebensgeister noch ein wenig«, sagte er, »und dann will ich Ihnen eine kleine, seltsame Geschichte erzählen, die jahrelang ein Geheimnis zwischen mir und drei anderen gewesen ist. Aber, ich darf jetzt das Siegel brechen. Wollen Sie mir zuhören?«

»Mit Vergnügen. Fangen Sie nur an!«

Er erzählte darauf wie folgt:

»Vor langer Zeit, als ich noch ein sehr junger Künstler war und in den verschiedenen Departements von Frankreich, bald hier bald dort skizzierend umherwanderte, verband mich der Zufall mit ein paar lieben jungen Franzosen, die denselben Beruf erwählt hatten wie ich. Wir waren alle drei blutarm, aber sehr glücklich bei unserer Armut. Claude Frère und Charles Boulanger, so hießen meine wackeren Kameraden, waren voller Lust und Heiterkeit; weder Sturm, noch Wetter, noch Entbehrungen aller Art vermochten ihnen die gute Laune zu verderben. Schließlich gerieten wir aber doch in einem Dorf der Bretagne hart auf den Grund und hätten buchstäblich verhungern müssen, wenn uns nicht ein Künstler, der ebenso arm war wie wir selber – François Millet – vom Tode errettet hätte – –«

»Was! Der große François Millet?«

»Groß war er damals noch keineswegs – nicht größer als wir. Von Ruhm war bei ihm noch keine Rede, selbst nicht in seinem eigenen Dorfe. Dabei war er so arm, dass er uns keine andere Speise zu bieten hatte als weiße Rüben, und sogar an diesen mangelte es zuweilen. Wir vier wurden schnell unzertrennliche Freunde. Wir malten zusammen drauf los, soviel wir konnten, und häuften ganze Stöße von Bildern auf, fanden aber höchst selten einen Liebhaber. Es waren schöne Zeiten! Aber, Gott im Himmel, wie mussten wir manchmal hungern! – Das ging so ungefähr zwei Jahre lang. Da sagte Claude eines Tages:

›Jungens, mit uns geht es zu Ende. Versteht mich wohl: Jetzt ist alles aus. Man hat ein förmliches Bündnis gegen uns geschlossen. Das ganze Nest bin ich abgelaufen, aber niemand will uns mehr Kredit geben, keinen einzigen Sou, bis alle Reste und Schulden bezahlt sind.‹

Uns überlief es kalt; wir wurden alle bleich vor Schrecken. Unsere Lage war wirklich trostlos geworden. Nach langem Schweigen hob Millet endlich mit einem Seufzer an:

›Mir fällt nichts ein, nichts, rein gar nichts. Erfindet ihr etwas, Kameraden!‹

Aber keiner von uns wusste einen Ausweg, und unser bekümmertes Schweigen war die einzige Antwort, die er erhielt. Charles stand auf und ging eine Weile unruhig im Zimmer umher, dann sagte er:

›Es ist eine Schande. Seht euch nur einmal diesen Haufen von Bildern an, die so gut sind, dass man sie in ganz Europa nicht besser gemalt bekommt. Das haben uns ja auch viele von den Fremden bestätigt, die hier immer herumlungern.‹

›Ja, aber gekauft haben sie nichts‹, wandte Millet ein.

›Freilich wohl – aber sie sagten es doch. Und es ist wahr. Sieh nur, z. B. dein *Angelus*; kann irgendjemand behaupten –‹

›Ja, mein *Angelus*! Fünf Franken hat man mir dafür geboten.‹

›Wann?‹

›Wer bot das?‹

›Wo ist der Mann?‹

›Warum nahmst du sie nicht?‹

›Sprecht doch nicht alle auf einmal. Ich dachte, er würde *mehr* geben – ich hätte darauf geschworen – er sah das Bild in einer Weise an – kurz, ich forderte acht.‹

›Sapperment! Aber François, warum in aller Welt ...‹

›Oh, ich weiß wohl, ich weiß! Ich hatte mich geirrt und war ein Narr. Glaubt mir, Jungens, ich meinte es wirklich gut, und wenn ich –«
›Sei nur ruhig – wir kennen ja dein gutes Herz; aber tue uns die Liebe an und sei ein andermal kein solcher Dummkopf.‹
›Verlasst euch drauf, das geschieht nicht wieder. Ich wünschte nur, es käme einer und böte mir einen Kohlkopf dafür – ihr solltet sehen –‹
›Einen Kohlkopf? Oh, sprich nicht davon – das Wasser läuft mir bei dem bloßen Gedanken im Munde zusammen.« »Jungens«, sagte Charles, ›seid einmal vernünftig und antwortet mir: Haben diese Bilder etwa keinen Wert?‹
›Doch, versteht sich!‹
›Sogar großen und hohen Wert, nicht wahr?‹
›Ohne alle Frage!‹
›Sind sie nicht so vorzüglich, dass man sie zu unsinnigen Preisen verkaufen würde, wann ein berühmter Name darauf geklext wäre?‹
›Natürlich! Darüber besteht kein Zweifel!‹
›Nun gut! So hört mir zu. Aber, nicht wahr, ihr wisst, ich meine es nicht im Scherz?‹
›Versteht sich! Uns ist es auch bitterer Ernst. Also, heraus mit der Sprache. Was hast du ausgeheckt? Lass hören!«
›Nämlich ... was meint ihr, Kameraden – wisst ihr was? – Wir klexen eben einen berühmten Namen auf die Bilder.‹

Das Gespräch stockte. Alle Blicke richteten sich fragend auf Charles. Wollte er uns ein Rätsel aufgeben? Wo sollten wir einen berühmten Namen hernehmen? Wer würde ihn uns leihen? –

Charles nahm jetzt Platz und sagte:
›Mein Vorschlag ist vollkommen ernst gemeint. Ich weiß kein anderes Mittel uns aus dieser Klemme zu befreien, doch halte ich es für untrüglich. Eine Menge Tatsachen, welche uns die Geschichte lehrt, bestärken mich in dieser Ansicht. Ich hoffe, mein Plan wird uns alle reich machen.‹
›Reich? Du hast wohl den Verstand verloren.‹
›Durchaus nicht.‹
›Doch; ich glaube, du bist übergeschnappt. Was nennst du reich?‹
›Hunderttausend Franken für jeden.‹
›Oh weh, er ist wirklich verrückt geworden!‹
›Armer Charles! Mangel und Not waren zu hart für dich!‹
›Nimm ein niederschlagendes Pulver und gehe sofort zu Bette.‹
›Macht ihm erst einen kalten Umschlag.‹

›Nein, holt lieber eine Zwangsjacke. Jeden Augenblick kann die Tobsucht bei ihm ausbrechen.‹
›Still‹, rief Millet ungeduldig, ›lasst ihn doch erst ausreden.‹
›Auch gut – so sprich, Charles! Was ist's mit deinem Plan?‹
›Ihr sollt ihn hören. Doch muss ich euch zuvor etwas fragen. Habe ich recht oder nicht, dass das Verdienst vieler großer Künstler nicht früher erkannt worden ist, als bis sie im Elend verkommen waren? Ihr wisst, dies hat sich in der Geschichte der Menschheit so oft zugetragen, dass ich glaube getrost ein Gesetz darauf gründen zu können, welches dahin lautet, dass das Verdienst eines jeden großen Künstlers, der namenlos und verkannt war, ans Licht kommt und seine Bilder hohe Preise erzielen – sobald der Mann tot ist. Mein Plan ist folgender: Wir wollen losen – einer von uns muss sterben.‹

Das kam uns so unerwartet, und er sagte es so ruhig, dass wir im ersten Augenblick ganz still und verblüfft sitzen blieben. Dann aber brach ein wilder Chor der Entrüstung los, und es folgten allerlei medizinische Ratschläge, um dem kranken Gehirn unseres Freundes Heilung zu bringen. Er aber wartete geduldig, bis sich der Sturm zu legen begann, und fuhr dann unbeirrt fort:

›Wie gesagt – einer von uns muss sterben, um die andern zu retten und – sich selbst. Wir wollen losen.

Der Gewählte soll berühmt werden, um uns alle reich zu machen. So seid doch still und unterbrecht mich nicht immer – ich weiß ganz genau, was ich sage. Der, welcher sterben muss, arbeitet während der drei nächsten Monate aus allen Kräften, um seinen Vorrat an Malereien zu vermehren; er macht keine Bilder, behüte! Nur Skizzen, Studien, Bruchstücke, Teile von Studien, ein Dutzend Pinselstriche auf jedes Stück, so zusammenhanglos wie möglich, und auf jedes natürlich seinen Namenszug. Fünfzig solche Farbenklexereien liefert er den Tag, aber jede muss etwas Besonderes vorstellen, etwas von der Manier an sich haben, die sich leicht als die ›seine‹ kennzeichnet. Solche Sachen, das wisst ihr, werden zu fabelhaften Preisen gekauft, und von allen großen Museen der Welt gesammelt, sobald der Mann erst aus dem Leben geschieden ist. Eine Unzahl Skizzen müssen fertig werden, mindestens ein Zentner. Während der Sterbende sie malt, unterstützen die übrigen ihn nach Kräften, treffen alle Vorkehrungen für das kommende Ereignis und bearbeiten Paris und die Händler. Ist das Feuer gehörig geschürt und das

Eisen heiß, dann ist es Zeit, dass der Tod eintritt, und wir veranstalten ein pompöses Begräbnis. – Nun, was sagt ihr zu meinem Plan?‹

›Ja, aber ... das heißt ... wie soll denn ...?‹

›Versteht mich recht. Der Mann soll in Wirklichkeit gar nicht sterben; er nimmt bloß einen andern Namen an und verschwindet; wir begraben einen Strohmann und erheben ein Wehgeschrei über ihn, dass die ganze Welt davon widerhallen soll. Und dann – – –‹

Aber weiter kam er nicht. Wir brachen in ein gewaltiges Hurra aus, schnellten von unsern Sitzen in die Höhe, sprangen wie toll in der Stube umher und fielen einander gerührt um den Hals. Stundenlang besprachen wir den Plan, ohne hungrig zu werden, und als zuletzt alles zur Zufriedenheit geordnet war, warfen wir die Lose in einen Hut, und der Gewählte war – *Millet*, der Todgeweihte, wie wir ihn nannten.

Jeder suchte nun zusammen, was er an kleinen Schmucksachen und Andenken etwa noch besaß. Beim Pfandverleiher bekamen wir so viel Geld dafür, dass es zu einem bescheidenen Abendessen und Frühstück reichte. Auch behielten wir noch ein paar Franken zur Reise übrig, nachdem wir mehrere Pfund Rüben und das Nötigste für Millet angeschafft hatten, womit er in den nächsten Tagen sein Leben fristen konnte.

Am andern Morgen machten wir drei uns gleich nach dem Frühstück auf die Strümpfe, natürlich zu Fuß. Jeder von uns trug ein Dutzend kleiner Bilder von Millet in seinem Ranzen, mit dem festen Vorsatz, sie auf den Markt zu bringen. Charles ging geradeswegs nach Paris, wo er an Millets Ruhm bauen wollte, bis der große Tag gekommen war. Auch Claude und ich trennten uns, um denselben Zweck im übrigen Frankreich zu verfolgen.

Es wird Sie vermutlich überraschen zu hören, wie leicht und bequem sich die Sache ausführen ließ. Nach zweitägiger Wanderung kam ich in die Nähe einer großen Stadt und begann eine Villa der Umgegend zu skizzieren – weil ich den Eigentümer auf der oberen Veranda des Hauses stehen sah. Er kam gleich herunter, mir zuzusehen; ich ahnte schon, dass er anbeißen würde. Um sein Interesse rege zu halten, arbeitete ich sehr schnell. Gelegentlich entschlüpfte ihm ein Ausruf des Wohlgefallens, nach und nach wurde er wärmer, geriet in Begeisterung und erklärte mir schließlich rund heraus, ich sei ein Meister in meinem Beruf.

Da legte ich meinen Pinsel hin, langte in den Ranzen, holte einen Millet heraus und deutete stolz auf das Zeichen in der Ecke. ›Sie kennen ihn ohne Zweifel. Er war mein *Lehrer*. Kein Wunder also, dass ich mich auf mein Handwerk verstehe.‹

Der Mann geriet in eine leicht begreifliche Verlegenheit und blieb stumm.

›Sie wollen mich doch nicht glauben machen, dass Sie Francis Millets Namenszug nicht kennen?‹, fragte ich erstaunt.

Natürlich kannte er ihn nicht; aber er atmete erleichtert auf, wie jemand, der sich aus einer höchst unbequemen Lage befreit sieht. Mit der dankbarsten Miene von der Welt rief er ganz beglückt:

›Wahrhaftig, ja, von Millet. Ich wusste zuerst nicht gleich, was ich vor mir hätte. Aber natürlich erkenne ich es jetzt.‹

Er wollte nun das Bildchen kaufen, allein, ich weigerte mich lange es herzugeben; endlich ließ ich es ihm jedoch für achthundert Franken.«

»Achthundert!«

»Ja! Millet hätte es für ein Schweinerippchen hergegeben. Ich wollte, ich könnte es jetzt für achttausend zurückbekommen; aber jene Zeit ist vorüber. Ich machte von der Villa ein sehr hübsches Bild und hätte es dem Besitzer für zehn Franken gelassen, aber, da er sah, dass ich der Schüler eines solchen Meisters war, ließ er sich's hundert kosten. Die achthundert Franken schickte ich mit der Post sofort an Millet und machte mich am nächsten Tage rasch aus dem Staube.

Aber ich ging nicht, nein, ich ritt. Seitdem bin ich immer geritten. Ich verkaufte jeden Tag ein Gemälde, daran ließ ich mir genügen. Zu den Käufern aber sagte ich stets:

›Eigentlich ist es die größte Torheit, ein Bild von François Millet zu verkaufen. Der Mann lebt keine drei Monate mehr, und wenn er stirbt, wird man seine Arbeiten mit Gold aufwiegen.‹

Ich gab mir alle erdenkliche Mühe, diese Tatsache so viel wie möglich zur allgemeinen Kenntnis zu bringen, um die Welt auf das kommende Ereignis vorzubereiten.

Den Plan, die Bilder auf solche Weise an den Mann zu bringen, rechne ich mir hoch an, denn, unter uns gesagt, er stammte von mir und gelang uns allen vortrefflich. Claude war gleichfalls zwei Tage gewandert, ehe er den Verkauf begann, denn er fürchtete wie ich, Millets Ruhm möchte zu schnell bis in sein Heimatdorf dringen. Der hübsche, leichtsinnige Charles aber fing das Geschäft schon nach einem halben Tage an und reiste so vornehm wie ein Herzog.

Dann und wann traten wir auch in ein Zeitungsbüro und bewarben uns um die Gunst der Presse. Nirgends war zu lesen, dass ein neuer Maler entdeckt worden sei; man nahm einfach an, dass alle Welt François Millet kenne; auch priesen die Blätter sein Verdienst auf keine Weise, sie brachten nur Andeutungen über das gegenwärtige Befinden des ›Meisters‹ – manchmal hoffnungsvoll, manchmal verzweifelnd, aber immer das Schlimmste befürchtend, und das reichte vollkommen hin. Wir strichen diese Zeitungsnotizen mit Rotstift an und sandten die Nummern gewissenhaft allen Leuten zu, die uns Bilder abgekauft hatten.

Sobald Charles in Paris war, nahm er die Sache geschickt in die Hand. Er knüpfte Beziehungen zu auswärtigen Korrespondenten an und ließ Millets Bedeutung in England, über den Kontinent, in Amerika und allerorten ausposaunen.

Sechs Wochen nach unserm Aufbruch trafen wir drei uns wieder in Paris, riefen einander ›Halt‹ zu, und ließen uns auch keine Bilder mehr von Millet schicken. Der Baum seines Ruhmes war so hoch und die Früchte so reif geworden, dass uns der rechte Zeitpunkt gekommen schien, um die Arbeit einzustellen. So schrieben wir denn an Millet, er möchte sich unverweilt zu Bette legen, denn wir wünschten ihn in zehn Tagen sterben zu lassen, wenn er bis dahin fertig werden könne.

Nun machten wir Kasse und fanden, dass wir inzwischen fünfundachtzig kleine Bilder und Studien verkauft und neunundsechzigtausend Franken dafür eingenommen hatten. Charles machte noch zuletzt das glänzendste Geschäft von allen, er verkaufte nämlich den *Angelus* für zweitausend zweihundert Franken. Wie feierten wir ihn für diese Tat, ohne vorauszusehen, dass Frankreich eines Tages um den Besitz dieses Gemäldes mit einem Fremden kämpfen würde, der es uns schließlich für bare Fünfmalhundertfünfzigtausend geraubt hat.

Am selben Abend hielten wir noch einen Abschiedsschmaus mit Champagner, und tags darauf packten Claude und ich unsere Habseligkeiten und reisten ab, um Millet während seiner letzten Tage zu pflegen, alle Neugierigen vom Hause fernzuhalten und täglich Berichte an Charles nach Paris zu senden, die in den Blättern aller Erdteile veröffentlicht wurden, um die voll Spannung harrende Welt von den Vorgängen in Kenntnis zu setzen. Das traurige Ende ließ nun nicht lange auf sich warten, und auch Charles war zugegen, um bei den letzten Feierlichkeiten zu helfen.

Sie erinnern sich ohne Zweifel, welches ungeheure Aufsehen jenes große Leichenbegängnis machte; die bedeutendsten Persönlichkeiten aus aller Herren Länder kamen damals herbeigeströmt, um ihre Teilnahme zu bezeugen. Wir vier – noch immer unzertrennlich – trugen den Sarg, und wollten uns von keinem dabei helfen lassen. Mit gutem Grund, denn es befand sich nichts darin als eine Wachspuppe. Andern Sargträgern würde das geringe Gewicht ohne Zweifel aufgefallen sein. Wir *vier*, die wir alle Entbehrungen der schweren, jetzt auf ewig vergangenen Zeit, mit treuer Freundschaft geteilt hatten, haben nun auch den Sarg ....«

»Vier? Welche vier?«

»Nun, wir vier – denn Millet half seinen eigenen Sarg tragen. Verkleidet natürlich. Er galt für einen entfernten Verwandten.«

»Merkwürdig!«

»Aber wahr, buchstäblich wahr! Sie werden sich auch erinnern, wie die Bilder Millets im Preise stiegen. Wir wussten kaum, was wir mit all dem Gelde anfangen sollten. In Paris lebt ein Mann, der siebzig Stück Millets besitzt. Er hat uns zwei Millionen dafür bezahlt. Und was die Unmenge von Skizzen und Studien betrifft, die Millet in den sechs Wochen, während wir unterwegs waren, zusammengemalt hat, so würden Sie staunen, für welche Preise wir sie heute noch verkaufen, das heißt, wenn wir uns überhaupt dazu verstehen sie herzugeben.«

»Das ist wirklich eine wunderbare Geschichte.«

»Ja, sie hat einen ganz hübschen Schluss.«

»Was ist denn aber aus Millet geworden?«

»Können Sie ein Geheimnis bewahren?«

»Versteht sich!«

»Erinnern Sie sich des Mannes, auf den ich Sie heute im Speisesaal aufmerksam machte? Das war François Millet.«

»Nicht möglich!«

»Ja – er selbst. Das war einmal ein genialer Mann, der sich nicht zu Tode gehungert hat, um dann den Lohn, der ihm gebührte, in die Taschen anderer fließen zu lassen. Diesem Singvogel war es nicht bestimmt, sich das Herz umsonst aus dem Leibe zu pfeifen, und den kalten Pomp einer großen Leichenfeier als einzige Bezahlung zu erhalten. Dafür haben *wir* Sorge getragen!«

Michel Angelo

(Nebst einer Auslassung über Führer in Italien).
Ich verehre das gewaltige Genie *Michel Angelos*, des Mannes, der groß in der Dichtkunst, groß als Maler, Bildhauer, Baumeister – groß in allem war, was er unternahm. Aber ich mag Michel Angelo nicht zum Kaffee, zum zweiten Frühstück, zum Mittagsbrot, zum Tee und zum Nachtessen haben und auch noch zwischen den Mahlzeiten. Ich liebe einen gelegentlichen Wechsel. In Genua entwarf er alles, in Mailand entwarfen er oder seine Schüler alles, von wem anders hörten wir die Führer in Padua, Verona, Venedig, Bologna jemals reden, als von Michel Angelo? In Florenz hatte er fast alles gemalt, fast alles entworfen, und wo etwas war, das er nicht entworfen, davor hatte er wenigstens auf seinem Lieblingssteine gesessen und es betrachtet, und man wies uns den Stein. In Pisa hatte er alles entworfen, ausgenommen den berühmten alten Turm, und auch der würde ihm zugeschrieben worden sein, wenn er nicht gar so schief ausgefallen wäre. In Rom ist's mit diesem Michel Angelo besonders fürchterlich. Er entwarf die Peterskirche, er entwarf das Pantheon, den Tiberstrom, den Vatikan, das Kolosseum, das Kapitol, den Tarpejischen Felsen, den Palast Barberini, die Laterankirche, die Campagna, die Appische Straße, die sieben Hügel, die Bäder des Caracalla, die Claudische Wasserleitung, die Cloaca Maxima – der ewige Quälgeist entwarf die ewige Stadt, und wenn nicht alle Menschen und Bücher lügen, malte er zugleich alles in derselben. Mein Freund Dan sagte neulich zum Führer: »Genug, genug, genug! Ich will nichts mehr wissen. Sagen Sie rund heraus: Gott schuf Italien nach Entwürfen von Michel Angelo!«

Nie fühlte ich mich zu so feurigem Danke gestimmt, so beruhigt, so voll Seelenfrieden, so selig als gestern, wo ich erfuhr, dass Michel Angelo tot sei.

Aber wir haben es diesem Führer abgewöhnt. Er führte uns in den ungeheuren Korridoren des Vatikans durch Meilen von Bildern und Skulpturen und an einem Dutzend anderer Orte wieder und immer wieder durch Meilen von Bildern und Skulpturen; er zeigte uns das große Gemälde in der Sixtinischen Kapelle und Fresken genug, um den ganzen

Himmel damit zu schmücken – und ziemlich alles war von Michel Angelo. So spielten wir ihm denn den Possen, der uns so manchen Führer zahm gemacht hat: Wir stellten uns dumm und richteten blödsinnige Fragen an ihn. Diese Geschöpfe sind nie misstrauisch, haben keine Idee von Sarkasmus.

Er zeigte uns eine Figur und sagte: »Statu brunzo.« (Bronzestatue.)

Wir sehen gleichgültig hin, und der Doktor fragt: »Von Michel Angelo?«

»Nein, nicht wissen, wer.«

Dann zeigte er uns ein altes römisches Forum, und der Doktor fragt wieder: »Von Michel Angelo?«

Der Führer macht große Augen. »Nein – tausend Jahr, bevor er ist geboren.«

Dann kommt ein ägyptischer Obelisk dran, und wieder wird gefragt: »Von Michel Angelo?«

» *O mon Dieu!* Meine Erren. Der stehen ja sweitausend Jahr schon bevor er ist geboren.«

Er wird dieses unaufhörlichen Fragens zuweilen so müde, dass er sich fürchtet, uns noch mehr zu zeigen. Der arme Teufel gab sich die erdenklichste Mühe, uns begreiflich zu machen, dass Michel Angelo nur für die Erschaffung *eines Teils* der Welt verantwortlich ist, aber ohne den gewünschten Erfolg.

Ich möchte an dieser Stelle etwas von allgemeinem Interesse in Betreff dieser notwendigen Plagegeister, der europäischen Führer, sagen. Mancher hat gewiss schon in seinem Herzen gewünscht, ohne einen Führer fertig zu werden, oder – da dies nicht möglich ist – wenigstens gewünscht, sich für seine lästige Gesellschaft durch einen Spaß mit ihm schadlos zu halten. Da uns das gelungen ist, mögen auch andere Nutzen daraus ziehen.

Die Führer verstehen gewöhnlich gerade genug Englisch, um die heilloseste Begriffsverwirrung damit anzurichten, sodass man nicht mehr weiß, wo einem der Kopf steht. Sie kennen ihre Geschichte auswendig, – die Geschichte jeder Bildsäule, jedes Gemäldes, jeder Kathedrale und jedes andern Wunders, das sie uns zeigen. Sie sagen ihre Geschichte her wie ein Papagei, und wenn man sie unterbricht und aus dem Konzepte bringt, so müssen sie umkehren und von vorn anfangen. Da sie ihr ganzes Leben hindurch damit beschäftigt sind, Fremden seltsame Dinge zu zeigen und den Ausbrüchen ihrer Begeisterung zuzuhören, so macht es ihnen natürlich die größte Freude, Bewunderung zu erwecken. Das Publikum vor Begeisterung in vollständige Verzückung zu versetzen, wird dem Führer zur Leidenschaft. Er gewöhnt sich so sehr daran, dass er in einer nüchternen Atmosphäre gar nicht mehr leben kann. Nachdem wir dies entdeckt, verfielen wir nie wieder in Verzückung, bewunderten wir nichts mehr, zeigten wir vor den erhabensten Wunderwerken, die ein Führer uns zu erklären hatte, nie etwas anderes als gleichgültige Gesichter und einfältige Teilnahmslosigkeit. Wir hatten ihre schwache Stelle herausgefunden und dies seitdem gehörig benutzt. Wir haben einige von diesen Leuten bisweilen förmlich wild gemacht, nie aber unsere eigne gute Laune verloren.

Gewöhnlich ist's unser Doktor, der die Fragen stellt, weil er seine Gesichtsmuskeln in der Gewalt hat, sich ganz das Aussehen eines Einfaltspinsels geben kann und es vortrefflich versteht, in den Ton seiner Stimme möglichst viel alberne Naivität zu legen. Es scheint ihm angeboren.

Die Führer in Genua sind ganz entzückt, wenn sie sich einer amerikanischen Gesellschaft bemächtigen können, weil Amerikaner sich so leicht wundern und namentlich vor jeder Reliquie des Kolumbus in Aufregung und Staunen geraten. Unser dortiger Führer tänzelte vor uns herum, als ob er eine Sprungfedermatratze verschluckt hätte. Er konnte sich kaum mehr halten vor Ungeduld, als er uns zurief:

»Komm Sie mit, meine Erren – komm Sie. Ik werd' Sie ßeigen das Brief geschreibt von Christophoro Colombo selbst. Schreibte es selbst! Schreibte es mit seine eigne And.«

Er führte uns nach dem Stadthaus. Nach vielem eindrucksvollem Herumkramen in Schlüsseln und Aufschließen von Schlössern wurde das beschmutzte alte Dokument vor uns ausgebreitet. Die Augen des Führers funkelten. Er tanzte um uns herum und klopfte mit dem Finger auf das Pergament.

»Was ik Ihne sagte, meine Erren! Ist es nit so? Seh Sie mal! Andschrift von Christophoro Colombo. Schreibte es selbst.«

Wir machten ein gleichgültiges, teilnahmsloses Gesicht. Der Doktor prüfte das Dokument sehr sorgfältig während einer peinlichen Pause. Dann sagte er, ohne irgendwelches Interesse zu verraten: »Ah, Ferguson, wie – wie sollte doch der Mensch heißen, der das geschrieben hat?«

»Christophoro Colombo! Der große Christophoro Colombo.«

Wieder eine sorgfältige Prüfung.

»Ah, schrieb er es selbst, oder – oder wie?«

»Er schreibte es selbst! – Christophoro Colombo! Es ist seine eigne Andschrift. Schreibte es selbst.«

Darauf legte der Doktor das Dokument hin und sagte:

»Ei, ich habe Knaben in Amerika gesehen, die erst vierzehn Jahre alt waren und besser schreiben konnten, als das da.«

»Aber das ist ja der große Christoph –«

»Einerlei, wer er ist. Es ist die schlechteste Schrift, die ich je gesehen. Nun müssen Sie sich nicht einbilden, dass Sie uns was weiß machen können, weil wir Fremde sind. Wir sind durchaus keine Narren. Wenn Sie Beispiele der Schönschreibekunst zu zeigen haben, an denen wirklich 'was ist, dann her damit – wo nicht, so lassen Sie uns weiter fahren.«

Wir fuhren weiter. Der Führer war erheblich erschüttert in seinen Erwartungen, aber machte noch einen Versuch. Er hatte etwas, wovon er dachte, es würde uns überwältigen. Er sagte:

»Ah, meine Erren, komm Sie mit mich. Ik werd' Sie zeigen was Schönes, – prächtige Büste von Christophoro Colombo – errlich, großartig.«

Er brachte uns vor die schöne Büste – sie war in der Tat schön – sprang zurück und warf sich in die Brust.

»Ah, seh Sie, meine Erren, schön, großartig – Büste von Christophoro Colombo! Schönes Büste, schönes Piedestal!«

Der Doktor nahm sein Augenglas vor die Augen, das er sich zu solchen Zwecken angeschafft hatte.

»Ah, wie sollte dieser Herr gleich heißen?«

»Christoph Columbus. Der große Christophoro Colombo.«

»Christoph Columbus. Der große Christophoro Colombo. Nun, was hat er denn geleistet?«

»Amerika entdeckt – Amerika hat er entdeckt. Sein das nicht genug?«

»Amerika soll er entdeckt haben? Nein – die Behauptung wird schwerlich richtig sein. Wir kommen ja selber aus Amerika. Wir haben nichts davon gehört. Christophoro Colombo – hübscher Name – ist – ist er schon tot?«

»*O corpo die Bacho!* Dreihundert Jahre schon.«

»Woran starb er wohl?«

»Das weiß ik nicht, das kann ik nit sagen.«

»Denken Sie 'mal nach – Pocken?«

»Ik weiß es nicht, meine Erren. Ik weiß nicht, an was er ist gestorben.«

»Masern am Ende?«

»Mag sein, mag sein – ik weiß es nicht – ik denk, er sterbte an etwas.«

»Eltern noch am Leben?«
»Unmöglich.«
»Sagen Sie, – welches ist die Büste und welches das Piedestal.«
»Santa Maria! Dies hier ist die Büste und dies das Piedestal.«
»Ah, ich sehe, ich sehe – glückliche Verbindung, in der Tat eine sehr glückliche Verbindung.«

Nachdem wir unserem Führer also in Genua mitgespielt, hatten wir für die Zukunft gewonnenes Spiel. Diese Führer hätten uns sonst zu Tode geelendet.

Im Vatikan zu Rom, dieser wunderbaren Welt voll Sehenswürdigkeiten, verbrachten wir wiederholt mehrere Stunden. Auch hier trugen wir unserem Führer gegenüber die größte Zurückhaltung zur Schau. Bisweilen waren wir nahe daran, Interesse zu bekunden, ja selbst Bewunderung – es war sehr schwer, sich dessen zu enthalten. Indes gelang es. Niemand sonst brachte das im vatikanischen Museum zustande. Der Führer war außer sich – es ging ihm übers Bohnenlied. Er lief sich fast die Beine ab, um außerordentliche Dinge aufzuspüren, und erschöpfte alle seine Gewandtheit an uns, aber es misslang ihm. Er hatte das, was er für das größte Wunder hielt, bis zuletzt aufgespart – eine ägyptische Königsmumie, vielleicht die am besten erhaltene in der Welt. Er führte uns dahin. Er war seiner Sache diesmal so sicher, dass etwas von seinem früheren Enthusiasmus zurückkehrte.

»Seh Sie, meine Erren! Mumia! Mumia!«

Das Augenglas ging so ruhig und kritisch wie immer in die Höhe.

»Ah, Ferguson – verstand ich Sie recht – wie hieß dieser Herr?«

»Wie er geheißen hat? Er atte gar keine Name. Mumia! – Ägyptische Mumie.«

»Ja, ja. Hier geboren?«

»Nein. Ägyptische Mumie.«

»A, ganz recht. Vermutlich ein Franzose?«

»Nein. Kein Franzose, kein Römer. In Ägypta geboren.«

»In Ägypta geboren? Hörte in meinem Leben nichts von Ägypta. Ausländische Lokalität wahrscheinlich. Mumie, Mumie. Hm, wie ruhig er ist, wie gelassen! Ist – ah, ist er tot?«

» *Oh sacré bleu!* Schon seit dreitausend Jahren.«

Her Doktor schnaubte ihn grimmig an:

»Hören Sie 'mal, was soll dieses Betragen heißen? Halten Sie uns für Chinesen, weil wir Fremde sind und etwas lernen wollen? Versuchen Sie uns mit ihren elenden Leichen aus der Trödelbude zu imponieren? Donnerwetter, ich hätte gleich Lust, Sie zu – zu –; wenn Sie eine nette *frische* Leiche haben, her damit – oder beim Teufel ...«

Unser Führer war ein Franzose. Indes zahlte er uns den Spaß, ohne es zu wissen, teilweise heim. Er kam am andern Morgen ins Hotel, um sich zu erkundigen, ob wir auf wären, und beschrieb uns, so gut er konnte, sodass der Wirt bald wusste, welche Personen er meinte. Er schloß seine Beschreibung mit der beiläufigen Bemerkung, dass wir verrückt seien. Wir nahmen ihm diese harmlose und ehrlich gemeinte Äußerung gar nicht übel.

Ein türkisches Bad

Wenn ich daran denke, wie ich durch Beschreibungen von Reisen im Orient beschwindelt worden bin, so könnte ich ganz rasend werden. Jahraus, jahrein habe ich von den Wundern des türkischen Bades geträumt, und jahraus, jahrein habe ich mir versprochen, ich solle noch eines zu genießen bekommen. Ach wie oft habe ich in Gedanken in dem Marmorbade gelegen und die einschläfernden Düfte morgenländischer Gewürze, welche die Luft erfüllten, eingeatmet; habe dann eine geheimnisvolle und verwickelte Prozedur von Ziehen und Recken, Nassmachen und Abreiben durchgemacht, welche von einer Schar nackter Wilder ins Werk gesetzt wurde, die gleich Dämonen in den dampfenden Nebeln auftauchten; habe dann eine Weile auf einem Diwan, der sich für einen König passte, ausgeruht; bin darauf durch eine zweite Feuerprobe, und zwar durch eine furchtbarere als die erste hindurchgegangen und schließlich, in weiche Stoffe gehüllt, in einen fürstlichen Saal gebracht und auf ein Bett von Eiderdaunen gelegt worden, wo Eunuchen in prachtvoller Tracht mir Kühlung zufächelten, während ich in träumerischem Halbschlummer dalag oder mit Behagen auf die reichen Behänge des Gemachs, die weichen Teppiche, die prächtigen Hausgeräte und Bilder hinschaute, köstlichen Kaffee trank, das beruhigende Nargileh rauchte und zuletzt, eingelullt von wollüstigen Düften aus ungesehenen

Räucherpfannen, von dem sänftigenden Einflüsse des persischen Tabaks und von der Musik plätschernder Springbrunnen, die das Tröpfeln eines Sommerregens nachahmten, in ruhigen Schlaf versank.

Es war ganz das Bild, wie es in den fantasievollen Reisebüchern steht. Aber es ist eine elende Täuschung.

Man empfing mich in einem großen Hofe, der mit Marmorplatten gepflastert war. Rings herum liefen breite Galerien, eine über der andern, mit schmutzigen Matten statt mit Teppichen belegt, und von unangestrichenen Balustraden eingefasst. Möbliert waren sie mit riesigen gichtbrüchigen Stühlen, darauf zerfressene alte Matratzen als Sitzkissen, eingebogen und ausgehöhlt durch die Eindrücke, welche die Formen von neun aufeinanderfolgenden Generationen, die auf ihnen geruht, zurückgelassen hatten. Der Raum war groß, kahl, öde, der Hof eine Scheune, die Galerien wie Pferdeställe. Die leichenhaften, halb nackten Knechte, die in dem Etablissement Dienste leisteten, hatten in ihrer Erscheinung nichts von Poesie, nichts von Romantik, nichts von morgenländischer Pracht. Sie verbreiteten keine entzückenden Düfte – vielmehr das Gegenteil. Ihre hungrigen Augen und ihre hageren Gestalten ließen einen fortwährend an eine sehr prosaische Tatsache denken, – dass sie Verlangen trugen nach dem, was man in Kalifornien ›eine rechtschaffene Abfütterung‹ nennt.

Ich ging in eine von den Zellen und entkleidete mich. Ein unsauberer, verhungert aussehender Bursche umhüllte seine Lenden mit einem bunten Tischtuche und hing mir einen weißen Fetzen über die Schultern. Ich wurde sodann in den Hof hinabgeführt, der so feucht und schlüpfrig war, dass ich ausglitt und hinfiel. Mein Fall rief jedoch keinerlei Bemerkung hervor. Man hatte ihn ohne Zweifel erwartet. Er gehörte offenbar zu der Reihe sänftigender, wollüstiger Eindrücke, die dieser Heimstätte des morgenländischen Luxus eigentümlich sind. Man gab mir ein Paar hölzerne Pantoffeln oder vielmehr Brettchen, mit Lederstrippen daran, um sie an den Füßen festzuhalten (was sie auch getan haben würden, wenn ich eine andere Nummer trüge). Diese Dinge baumelten unbequem an den Strippen, wenn ich die Füße erhob, und wenn ich sie wieder niedersetzte, drehten sie sich seitwärts, dass meine Fußknöchel umknickten und schier aus dem Gelenke gingen. Indes war alles morgenländischer Luxus, und ich Tat, was ich konnte, um mich seiner zu erfreuen.

Man brachte mich in einen andern Teil der Scheune und legte mich auf eine Art von Pritsche, die nicht etwa aus Goldbrokat oder persischen Shawls bestand, sondern dasselbe einfache und anspruchslose Ding war, das ich in den Negerquartieren von Arkansas fand. In diesem düsteren Marmorgefängnis befand sich weiter gar nichts als noch fünf von diesen Bahren. Es war ein sehr feierlicher Ort. Ich erwartete jetzt, die balsamischen Düfte Arabiens würden nunmehr meine Sinne gefangen nehmen, aber es war nichts. Ein kupferfarbenes Gerippe, das einen Fetzen umgehangen hatte, brachte mir eine bauchige Flasche mit Wasser, mit einer glimmenden Tabakspfeife obendrauf und einem biegsamen und langen Schlauch daran, der in ein messingenes Mundstück auslief.

Es war das berühmte Nargileh des Morgenlandes – das Ding, welches der Großtürke auf Bildern zu rauchen pflegt. Das fing in der Tat an, wie Luxus auszusehen. Ich Tat einen Zug daraus, und der genügte mir; der Rauch drang mir in einer großen Wolke hinunter in den Magen, in die Lungen, ja bis in die äußersten Enden des Gebäudes meines Körpers. Ich platzte mit einem einzigen mächtigen Husten los, und es war, als ob der Vesuv ausgebrochen wäre. Die nächsten fünf Minuten qualmte ich aus allen Poren, wie ein Bretterhaus, das inwendig brennt. Ich danke schön für alle Zeit für den weiteren Genuss des Nargileh. Der Rauch hatte einen niederträchtigen Geschmack, und noch widerwärtiger war der Geschmack von Tausenden von ungläubigen Zungen, der an jenem messingnen Mundstück hing. Ich fing an, den Mut zu verlieren. Wenn ich künftig wieder den Großtürken in vorgeblichem seligem Behagen außen auf einem Paket mit Connecticut-Tabak sein Nargileh schmauchen sehe, werde ich wissen, dass es nichts ist als schamloser Schwindel.

Mein Gefängnis war mit heißer Luft gefüllt. Als ich hinreichend durchwärmt war, um für eine noch wärmere Temperatur vorbereitet zu sein, führten sie mich in ein Marmorzimmer, feucht, schlüpfrig und voll Dampf, und legten mich auf eine erhöhte Plattform im Mittelpunkte. Es war hier sehr warm. Bald darauf setzte mich mein Mann neben einen Trog mit heißem Wasser, begoss mich tüchtig, zog über seine rechte Hand einen groben Badehandschuh und begann mich über und über mit demselben zu reiben. Ich fing an, garstig zu riechen. Je mehr er rieb, desto garstiger roch ich. Es war beunruhigend. Ich sagte zu ihm:
»Ich merke jetzt, dass ich so ziemlich hin bin. Vernünftigerweise sollte man mich ohne allen unnötigen Zeitverlust begraben. Vielleicht täten Sie

am besten, ohne Verzug zu meinen Freunden zu gehen, weil das Wetter heiß ist, und ich deshalb nicht lange halten werde.«

Er fuhr fort, mich zu schaben, ohne auf meine Worte zu achten. Ich bemerkte bald, dass er meinen Umfang verkleinerte. Unter dem Druck seines Fausthandschuhs gingen kleine Würstchen von mir ab, die wie Makkaroni aussahen. Es konnte kein Schmutz sein; denn dazu war es zu weiß. Nachdem er mich eine geraume Zeit in dieser Weise abgehobelt hatte, sagte ich: »Das ist ein langweiliges Verfahren. Es wird Stunden erfordern, um mich zu dem Umfang abzuschaben, den Sie mir zu geben gedenken. Gehen Sie und holen Sie lieber einen Schrubbhobel.«

Er gab durchaus keine Acht auf das, was ich sagte.

Nach einer Weile brachte er ein Becken, etwas Seife und ein Ding, das wie ein Pferdeschwanz aussah. Er schlug eine ungeheure Masse Seifenschaum, überflutete mich damit vom Kopf bis zu den Füßen, ohne mir vorher zu sagen, ich solle die Augen schließen, und fegte mich alsdann mit heimtückischer Heftigkeit vermittelst seines Pferdeschwanzes. Dann ließ er mich als schneeweiße Bildsäule von Seifenschaum zurück und ging seiner Wege. Als ich des Wartens überdrüssig war, ging ich ihm nach und spürte ihn auf. Er lehnte eingeschlafen an der Wand in einem andern Gemache. Ich weckte ihn auf. Dies brachte ihn keineswegs aus der Fassung. Er führte mich zurück, übergoss mich mit heißem Wasser, setzte mir einen Turban auf den Kopf, kleidete mich in trockene Tischtücher und geleitete mich zu einer Art Hühnerkäfig in einer der Galerien und zeigte auf eine jener vorhin beschriebenen Pritschen. Ich legte mich hinauf und gab mich wieder der unbestimmten Erwartung hin, jetzt würden sich die arabischen Wohlgerüche einstellen. Sie kamen nicht. Dafür kam ein dürrer Diener mit einem Nargileh. Ich bewog ihn, es ohne Zeitverlust wieder hinauszutragen. Darauf brachte er den weltberühmten türkischen Kaffee, den Poeten viele Generationen hindurch so hinreißend besungen haben, und ich warf mich auf ihn los als die letzte Hoffnung, die mir von meinen Träumen vom morgenländischen Luxus geblieben war. Es war wieder eine Täuschung. Von allen unchristlichen Getränken, die je über meine Lippen gingen, ist der türkische Kaffee das schlimmste. Die Tasse ist klein, mit Bodensatz beschmiert, der Kaffee schwarz, von unangenehmem Geruch und abscheulichem Geschmack. Am Boden der Tasse sitzt ein schlammiger Niederschlag, einen halben Zoll tief. Dieser geht die Kehle hinab und dabei bleiben Teilchen davon unterwegs hängen und bewirken ein unbehagliches, kitzelndes Gefühl, welches einen stundenlang bellen und husten lässt.

Hier endet meine Erfahrung von dem viel gerühmten türkischen Bade, und hier endigt auch mein Traum von dem seligen Behagen, in welchem der Sterbliche schwelgt, der ein solches durchmacht. Es ist ein boshafter Schwindel. Der Mensch, dem es gefällt, ist geeignet, sich alles gefallen zu lassen, was dem Gesichts- und Gefühlssinn widerwärtig ist, und der, welcher es mit dem Zauber der Poesie zu umgeben vermag, ist auch imstande, desgleichen zu tun mit allem andern in der Welt, was langweilig, erbärmlich, trübselig und garstig ist.

Die Hunde von Konstantinopel

Ich glaube fast, dass die berühmten Hunde von Konstantinopel falsch dargestellt – ja verleumdet worden sind. Ich habe nie etwas anderes von ihnen gehört, als dass sie so haufenweise in den Straßen herumschweifen, dass sie einem stellenweise den Weg versperren –, dass sie förmlich organisierte Kompanien und Regimenter bilden und durch entschlossenen und blutigen Angriff erobern, was sie nötig haben, – und endlich, dass sie in der Nacht alle andern Geräusche durch ihr fürchterliches Geheul übertäuben. Die Hunde, die ich jetzt bei meinem Aufenthalt in Konstantinopel sehe, können unmöglich dieselben sein, von denen ich gelesen habe.

Ich finde sie zwar überall, aber nicht in starken Rudeln. Die größte Zahl, die ich gefunden habe, war zehn bis zwanzig. Bei Tag und Nacht war ein guter Teil derselben fest eingeschlafen. Die, welche nicht schliefen, sahen immer aus, als ob sie sich sehr danach sehnten. Nie in meinem Leben habe ich solche erbarmungswürdige, ausgehungerte, trübselig blickende, jammervolle Köter gesehen. Es musste einem als die reinste Satire erscheinen, wenn man Tiere gleich diesen anklagt, sie bemächtigten sich irgendeiner Sache mit Gewalt. Sie schienen kaum Kraft oder Ehrgeiz genug zu besitzen, um sich über die Straße zu wagen. Ich entsinne mich nicht, dass ich auch nur einen Einzigen so weit habe gehen sehen. Sie sind räudig, mit Beulen bedeckt und verstümmelt, und zuweilen begegnet man einem, dem das Haar in breiten und scharf abgegrenzten Streifen abgesengt ist, dass er wie eine Landkarte von unsern neuen Territorien aussieht. Sie sind die traurigsten Tiere, die atmen – die widerwärtigsten – die bemitleidenswertesten. In ihren Gesichtern liegt beständig der Ausdruck der Schwermut, die Miene hoffnungsloser Niedergeschlagenheit. Die haarlosen Stellen auf dem Rücken eines verbrühten Hundes werden von den Flöhen Konstantinopels einem weiteren größeren Tummelplätze auf einem gesünderen Hunde vorgezogen; dieselben finden dort ihre Rechnung ganz vortrefflich. Ich sah einen Hund von jener Sorte auffahren, um einen Floh wegzubeißen, – da lenkte eine Fliege seine Aufmerksamkeit auf sich, und er schnappte nach ihr. Der Floh machte ihm nochmals seinen Besuch, und das gab ihm für immer den Rest; er warf einen betrübten Blick auf den werdenden Floh, einen zweiten betrübten Blick auf den kahlen Fleck, dann Tat er einen Seufzer und ließ seinen Kopf – ergeben in sein Schicksal – auf seine Vorderpfoten fallen. Er war der Lage nicht gewachsen.

Die Hunde schlafen allenthalben in den Straßen, wohin man gehen mag. Von einem Ende der Straßen bis zum andern mögen nach meiner Schätzung acht oder zehn auf ein Häuserviertel kommen; zuweilen sind's auch mehr: fünfzehn bis zwanzig. Sie gehören niemanden und scheinen keine persönlichen Freundschaftsbündnisse untereinander zu schließen. Aber sie teilen sich in die Stadt nach bestimmten Bezirken; und die Hunde jedes Bezirks, mag derselbe groß oder klein sein, müssen innerhalb seiner Grenzen verbleiben. Wehe dem Hunde, der diese Grenze überschreiten wollte! Seine Nachbarn würden ihm in einer Sekunde den Rest seiner Habe wegschnappen. So behauptet man wenigstens, wenn sie auch nicht danach aussehen.

Sie schlafen also in den Straßen. Sie dienen mir als Kompass – als Führer. Wenn ich die Hunde gelassen weiter schlafen sehe, während Menschen, Schafe, Gänse und alle andern sich bewegenden Dinge ausweichen und um sie herumgehen, so weiß ich, dass ich nicht in der großen Straße bin, wo mein Hotel ist, und dass ich weiter gehen muss. In jener großen Straße sehen die Hunde aus, als ob sie auf ihrer Hut wären – was davon kommt, dass sie jeden Tag genötigt sind, vielen Kutschen und Wagen aus dem Wege zu gehen – und diesen Ausdruck erkennt man im Augenblick wieder. Er findet sich auf dem Gesichte keines einzigen Hundes außerhalb der Grenzlinien jener Straße. Alle andern schlafen gelassen und geben auf nichts acht. Sie würden sich nicht von der Stelle bewegen, und wenn der Sultan selber vorbeizöge.

In einer engen Straße (breit ist freilich keine einzige) sah ich drei Hunde zusammengerollt liegen, immer einer etwa einen oder zwei Fuß von dem andern entfernt. Sie lagen der Länge nach über die Straße, und so überbrückten sie dieselbe genau von Rinnstein zu Rinnstein. Auf einmal kam eine Herde von hundert Schafen daher. Sie liefen geradezu über die Hunde weg. Die Hunde blickten träge auf, zuckten ein wenig zusammen, wenn die ungeduldigen Füße der Schafe ihre roh geschundenen Rücken berührten, seufzten auf und legten sich friedlich wieder hin. Keine Sprache hätte deutlicher reden können. Als die ganze Herde über sie hinweggegangen war, niesten die Hunde in der Staubwolke ein wenig, rückten aber mit ihren Leibern auch nicht einen Zoll weit von der Stelle. Ich dachte immer, ich wäre träg, aber im Vergleich mit einem konstantinopolitanischen Hunde bin ich eine wahre Dampfmaschine.

Diese Hunde sind die Abdecker der Stadt. Das ist ihre offizielle Stellung und dieselbe ist recht schwer. Das ist es auch, was ihnen Schutz verleiht. Wären sie nicht so nützlich, indem sie diese fürchterlichen Straßen reinigten, so würden sie schwerlich geduldet werden. Sie fressen alles und jedes, was ihnen in den Wurf kommt, von Melonenschalen und verdorbenen Trauben angefangen bis hinauf zu ihren eignen toten Vettern und Freunden, und doch sind sie stets dürr, immer hungrig, immer niedergeschlagen. Die Leute hüten sich, einen Hund zu töten – dies kommt tatsächlich nicht vor. Man sagt, die Türken hätten eine angeborene Abneigung dagegen, irgendeinem stummen beseelten Wesen das Leben zu nehmen. Aber sie tun Schlimmeres. Sie treten, steinigen und verbrühen diese unglücklichen Geschöpfe, bis sie beinahe tot sind, und lassen sie dann weiter leben und leiden.

Einmal setzte sich's ein Sultan in den Kopf, alle Hunde in der Stadt zu töten, und begann wirklich mit dieser Arbeit; aber der Pöbel erhob ein solches Schreckensgeheul, dass dem Gemetzel Einhalt getan wurde. Nach einer Weile nahm er sich vor, alle nach einer Insel im Marmarameere wegzuschaffen. Man erhob keine Einwendung dagegen, und eine oder ein paar Schiffsladungen davon wurden weggeschafft. Aber als bekannt wurde, dass irgendwie die Hunde niemals nach der Insel gelangten, sondern immer in der Nacht über Bord fielen und umkamen, erhob sich ein abermaliges Geheul, und so wurde der Deportierungsplan fallen gelassen.

So verblieben die Hunde denn im friedlichen Besitze der Straßen. Ich behaupte nicht, dass sie des Nachts in den Straßen nicht heulten, und dass sie nicht Leute anfielen, die keinen roten Fes auf dem Kopfe haben. Ich sage nur, dass es niederträchtig von *mir* sein würde, sie dieser Unziemlichkeiten anzuklagen, da ich mit meinen eigenen Augen und Ohren davon weder etwas gesehen noch gehört habe.

Des Kapitäns Bibel-Erklärung

Wir plauderten manch liebes Mal vergnüglich über den alten Kapitän ›Wirbelwind‹ im Stillen Ozean – Friede seiner Asche! – Zwei oder drei aus unserer Versammlung hatten ihn gekannt, ich insbesondere, denn ich hatte vier Seereisen mit ihm gemacht.

Es war ein sehr merkwürdiger Mann. Auf dem Schiff geboren, hatte er seine ganze Erziehung von den Schiffskameraden aufgeschnappt. Er fing seinen Lebenslauf auf dem Vorderdeck an und stieg Grad für Grad, bis zur Kapitänswürde. Mehr als fünfzig von seinen fünfundsechzig Jahren brachte er auf dem Wasser zu; alle Ozeane hat er durchsegelt, alle Länder gesehen und jedes Klima hat bei ihm seine Spur zurückgelassen. Wenn jemand fünfzig Jahre auf See ist, so weiß er natürlich wenig von den Menschen, kennt von der Welt nur die Oberfläche, nichts von ihren Gedanken, nichts von ihrem Wissen als das ABC und selbst dieses nur verwischt und entstellt durch die blinden Glaslinsen eines ungeübten Verstandes. Er ist ein grau gewordenes, bärtiges Kind – und das war der alte Kapitän Jones auch – einfach, ein unschuldiges, liebenswertes, altes Kind.

Solange er seine Gemütsruhe bewahrte, war er freundlich und sanft wie ein Mädchen; wenn er aber in Wut geriet, wurde er zu einem Orkan, von dem man sich nach seinem Spitznamen nur einen schwachen Begriff machen konnte.

Im Handgemenge zeigte sich seine Kraft, denn er besaß einen mächtigen Gliederbau und unerschütterlichen Mut. Vom Kopf bis zu den Fersen war er mit Bildern und Sprüchen in roter und blauer Tusche tätowiert. Ich war mit ihm auf der Reise, als er sich seine letzte leere Stelle um den linken Fußknöchel tätowieren ließ. Drei Tage lang humpelte er auf dem Schiff umher mit dem nackten, geschwollenen Fuß, auf dem der folgende Spruch in farbiger Tusche leuchtete:

»Die Tugend ist ihre eigene Bel – –« (zum Ende fehlte der Platz).

Jones war ernstlich und aufrichtig fromm, fluchte aber dabei wie ein Fischweib. Das Fluchen hielt er für untadelig, denn die Matrosen würden keinen Befehl ohne die Erläuterung eines Fluches verstehen. In der Bibel war er sehr belesen – das heißt, nach seinem Dafürhalten. Was in der Bibel stand, glaubte er alles, aber er hatte seine eigene Methode, um zu seinem Glauben zu gelangen. Er gehörte zu der ›vorgeschrittenen‹ Schule der Denker und wandte Naturgesetze bei der Erklärung aller Wunder an – etwa nach dem Plan der Leute, welche die sechs Schöpfungstage in sechs geologische Perioden umwandeln – und dergleichen mehr. Ohne sich dessen bewusst zu sein, war er eine recht scharfe Satire auf die modernen, wissenschaftlichen Religionsforscher. Dass ein Mann, wie ich ihn eben beschrieben habe, leidenschaftlich gern disputiert und argumentiert, versteht sich von selbst.

Auf einer Fahrt hatte Kapitän ›Wirbelwind‹ einen Prediger an Bord, ohne zu wissen, dass es ein Geistlicher war, da die Passagierliste diese Tatsache nicht verriet. Er fand großes Wohlgefallen an dem Rev. Mr. Peters, sprach sehr viel mit ihm und erzählte ihm lange Geschichten. In die schmackhaften Proben aus seinem persönlichen Lebenslauf, die er ihm zum Besten gab, wob er eine glitzernde Perlenschnur von Kraftausdrücken, was für einen durch unsere matte, bilderlose Sprache ermüdeten Geist sehr erfrischend war. Eines Tages fragte der Kapitän: »Peters, leset Ihr wohl dann und wann in der Bibel?«

»Je nun – ja.«

»Na, mir scheint's nicht oft, nach der Art, wie Ihr das sagt. Da rat' ich Euch, greift's einmal in allem Ernst an und Ihr werdet sehen, dass es der Mühe lohnt. Lasst Euch nicht abschrecken, sondern macht immer fort. Zuerst versteht Ihr nichts, aber nach und nach wird's klar und Ihr sollt sehen, Ihr legt das Buch nicht aus der Hand, um Eure Mahlzeit zu halten.«

»Ja, das habe ich schon sagen hören.«

»Und es ist auch wirklich so. Es gibt gar kein Buch wie die Bibel, Peters. Ein paar knifflige Punkte sind zwar drin – das kann man nicht ableugnen – aber lasst nur nicht locker und sinnt sie aus – seid Ihr erst einmal in das Inwendige gekommen, so ist alles hell wie der Tag.«

»Ach – auch die Wunder, Kapitän?«

»Jawohl, auch die Wunder, Herr; ein jedes einzelne, ohne Ausnahme. Da ist z. B. die Angelegenheit mit den Propheten Baals – he? Wahrscheinlich hat Euch die vor den Kopf gestoßen?«

»Ja, allerdings – ich weiß nicht, aber –«

»Na, bekennt's nur gleich; das hat Euch verblüfft, ich glaub's wohl. Ihr hattet noch keine Erfahrung, dergleichen Dinge auseinander zu wirren, da bliebt Ihr natürlich drin stecken. – Wär's Euch recht, wenn ich Euch die Sache erklärte und Euch zeigte, wie Ihr auf den Kern dieser Dinge kommen könnt?«

»Ja, wirklich, das würde mir sehr lieb sein, Kapitän, wenn's Euch passt.«

Darauf fuhr der Kapitän fort wie folgt:

»Das werd' ich mit Vergnügen tun, Peters. Zuerst, seht Ihr, da hab' ich gelesen und gelesen und gedacht und gesonnen, bis ich dahin kam, zu verstehen, was das für eine Sorte von Leuten war, in den alten Bibelzeiten, und hernach war es mir klar und leicht. Auch mit der Geschichte von den Propheten des Baal und dem Isaak[9], hab' ich's auf die gleiche Art angegriffen. Es gab nämlich in jenen alten Tagen unter den allgemein bekannten Persönlichkeiten mächtig gescheite Männer – und Isaak war einer von ihnen. Isaak hatte seine Fehler, das leugne ich gar nicht. Es kommt mir nicht zu, den Isaak reinzuwaschen; er hat die Propheten des Baal hinters Licht geführt, doch kann man ihm das vielleicht zugutehalten, wenn man bedenkt, wie groß ihre Überzahl war. Nein, ich behaupte nur, dass es kein Wunder war, und will es beweisen, sodass Ihr Euch selber davon überzeugen könnt. »Nun also – die Zeiten waren für die Propheten schlimmer und schlimmer geworden – das heißt für die Propheten von Isaaks Glaubensbekenntnis. In der Gemeinde waren vierhundertundfünfzig Propheten Baals und nur ein einziger Presbyterianer – wenn nämlich Isaak ein Presbyterianer war, wie ich denke, aber ich kann's nicht gewiss sagen.

Natürlich hatten die Propheten Baals das ganze Geschäft in Händen; Isaak mag wohl recht niedergeschlagen gewesen sein, aber es steckte ein ganzer Mann in ihm. Wahrscheinlich ist er nun umhergezogen und hat prophezeit – just als wollte er sein Handwerk unter der Landbevölkerung treiben, aber das half alles nichts. Wider solche Gegenpartei konnte er nichts ausrichten, was sich verlohnte. Allmählich wurde die Sache

---

[9] Dies ist des Kapitäns eigene Verwechslung.

ganz verzweifelt für ihn. Da fängt er an, mit dem Kopf zu arbeiten, denkt sich alles aus – und was tut er dann? – Nun, er gibt hier und da zu verstehen, es sei bei der andern Partei so und so – dies und das nicht ganz in Ordnung – vielleicht nichts *Bestimmtes*, aber gerade genug, um ihr Ansehen bei den Leuten in aller Stille zu untergraben. Das gab natürlich Geklatsche und endlich kam es dem König zu Ohren. Der König fragt den Isaak, was seine Reden bedeuten. Der Isaak sagt: ›Oh, nichts Besonderes; ich meine bloß – können Eure Propheten Feuer vom Himmel auf einen Altar herunter beten? Das ist vielleicht nichts Großes, Majestät; ich frage bloß – *können* sie es tun? Das möchte ich wissen.‹

»Den König beunruhigte das nun sehr, und er ging zu den Baalspropheten. Die antworteten ziemlich von oben herab: Wenn der König einen Altar bereithätte, so wären sie auch bereit; auch ließen sie nebenbei einfließen, er solle nur gleich für die Feuerversicherung sorgen.

»Den nächsten Morgen also versammelten sich alle Kinder Israels und ihre Eltern und das übrige Volk. Da war auf einer Seite der große Haufen der Propheten Baals zusammengedrängt und auf der andern Seite schritt Isaak allein auf und ab und überdachte sein Stück Arbeit.

»Als nun die Zeit gekommen war, tat Isaak ganz gemütlich und gleichgültig; er rief der Gegenpartei zu, sie könnten die Vorhand haben. So fingen denn die ganzen vierhundertundfünfzig an, um den Altar herum zu beten, in großer Hoffnung und nach besten Kräften. Sie beteten *eine* Stunde – *zwei* Stunden – *drei* Stunden und immer fort, stracks bis zum Nachmittag. Es half aber alles nichts – sie hatten keinen Kniff angewendet. Natürlich machten sie sich lächerlich vor allem Volk, und das fühlten sie auch. – Was hätte nun ein großmütiger Mann wohl getan? – Stillgeschwiegen, nicht wahr? Versteht sich. Und was Tat Isaak? Er reizte und ärgerte die Propheten Baals auf alle erdenkliche Weise.

»Ihr schreit nicht laut genug«, sagte er, »euer Gott ist scheint's eingeschlafen; oder, kann sein, er ist über Feld gegangen, ihr müsst brüllen, wenn er euch hören soll« – oder so ungefähr, ich besinne mich nicht auf die richtigen Worte. – Versteht mich recht – ich entschuldige den Isaak nicht – er hatte seine Fehler.

»Nun gut! Die Propheten beteten weiter, so eifrig sie konnten, den ganzen Nachmittag und brachten doch keinen Funken zuwege. Endlich, beim Sonnenuntergang hatten sie allesamt Kraft und Atem verloren, sie mussten es eingestehen und gaben's auf.

»Was tut jetzt der Isaak? – Er tritt vor und sagt zu einigen seiner Freunde, welche in der Nähe waren: ›Messt mir vier Tonnen Wasser auf den Altar!‹ – Jedermann war erstaunt, denn, seht Ihr, die andere Partei hatte *trocken* gebetet und war zuschanden geworden. – Na, sie gossen es drauf. Dann ruft er: ›Lasst noch vier Tonnen drüber fließen!‹ Und dann: »Noch vier mehr draufgegossen.« – Also *zwölf* Tonnen zusammen. Das Wasser lief über den ganzen Altar und die Seiten herunter und füllte noch einen Graben rund herum, der wohl ein paar Oxhoft halten mochte. – *Maß* steht in der Bibel – ich meine, es bedeutet ungefähr ein Oxhoft. – Viele Leute zogen schon wieder ihre Sachen an, um heimzugehen; sie glaubten, der Mann wäre verrückt geworden. Aber da kannten sie den Isaak schlecht.

»Isaak kniete nieder und fing an zu beten. Er holte weit aus und konnte kein Ende finden; von den Heiden in fernen Ländern kam er auf die Schwesterkirchen, auf *die,* so da Macht haben in der Regierung, auf den Staat und das Land im Großen und Einzelnen und betete das ganze übliche Gebet herunter – Ihr wisst schon – bis jedermann es satt bekam und längst angefangen hatte, an andere Dinge zu denken. Dann aber, ganz plötzlich, als niemand drauf merkt, holt er ein Zündholz 'raus, streicht damit – ritsch – von hinten über seine Beine und – paff! – los flammt die ganze Geschichte, wie ein Haus im Feuer!«

»Zwölf Tonnen *Wasser*?« –

»Nein, *Petroleum,* Herr, *Petroleum!* – das war's! –«

»Petroleum, Kapitän?«

»Jawohl, Herr; das Land war voll davon, und Isaak wusste das wohl. – Lest nur die Bibel, Peters! Stoßt Euch nicht an die schwierigen Stellen. Sie sind nicht schwierig, wenn Ihr sie recht ausstudiert und beleuchtet. – Es gibt nichts in der Bibel, was nicht wahr ist. Alles, was man zu tun hat, ist, sich mit aufrichtigem Gebet daran zu machen und herauszufinden, wie es zugegangen ist.«‹

Was mir der Professor erzählte

Ich war noch jung an Jahren, mit bescheidenen Aussichten und von Beruf Feldmesser. Dass ich einmal Professor an einem Gymnasium werden würde, ahnte ich damals nicht. Vor mir lag die ganze Welt – ich war bereit sie zu vermessen, wenn mir irgendjemand den Auftrag erteilte. Jetzt führte mich mein Vertrag nach einem Bergwerksbezirk in Kalifornien; die Seereise sollte drei bis vier Wochen dauern.

Mit meinen Reisegefährten hatte ich wenig Verkehr; lesen und träumen war meine Hauptbeschäftigung, und um mich dem ganz hingeben zu können, wich ich soviel als möglich jeder Unterhaltung aus. An Bord waren drei Spieler von Profession, rohe, widerwärtige Gesellen; natürlich sprach ich nie ein Wort mit ihnen, doch konnte ich nicht umhin, sie häufig zu sehen, wenn ich meinen gewöhnlichen Spaziergang auf dem Vorderdeck machte. Sie saßen dort nämlich früh und spät bei den Karten in ihrer Kajüte, deren Tür offenblieb, um den Tabaksqualm samt den Flüchen und Kraftausdrücken hinauszulassen. Der Anblick war mir in hohem Grade zuwider, allein was half's – ich musste mich drein ergeben.

Ein anderer Passagier, der die Fahrt mitmachte, kam mir aber häufig in den Wurf, da er entschlossen schien, sich mit mir auf freundschaftlichen Fuß zu stellen. Ich hätte ihn nicht loswerden können, ohne ihn zu kränken, und das brachte ich nicht übers Herz; auch nahm mich seine ländliche Einfalt und unaussprechliche Gutmütigkeit sehr für ihn ein. Als ich das erste Mal seiner ansichtig wurde, hatte ich mir gleich gedacht, er müsse ein Wiesenbauer oder Farmer aus den Hinterwäldern im Westen sein – vielleicht aus Ohio – und bei näherer Bekanntschaft stellte sich richtig heraus, dass er Viehzüchter war und aus dem Innern von Ohio kam. Die Freude über meinen Scharfsinn, mit dem ich den Nagel auf den Kopf getroffen hatte, war wohl der Grund, dass ich sofort für John Backus, so hieß der Mann, ein warmes Interesse empfand.

Täglich pflegten wir nach dem Frühstück zusammenzutreffen und auf dem Deck spazieren zu gehen. Nach und nach teilte er mir in seiner harmlosen Redeseligkeit alles mit, was seine Person betraf, Geschäfts- und Familienangelegenheiten, Verwandtschaften, Aussichten, politische Anschauungen und dergleichen mehr. Daneben ließ er sich auch von mir erzählen; er fragte nach meinem Gewerbe, meiner Herkunft, wollte meine Pläne und Zwecke wissen und meine ganze Lebensgeschichte. Dass ich ihm so bereitwillig Auskunft gab, beweist die Macht seiner sanften Überredungskunst, denn es lag sonst gar nicht in meiner Natur, mit Fremden über meine Privatangelegenheiten zu reden. Einmal äußerte ich etwas über Trigonometrie; das lange Wort schien ihm angenehm aufzufallen und er erkundigte sich nach der Bedeutung, die ich ihm erklärte. Von da ab nannte er mich, nie mehr bei meinem eigenen Namen, sondern immer nur ›Trigo‹, und zwar mit so unbefangener Vertraulichkeit, dass ich es ihm nicht übel nehmen konnte.

Für seine Viehzucht war er förmlich begeistert. Bei der bloßen Erwähnung eines Ochsen oder einer Kuh strahlten seine Augen und er geriet in den feurigsten Redefluss, der unaufhaltsam weiter strömte, solange ich ihm geduldig zuhörte. Er kannte und liebte eine jede Rasse und sprach von ihr in den zärtlichsten Ausdrücken. So oft die Unterhaltung auf sein Rindvieh kam, ging ich stumm und missmutig neben ihm her, bis ich es nicht länger aushielt und die Rede geschickt auf irgendein wissenschaftliches Thema brachte; dann leuchtete mein Auge auf und seines wurde matt; seine Zunge geriet ins Stocken, meine wurde beweglich; ich freute mich meines Lebens und er versank in Traurigkeit.

Eines Tages sagte er in etwas unsicherem, zögernden Tone:

»Würden Sie mir wohl den Gefallen tun, Trigo, einen Augenblick in meine Kajüte zu kommen, wegen einer gewissen Angelegenheit, die ich gern mit Ihnen besprechen wollte?«

Ich war sogleich bereit. Nachdem wir eingetreten waren, steckte er noch einmal den Kopf zur Türe hinaus und blickte vorsichtig nach allen Seiten; dann drehte er den Schlüssel um und wir nahmen auf dem Sofa Platz.

»Ich möchte Ihnen einen kleinen Vorschlag machen«, sagte er, »wenn der Ihnen einleuchtet, könnten wir beide unsern Vorteil dabei finden. Zum Spaß gehen Sie doch nicht nach Kalifornien – und ich auch nicht. Wir wollen beide Geschäfte machen, nicht wahr? Nun könnten wir einander gegenseitig recht nützlich sein, wenn es Ihnen passt. Sehen Sie, ich habe viele Jahre lang gespart und zusammengescharrt und habe hier alles bei mir.« Er öffnete einen alten Lederkoffer, wühlte in einem Haufen schäbiger Kleider umher und zog einen kleinen wohlgefüllten Beutel hervor, den er mich einen Augenblick sehen ließ, worauf er ihn wieder in der Tiefe des Koffers begrub und diesen zuschloss. »Die ganze Summe ist darin«, fuhr er in leisem Flüsterton fort – »runde zehntausend Dollars in Goldfüchsen. Ich habe nun so gedacht: Die Viehzucht verstehe ich so gut wie einer und in Kalifornien kann man Haufen Geld damit verdienen. Beim Landvermessen aber – das wissen wir beide – fallen bald rechts bald links auf der ganzen Linie kleine Dreiecke ab, die der Feldmesser gratis erhält. Alles, was Sie nun Ihrerseits zu tun haben, ist, die Sache so einzurichten, dass die Dreiecke auf gutes, fettes Weideland fallen. Dies überlassen Sie dann mir, ich bringe meine Herde hin, die Dollars fließen reichlich zu, ich berechne Ihren Anteil sofort, zahle ihn regelmäßig aus und – –«

Es tat mir leid, ihn mitten in seinem begeisterten Redeschwall zu unterbrechen, allein es ließ sich nicht ändern.

»Das ist nicht die Art, wie *ich* mein Geschäft zu betreiben pflege«, sagte ich mit ernster Miene; »sprechen wir von etwas anderm, Herr Backus.«

Beschämt und verwirrt stammelte er Entschuldigungen; es ging mir ordentlich zu Herzen, seine peinliche Verlegenheit zu sehen, besonders da er keine Ahnung gehabt zu haben schien, dass man in seinem Vorschlag etwas Anstößiges finden könne. Um ihn über seinen Missgriff zu trösten, wusste ich kein besseres Mittel, als ihm so rasch wie möglich den Genuss einer Unterhaltung über Rinderzucht und Viehhandel zu bereiten. Wir befanden uns gerade vor Acapulco, und als wir auf Deck kamen, waren die Matrosen beschäftigt, einige Kühe mittelst Schlingen an Bord zu ziehen. Im Nu war Backus' schwermütige Stimmung verflossen, samt der Erinnerung an seinen misslungenen Schachzug.

»Nein, sehen Sie nur das an!«, rief er. »Du meine Güte, Trigo, was würden wir dazu in Ohio sagen! Wie würden unsere Leute die Augen aufsperren, wenn sie *die* Art von Behandlung sähen – es ist kaum zu glauben.«

Sämtliche Passagiere ergötzten sich an der Schaustellung; sogar die Spieler waren zugegen. Backus kannte sie alle und hatte schon jeden mit seinem Lieblingsthema gelangweilt. Im Weitergehen sah ich, wie einer der Spieler sich ihm näherte und ihn ansprach; diesem folgte der zweite und dann der dritte. Ich stand still, um zu sehen, was daraus werden würde; bald waren die vier Männer in eifrigem Gespräch, dann zog sich Backus allmählich von ihnen zurück, aber sie folgten ihm und wichen nicht von seiner Seite. Das war mir unbehaglich. Als sie jedoch gleich darauf an mir vorbeikamen, hörte ich, wie Backus in ärgerlichem, abweisenden Tone sagte:

»Sie machen sich ganz unnütze Mühe, meine Herren; ich kann Ihnen nur wiederholen, was ich Ihnen schon über ein Dutzend Mal gesagt habe: Ich bin das Ding nicht gewöhnt und will mich nicht darauf einlassen.«

Ich atmete erleichtert auf. »Sein gesunder Sinn wird der beste Schutz für ihn sein«, sagte ich mir.

Während unserer vierzehntägigen Fahrt von Acapulco nach San Francisco sah ich die Spieler öfters eindringlich mit Backus reden. Endlich konnte ich es mir nicht länger versagen, im Gespräch darauf hinzudeuten, um ihn zu warnen. Er lachte wohlgefällig.

»Freilich«, sagte er, »sie zerren die ganze Zeit an mir herum, ich soll doch nur zum Spaß einmal ein Spielchen mit ihnen machen – aber, ich werd' mich wohl hüten. Meine Leute haben mir – wer weiß wie oft – eingeschärft, mich vor dergleichen Pack in acht zu nehmen.«

Die Reise ging weiter und wir näherten uns San Francisco. Es war eine dunkle, stürmische Nacht, doch ging die See nicht sehr hoch. Ich hatte den Abend allein auf Deck zugebracht und wollte mich gegen zehn Uhr eben in meine Kajüte begeben, als ich aus der Spielerhöhle eine Gestalt auftauchen und in der Finsternis verschwinden sah. Ich erschrak heftig, denn es war niemand anderes als Backus. Rasch sprang ich die Schiffstreppe hinunter und spähte überall nach ihm umher, konnte ihn jedoch nicht finden. Dann eilte ich wieder hinauf und kam gerade noch recht, um zu sehen, wie er in das verdammte Schurkennest hineinschlüpfte. Hatte er sich endlich doch verlocken lassen? Höchst wahrscheinlich. Vielleicht war er heruntergegangen, um seinen Beutel mit den Goldstücken zu holen. Voll böser Ahnungen näherte ich mich der Tür. Sie war nur angelehnt und durch die Spalte sah ich mit bitterem Leidwesen meinen armen Freund am Spieltisch sitzen. Wie sehr bereute ich es jetzt, dass ich nicht eifriger bemüht gewesen war, ihn zu warnen und zu retten, statt meinem törichten Zeitvertreib nachzuhängen und mich in meine Bücher und Träumereien zu vertiefen.

Backus spielte nicht nur, er hatte auch bereits dem Champagner fleißig zugesprochen, der anfing ihm zu Kopfe zu steigen. Laut verkündete er das Lob des ›Sekts‹, der ihm ganz vortrefflich munde; so etwas Gutes sei ihm noch nicht über die Zunge gekommen, er wolle weiter trinken, trotz aller Mäßigkeitsvereinler. Ich sah wie die Schurken einander verstohlen zulächelten; sie schenkten alle Gläser voll, aber während Backus das seinige bis auf den Grund leerte, nippten sie nur und gossen den Wein heimlich über die Schulter. Mir war der Auftritt so widerwärtig, dass ich weiter ging, um mich durch den Anblick des Meeres und das Rauschen des Windes zu zerstreuen. Eine innere Unruhe trieb mich jedoch alle Viertelstunden wieder nach der Türspalte zurück; jedes Mal sah ich, wie

Backus seinen Wein austrank und die andern ihn fortgossen. In so peinlichen Gefühlen hatte ich noch nie eine Nacht verlebt.

Meine einzige Hoffnung war, dass wir recht bald vor Anker gehen würden – damit wäre zugleich dem Spiel ein Ende gemacht. Um den Lauf des Schiffes zu fördern, schickte ich ein Gebet gen Himmel, und als wir endlich mit vollen Segeln durch das ›Goldene Tor‹ einfuhren, klopfte mein Herz vor Freude. Wieder eilte ich nach der Spalte und sah hinein.

Ach – mein Hoffen war vergeblich gewesen; Backus saß da und lallte mit schwerer Zunge, seine schwimmenden Augen waren blutunterlaufen, sein dunkles Gesicht glühte und er wiegte sich trunken hin und her mit der schwankenden Bewegung des Schiffes. Eben führte er wieder das Glas zum Munde, während die Karten ausgeteilt wurden. Als er seine Hand erhob, leuchteten seine glanzlosen Augen einen Moment in hellem Schein. Die Spieler sahen es und wechselten kaum merkliche Blicke des Einverständnisses.

»Wie viele Karten?«

»Keine«, sagte Backus.

Einer der Schurken – Hank Wiley hieß er – warf eine Karte ab, die andern jeder drei. Dann fingen sie an zu bieten, anfangs nur kleine Summen, einen oder zwei Dollars, bis sich Backus auf zehn Dollars verstieg. Wiley zögerte einen Augenblick, dann ›hielt er mit‹ und bot zehn Dollars darüber. Die beiden andern ›passten‹ und legten die Karten hin.

Backus bot zwanzig Dollars höher. Wiley sagte:

»Ich halte mit – hundert Dollars mehr!« Lächelnd streckte er die Hand aus, um das Geld einzustreichen.

»Liegen lassen!«, rief Backus in trunkenem Mut.

»Was – Sie wollen höher bieten?«

»Freilich will ich – ich halte mit, und hier sind noch hundert drüber.«

Er griff in seine Rocktasche und legte die erforderliche Summe auf den Tisch.

»Hoho! Wollen Sie da hinaus – dann sage ich fünfhundert an«, versetzte Wiley.

»Und ich biete fünfhundert mehr!«, schrie der betörte Viehzüchter, holte den Betrag heraus und türmte ihn auf den Goldhaufen. Die drei Verschworenen konnten ihre Freude kaum mehr bergen. Jetzt war von Schlauheit und Verstellung nicht länger die Rede, das Bieten ging Schlag auf Schlag und die goldene Pyramide wuchs zusehends. Endlich lagen zehntausend Dollars beisammen. Wiley warf einen Beutel voll Gold auf den Tisch.

»Fünftausend Dollars drüber! – Nun, mein werter Freund vom Lande, wie steht es jetzt?«

»Aufdecken!«, rief Backus und legte seinen Goldsack auf den Haufen.

»Worauf haben Sie geboten?«

»Vier Könige, Sie verdammter Narr!«, lachte Wiley ihm die Karten zeigend, während er zugleich mit beiden Armen den Einsatz schützte.

»Vier Asse, Sie Dummkopf!«, schrie Backus mit Donnerstimme und hielt seinem Gegenüber einen gespannten Revolver vor. »Ich bin selbst ein Spieler von Profession und habe die ganze Reise über Sprenkel gestellt, um euch Gimpel zu fangen.«

Rumpeldipumpel! Der Anker sank in den Grund und die lange Reise war zu Ende.

Ja, ja, wir leben in einer bösen Welt! Einer von den Spielern war Backus' Spießgeselle. Er hatte die verhängnisvollen Karten auszuteilen und es war verabredet worden, er solle Backus vier Damen geben, aber ach – das hatte er nicht getan.

Eine Woche später stieß ich in der Montgomery-Straße auf Backus, der nach der feinsten Mode gekleidet war.

»Was ich Ihnen noch sagen wollte«, meinte er, als wir uns voneinander verabschiedeten, »über die fetten Weideplätze – die Dreiecke, wissen Sie – von denen wir sprachen, brauchen Sie sich keine Gedanken mehr zu machen. Ich verstehe eigentlich nichts vom Viehstand, als was ich in den letzten vierzehn Tagen vor der Abreise in Jersey aufgeschnappt habe. Meine Schwärmerei für Herden und Rinderzucht hat ihren Zweck erfüllt – jetzt ist sie mir nichts mehr nütze.«

Besuch des Niagara

Das Städtchen Niagara Falls ist ein sehr beliebter Vergnügungsort, die Gasthäuser sind vortrefflich und die Preise durchaus nicht übertrieben. Eine bessere Gelegenheit für den Fischfang gibt es im ganzen Lande nicht, ja, sie ist sogar nirgends auch nur annähernd so gut wie hier, denn, während anderswo gewisse Stromstellen den übrigen bedeutend vorzuziehen sind, ist am Niagara eine Stelle gerade so gut, wie die andere. Der Fisch beißt hier nämlich nirgends an und so ist es ganz überflüssig, dass man erst fünf Meilen weit geht, um zu fischen, weil man fest darauf rechnen kann, dass man näher am Hause ebenso wenig Erfolg haben wird. Dieser Zustand der Dinge hat Vorzüge, welche dem Publikum noch niemals recht zu Gemüt geführt worden sind.

Das Wetter ist im Sommer kühl, die Ausflüge zu Fuß und zu Wagen alle angenehm und nicht ermüdend. Wenn man den Wasserfall ›abmachen‹ will, fährt man erst ungefähr eine Meile stromabwärts und bezahlt dann eine Kleinigkeit für die Berechtigung, von einem Felsvorsprung auf die schmalste Stelle des Niagaraflusses hinabzusehen. Ein Eisenbahndurchstich durch einen Berg würde ebenso hübsch sein, wenn in seiner Tiefe, wie hier, ein rasender Fluss seine Wogen tobend und schäumend vorüberwälzte. Man kann nun auf einer Treppe hundertundfünfzig Fuß hinabsteigen und am Rande des Wassers stehen. Nachdem man es getan, fragt man sich verwundert, warum man es getan hat – aber dann ist es zu spät.

Der Führer beschreibt uns darauf in seiner schauerlichen Weise, die einem das Blut in den Adern gerinnen macht, wie er den kleinen Dampfer, die »Nebeljungfrau«, die grässlichen Stromschnellen hinunterfahren gesehen hat – wie erst ein Radkasten in den wütenden Wellen verschwand, dann der andere – an welcher Stelle ihr Dampfschlot über Bord stürzte, wo ihre Planken anfingen zu brechen und sich auseinander zu spalten – und wie sie endlich dennoch mit dem Leben davon kam, nachdem sie das Ungeheuerliche geleistet hatte, siebzehn Meilen in sechs Minuten zurückzulegen – oder sechs Meilen in siebzehn Minuten – ich habe wirklich vergessen, welches von beiden. Aber jedenfalls war es etwas ganz Außerordentliches. Schon den Führer die Geschichte neunmal hinter einander verschiedenen Personen erzählen zu hören, ohne dass er jemals ein Wort auslässt, einen Satz oder eine Gebärde verändert, ist das Eintrittsgeld wert. Dann fährt man über die Hängebrücke, wobei es einem ganz jämmerlich zu Mut wird, denn man stellt sich unwillkürlich vor, dass man hier entweder zweihundert Fuß tief in den Fluss hinunterstürzen oder der Eisenbahnzug über unserem Kopf auf uns niederschmettern könnte. Jede dieser Möglichkeiten ist an sich unbehaglich, aber beide zusammengenommen versetzen uns in die elendeste Stimmung.

Auf der kanadischen Seite fahren wir an der Schlucht hin, zwischen langen Reihen von Fotografen, welche hinter ihren Kasten Wache stehen, um uns und unser wackliges Fuhrwerk im Vordergrund ihres Bildes prangen zu lassen, während der erhabene Niagara nur verkleinert und wesenlos im Hintergrunde erscheint. Sollte man es für möglich halten, dass eine Menge Leute aus unglaublicher Frechheit oder angeborener Nichtsnutzigkeit diese Art von Verbrechen anstiften oder denselben Vorschub leisten!? –

Tagtäglich gehen aus den Händen dieser Fotografen stolze Bilder von Papa und Mama, mit oder ohne Kindern, hervor, alle einfältig lächelnd, alle in gekünstelten, unbequemen Stellungen auf den Wagensitzen gruppiert, alle in blödsinniger Größe emporragend vor der in verkleinertem Maßstab übel zugestutzten Darstellung des majestätischen Naturwunders, des Falles, dessen dienende Geister die Regenbogen sind, dessen Stimme der Donner ist, dessen Ehrfurcht gebietende Stirn sich in Wolken hüllt. Er war hier König vor vergangenen und vergessenen Zeitaltern, ehe dieses Menschengewürm geschaffen ward, um auf eine Spanne Zeit in den ungezählten Welten der Schöpfung eine Lücke auszufüllen. Und er wird hier herrschen, Jahrhunderte und Jahrtausende lang, nachdem dies Geschlecht zu dem andern Gewürm, seinen Blutsverwandten, versammelt worden ist und sich mit ihrem toten Staub vermischt hat.

Es richtet zwar keinen Schaden an, wenn man den Niagara zum Hintergrunde wählt, um die eigene, wunderbare Bedeutungslosigkeit in gutes, starkes Licht zu stellen, aber es gehört eine übermenschliche Selbstgefälligkeit dazu, um so etwas zu tun.

Hat man den ungeheuren Hufeisen-Fall lange genug betrachtet, um sich zu überzeugen, dass nichts daran zu verbessern ist, so kehrt man über die neue Hängebrücke nach Amerika zurück und geht am Ufer entlang, wo die Höhle der Winde besichtigt werden muss.

Hier legte ich, wie man mir riet, meine sämtlichen Kleidungsstücke ab und zog eine wasserdichte Jacke und eben solche Beinkleider an. Diese Tracht ist malerisch, aber nicht schön. Ein ähnlich gekleideter Führer ging uns auf einer Wendeltreppe voran, die sich hinab wand und wand und fortfuhr sich zu winden, lange nachdem das Ding aufgehört hatte, etwas Neues zu sein; ehe es aber noch anfing, ein Vergnügen zu werden, ging es zu Ende. Wir waren jetzt unterhalb des Wassersturzes, aber noch immer in beträchtlicher Höhe über der Oberfläche des Stromes.

Nun begannen wir über unsichere Brücken, die aus einer einzigen Planke bestanden, behutsam weiter zu schreiten; vor dem Untergang schützte unsere Leiber nur ein gebrechliches Holzgeländer, an das ich mich mit beiden Händen anklammerte – nicht etwa aus Furcht, sondern weil es mir so gefiel. Es ging immer steiler hinab, die Brücke wurde immer gebrechlicher und der Sprühregen des amerikanischen Falles traf uns mit immer stärkeren Güssen, sodass wir bald nicht mehr aus den Augen sehen konnten. Von nun an drangen wir nur tastend weiter. Ein rasender Wind begann hinter dem Wasserfall hervorzubrausen und schien entschlossen uns von der Brücke zu fegen, an dem Felsen zu zerstücken und unten in die Stromschnellen zu schleudern. – Ich sagte, ich wolle nach Hause – aber es war zu spät. Wir befanden uns beinahe unter der riesigen Wasserwand, die von oben herabdonnerte, das Reden war ganz vergeblich inmitten eines solchen Höllenlärms.

Im nächsten Augenblick verschwand der Führer hinter der Sündflut, und, von dem Donner betäubt, vom Winde hilflos weiter getrieben, von dem niederprasselnden Regensturm wie mit Geißeln gepeitscht, folgte ich ihm. Alles war Finsternis. Solch ein tolles Stürmen, Brüllen und Heulen von kämpfenden Winden und Wasserfluten hatte mir noch nie in den Ohren gedröhnt. Ich bückte den Kopf nieder und der Ozean schien mir auf den Nacken zu fallen. Der Weltuntergang schien gekommen. Die Flut goss so gewaltig hernieder, dass ich nicht das Mindeste sehen konnte. Als ich den Kopf mit offenem Munde emporrichtete, lief mir der größte Teil des amerikanischen Katarakts die Kehle hinunter. Wenn ich jetzt einen Leck bekommen hätte, wäre ich verloren gewesen. In diesem Augenblick entdeckte ich, dass die Brücke zu Ende war und wir auf den schlüpfrigen, abschüssigen Felsen einen Halt für unsere Tritte suchen mussten. In meinem ganzen Leben hatte ich noch keine solche Angst ausgestanden, ohne daran zu sterben! – Endlich aber arbeiteten wir uns durch und kamen wieder ans Tageslicht, wo wir der brausenden, schäumenden und wallenden Wasserwelt gegenüberstanden und sie anstaunen konnten. Als ich von vorn die große Masse sah, die es so furchtbar ernstlich betrieb, tat mir's leid, dass ich dahinter gegangen war.

Nach der Besichtigung der Fälle begab ich mich in das nahe dabei gelegene Städtchen Niagara Falls. Als ich in den dortigen Läden die Ausstellung von allen möglichen Indianerartikeln sah: Perlarbeiten, Mokassins und Figürchen, welche menschliche Wesen darstellen sollten, da übermannte mich die Rührung. Ich dachte, dass ich nun endlich die edle Rothaut von Angesicht zu Angesicht zu sehen bekommen werde. Der Indianer ist immer ein Freund und Liebling von mir gewesen. Ich mag gern in Geschichten, Sagen und Romanen von dem Indianer lesen, von seinem angeborenen Scharfsinn, seiner Liebe zum wilden, freien Leben in Gebirge und Wald, von dem Adel seiner Gesinnung, von seiner bilderreichen Redeweise, seiner ritterlichen Liebe zu der braunen Maid und von seiner malerischen Tracht.

Von der Verkäuferin in einem Laden erfuhr ich, dass sämtliche Merkwürdigkeiten, die darin zur Schau gestellt waren, wirklich von den Indianern verfertigt seien. Sie sagte, man könne bei den Fällen stets viele antreffen, die friedlich und freundlich wären, sodass es durchaus nicht gefährlich sei, mit ihnen zu sprechen. Und richtig – als ich mich der Brücke näherte, die nach der Luna-Insel führt, stieß ich auf einen edlen Sohn der Wälder, welcher eifrig an einem Strickbeutel aus Glasperlen arbeitend unter einem Baume saß. Er trug einen Schlapphut und Holzschuhe und hatte eine kurze schwarze Pfeife im Munde. So sehr schwindet bei der verderblichen Berührung mit unserer verweichlichten Zivilisation die malerische Pracht, die dem Indianer natürlich ist, wenn er, fern von uns, in seinen heimatlichen Jagdgründen lebt! – Ich redete diese Ruine ihres Stammes also an:

»Ist der Wawhoo Wang des Whackawacks glücklich? Sehnt sich der große gefleckte Donner nach dem Kriegspfad – oder ist sein Herz zufrieden, wenn es von dem braunen Mädchen, dem Stolz der Wälder träumt? – Dürstet der mächtige Sachem danach, das Blut seiner Feinde zu trinken – oder genügt es ihm, Arbeitsbeutel für die Töchter der Bleichgesichter zu machen? Sprich, herrlicher Nachkomme verschwundener Größe – ehrwürdige Reliquie, sprich!«

Hierauf die Reliquie:

»Was – mich, Dennis Hooligan, haltet ihr vor so 'nen schmierigen Indianer, ihr näselnder, hohlbackiger, spinnebeiniger Teufelskerl? Bei dem Pfeifer, der vor Moses spielte, ich mach euch den Garaus!«

Da fand ich für gut, mich zu entfernen.

Bald darauf traf ich beim Terrapin-Turm eine sanfte Tochter der Ureinwohner in befransten und perlengestickten Mokassins und Gamaschen. Sie saß auf einer Bank, ihre zierlichen Waren um sich her ausgebreitet.

Soeben hatte sie einen Häuptling aus Holz geschnitzt, der eine starke Familienähnlichkeit mit einer Waschklammer aufwies, und bohrte ihm nun ein Loch in den Unterleib, um seinen Bogen hindurchzustecken.
Ich zögerte einen Augenblick, dann redete ich sie an.
»Ist dem Mädchen der Wälder das Herz schwer? Fühlt sich die lachende Kaulquappe einsam? Trauert sie über das erloschene Beratungsfeuer ihres Stammes und die entschwundene Herrlichkeit ihrer Vorfahren? Oder schweift ihr schwermütiger Geist weit fort nach den Jagdgründen, zu denen ihr tapferer Blitz-Verschlinger gezogen ist? – Warum schweigt meine Tochter? Ist sie dem fremden Bleichgesicht nicht wohlgesinnt? –«
Darauf das Mädchen:
»Na, so was! Mich, Biddy Malone, nimmt er sich 'raus zu schimpfen. Mach' er sich davon, sonst schmeiß ich sein dürres Gerippe in den Wasserfall, er lumpiger Bummler!«
Auch hier ging ich von dannen. –
»Hol' der Henker diese Indianer«, dachte ich. »Man hat mir doch erzählt, sie wären zahm – aber wenn der Schein nicht völlig trügt, sollte ich meinen, sie wären alle auf dem Kriegspfade. –«
Noch einen Versuch machte ich – einen letzten –, mich mit ihnen zu verbrüdern. Ich stieß auf eins ihrer Lager, wo ich sie im Schatten eines Baumes versammelt fand, beschäftigt Wampum und Mokassins anzufertigen, und redete mit ihnen in der Sprache der Freundschaft: »Edle Rothäute«, sagte ich, »tapfere, große Sachems, Kriegshäupter, Squaws und hohe Muckamucks, das Bleichgesicht vom Lande der untergehenden Sonne grüßt euch! Du, Mildtätiger, Iltis – du, Berge-Verschlinger, – du, Brüllender Donnerschlag – du, Kampfhahn mit dem Glasauge – das Bleichgesicht von jenseits des großen Wassers bietet euch allen seinen Gruß. Krieg und Seuchen haben eure Reihen gelichtet und eure einst so stolze Nation dem Untergang geweiht; Poker, Sieben Oben[10] und der eitle, neumodische Kostenaufwand für Seife, die euern ruhmvollen Ahnen unbekannt war, haben euern Beutel geleert. Dass ihr euch in eurer Einfalt das Eigentum anderer zugeeignet habt, brachte euch in Ungelegenheiten. Eine falsche Darstellung von Tatsachen, die eurer Harmlosigkeit entsprang, hat euern Ruf in den Augen des seelenlosen Bedrückers geschädigt. Ihr habt Tauschhandel getrieben, um Feuerwasser zu be-

---

[10] Kartenspiele.

kommen, euch zu betrinken, euch glücklich zu fühlen und eure Familien mit dem Tomahawk umzubringen. Das hat die malerische Pracht eurer Kleidung für alle Zeit zugrunde gerichtet. Da steht ihr nun, in der grellen Beleuchtung des neunzehnten Jahrhunderts, aufgeputzt wie die Haderlumpen und der Janhagel aus den Vorstädten von New York! Schande über euch! Gedenkt eurer Ahnen! Ruft euch ihre Großtaten zurück! Erinnert euch an Uncas, an die Rote Jacke, das Loch im Tage und Whoopdedoodledo! Eifert ihren Taten nach! Sammelt euch unter meinem Banner, edle Wilde, gefeierte Gurgelabschneider!« – »Nieder mit ihm!« – »Zerschlagt ihm das Großmaul!« – »Verbrennt ihn!« – »Hängt ihn!« – »Schmeißt in ins Wasser! –«

Ein schnelleres Verfahren war noch nicht da gewesen. – Ich sah es nur plötzlich in der Luft aufblitzen von Knütteln, Backsteinen, Fäusten, Körben mit Glasperlen und Mokassins – wie ein einziger Strahl, denn das alles schien mich zu gleicher Zeit zu treffen, doch jedes auf einer anderen Stelle! Im nächsten Augenblick fiel der ganze Stamm über mich her. Sie rissen mir die Hälfte meiner Kleider vom Leibe; sie brachen mir Arme und Beine entzwei; sie versetzten mir einen Schlag auf den Kopf, der eine Einbucht in meine Schädeldecke machte, dass man hätte daraus Kaffee trinken können, wie aus einer Untertasse; und um ihr schändliches Werk zu krönen und zum Schimpf noch Schaden zu fügen, warfen sie mich in den Niagarafluss, dass ich nass wurde.

Ungefähr neunzig oder hundert Fuß vom oberen Rande blieb ich mit den Fetzen meiner Weste an einer vorspringenden Felsecke hängen und würde fast ertrunken sein, ehe ich loskommen konnte. Endlich fiel ich und tauchte am Fuß des Falles wieder auf, in einer Welt von weißem Schaum. Natürlich geriet ich in den Strudel. Ich kreiste darin vierundvierzigmal herum, hinter einem Holzspan her, dem ich immer näher kam – vierundvierzigmal griff ich nach demselben Busch am Ufer und verfehlte ihn jedes Mal um eines Haares Breite.

Endlich kam ein Mann herunter gegangen, setzte sich dicht bei dem Busch nieder, steckte seine Pfeife in den Mund, strich ein Zündholz an und verfolgte mich mit einem Auge, während er das andere auf das Hölzchen richtete, das er mit den Händen vor dem Wind schützte. Aber ein Windstoß blies es aus. Als ich das nächste Mal herumkreiste, redete er mich an. »Haben Sie ein Streichholz?« – »Ja, in meiner andern Westentasche; helfen Sie mir, bitte, heraus.«

»Für kein Geld!«

Als ich wieder herum kam, sagte ich:
»Entschuldigen Sie die anscheinend unbescheidene Neugier eines Ertrinkenden; aber wollen Sie mir gefälligst Ihr sonderbares Verhalten erklären?«

»Sehr gern. Ich bin der Leichenbeschauer. Beeilen Sie sich nicht um meinetwillen – ich kann auf Sie warten. Aber ich wollte, ich hätte ein Zündholz!«

Ich sagte: »Kommen Sie an meine Stelle und ich will Ihnen eins holen.«

Er ging auf diesen Vorschlag nicht ein und dieser Mangel an Vertrauen seinerseits erzeugte eine Verstimmung zwischen uns. Von da ab vermied ich ihn und nahm mir vor, falls mir etwas zustieße, die Katastrophe so zu berechnen, dass meine Kundschaft dem Leichenbeschauer drüben auf der amerikanischen Seite zufiele.

Zuletzt kam ein Polizist des Weges, der mich verhaftete, weil ich durch mein Hilfegeschrei die öffentliche Ruhe am Ufer störe. Der Richter legte mir eine Geldbuße auf, aber da zog er den kürzeren. Mein Geld war in meinen Beinkleidern – und meine Beinkleider waren bei den Indianern.

So bin ich dem Tode entgangen. Ich liege aber jetzt hier in sehr kritischer Verfassung. Doch liege ich wenigstens, kritisch oder nicht kritisch. Ich bin am ganzen Leib voll Wunden und der Doktor, der mich behandelt, meint, er werde vor heute Abend mit der Aufnahme meiner Verletzungen nicht fertig sein. Indessen sagt er schon jetzt, dass nur sechzehn von meinen Wunden gefährlich sind – auf die übrigen lege ich keinen Wert.

Als ich wieder zum Bewusstsein kam, sagte ich: »Das ist ein grässlich wilder Indianerstamm, der die Perlarbeiten und Mokassins für Niagara Falls macht, Doktor.

Wo kommen die Leute wohl her?«

»Aus Limerick[11], mein Freund.«

---

[11] Die ›Wilden‹ sind Irländer, aus denen, wie bekannt, das rauflustigste Gesindel in den amerikanischen Städten besteht.

Britische Festlichkeiten

Nachdem ich den Niagarafall in Augenschein genommen, begab ich mich auf das kanadische Ufer. Hier traf ich im ersten Hotel mit dem Major des 42. Füsilierregiments und einem Dutzend anderer strammer und gastfreier Engländer zusammen, die mich einluden, im Verein mit ihnen den Geburtstag der Königin zu feiern. Dazu war ich mit Freuden bereit; ich versicherte, dass ich sämtlichen Engländern, die ich je kennengelernt habe, sehr wohlgesinnt sei, für die Königin aber hege ich Bewunderung und Verehrung, wie alle meine Landsleute. *Eine* Schwierigkeit würde sich jedoch kaum beseitigen lassen: Ich sei nämlich ein grundsätzlicher Gegner von berauschenden Getränken und wisse nicht, wie ich in den schwachen Flüssigkeiten, an die ich gewöhnt sei, einem solchen Geburtstag die gebührende Ehre antun solle.

Der Major kratzte sich den Kopf und unterwarf die Sache, einer langen und reiflichen Überlegung, es schien jedoch kein erdenkliches Mittel zu geben, das Hindernis aus dem Wege zu räumen. Mir anzuraten, meinen Grundsätzen auch nur zeitweilig untreu zu werden, dazu war er ein Mann von viel zu hoher Bildung. Endlich sagte er jedoch: »Ich hab's! Trinken Sie Sodawasser.«

Dabei blieb es denn. Wir versammelten uns in einem großen, prachtvoll mit Fahnen und grünen Pflanzen ausgeschmückten Saal und nahmen an der Tafel Platz, welche mit leiblichen Genussmitteln, in fester sowohl als flüssiger Form, reich beladen war. Unter witzigen Toasten und trefflichen Reden blieben wir bis lange nach Mitternacht beisammen. Ich war in meinem ganzen Leben nicht so vergnügt und trank 38 Flaschen Sodawasser. Aber mir scheint, das ist doch kein recht geeignetes Getränk zu stärkerem Verbrauch. Als ich am nächsten Morgen aufstand, war ich voll Gas und so straff gespannt, wie ein gefüllter Luftballon. Von meinen Kleidungsstücken passte mir nichts mehr, – ausgenommen mein Regenschirm. Nach dem Frühstück fand ich den Major wieder mit großartigen Vorbereitungen beschäftigt. Auf meine Frage, was sie zu bedeuten hätten, erfuhr ich, es sei der Geburtstag des Prinzen von Wales, der am Abend festlich begangen werden müsse. Wir feierten ihn also; waren wider mein Erwarten sehr lustig dabei und brachen auch diesmal erst nach Mitternacht auf. Des Sodawassers war ich überdrüssig, ich hielt mich an Limonade und trank mehrere Quart. Man sollte denken, Limonade in Masse genossen, müsse dem Menschen besser bekommen als Sodawasser. Aber das ist ein Irrtum. Am Morgen hatte sie mir den ganzen Magen durchsäuert und meine Zähne so stumpf gemacht, dass ich nichts beißen konnte; es war gerade, als hätte ich den Kinnladenkrampf. Dabei fühlte ich mich schrecklich unwohl und schwermütig.

Bald nach dem zweiten Frühstück traf ich den Major bei neuen Vorbereitungen. Als er sagte, es sei der Geburtstag der Prinzess Helene, verbarg ich meinen Kummer.

»Wer ist die Prinzess Helene?«, fragte ich.

»Tochter Ihrer Majestät der Königin«, erwiderte der Major.

Ich leistete keinen Widerstand. Am Abend fand die Geburtstagsfeier der Prinzess Helene statt. Sie dauerte wie gewöhnlich bis tief in die Nacht hinein und ich war wirklich sehr vergnügt. Aber Limonade konnte ich nicht mehr vertragen. Ich trank einige Kübel voll Eiswasser aus.

Am Morgen hatte ich Zahnschmerzen, Krämpfe, Frostbeulen, dazu noch immer stumpfe Zähne und eine ziemlich große Menge Gas im Innern. Den unermüdlichen Major fand ich aber schon wieder am Werk.

»Wem soll denn das gelten?«, erkundigte ich mich.

»Seiner Königlichen Hoheit, dem Herzog von Edinburgh«, lautete die Antwort.

»Sohn der Königin?«

»Ja.«

»Und heute ist sein Geburtstag? – Sie irren sich doch nicht?«

»Nein, die Feier findet diesen Abend statt.«

Ich unterwarf mich dem neuen Verhängnis. Die Festlichkeit ging vor sich und ich trank ein halbes Fass Apfelwein. Als ich mich am andern Morgen mit matten, von der Gelbsucht gefärbtem Blick umschaute, gewahrte ich gleich zuerst den Major wieder bei seinen nie endenden Vorbereitungen. Da brach mir das Herz und ich zerfloss in Tränen.

»Wen sollen wir denn heute beweinen?«, fragte ich.

»Die Prinzessin Beatrice, Tochter der Königin.«

»Halt«, rief ich, »jetzt ist es an der Zeit, nähere Erkundigungen einzuziehen. Wie lange wird wohl die Familie der Königin noch herhalten? Wer kommt zunächst auf der Liste?«

»Ihre Königlichen Hoheiten der Herzog von Cambridge, die Prinzess Royal, Prinz Arthur, die Prinzessin Mary von Teck, der Großherzog von Mecklenburg-Strelitz, die Großherzogin von Mecklenburg-Strelitz, Prinz Albert Viktor –«

»Genug!«, unterbrach ich ihn. »Der Mensch kann viel ertragen, doch alles hat seine Grenzen. Ich bin nur ein Sterblicher. Mit jedem meines Geschlechts will ich's aufnehmen; aber, wer alle Mitglieder dieser Familie feiern und noch am Leben bleiben kann, der muss mehr sein, als ein Mensch – oder weniger. Wenn Sie das alle Jahre durchzumachen haben, so danke ich Gott, dass ich in Amerika geboren bin; ein Engländer zu sein, ertrüge ich bei meiner Leibesbeschaffenheit nicht. Ich kann mich an dem Unternehmen nicht länger beteiligen; meine Auswahl an Getränken ist erschöpft. Ja, für mich gibt es kein Getränk mehr und doch müsste noch auf das Wohl so vieler angestoßen werden! Kein Getränk mehr – und wir stehen sozusagen erst im Vorhof der Familie. Es tut mir wahrhaftig leid, mich zurückzuziehen, aber die bittere Not treibt mich dazu. Ich bin mit Gas gefüllt, meine Zähne sind lose im Munde, ich leide an Krämpfen, an Skorbut, an Zahnweh, Masern, geschwollenen Backen und Kinnladenkrampf, auch habe ich von dem Apfelwein gestern die Cholera bekommen. Meine Herren, trotz der besten Absicht von der Welt bin ich wirklich nicht in der Verfassung, die übrigen Geburtstage mitzufeiern. Ich muss um eine Pause bitten.«

Tischrede bei einem Festessen der Amerikaner in London, zur Feier des vierten Juli

»Herr Vorsitzender, geehrte Damen und Herren! Erlauben Sie mir, Ihnen für den Glückwunsch zu danken, den Sie soeben ausgesprochen haben. Um zu zeigen, wie sehr ich Ihre freundliche Gesinnung zu schätzen weiß, will ich mich möglichst kurz fassen. Es ist eine Freude, auf Englands altem mütterlichem Boden in friedlichem Beisammensein den Jahrestag einer Bewegung zu feiern, welche vor langer Zeit aus dem Kriege mit diesem selben Lande entstanden ist und durch die Opferwilligkeit unserer Vorfahren zu einem glücklichen Ausgang gebracht wurde. Fast hundert Jahre sind erforderlich gewesen, um Engländer und

Amerikaner in gegenseitiger Anerkennung und Freundschaft zu verbünden, aber ich glaube, es ist jetzt endlich erreicht. Es war ein großer Schritt vorwärts, als die zwei letzten Missverständnisse durch ein Schiedsgericht ausgeglichen wurden, statt durch Kanonen. Es ist ein weiterer großer Schritt, wenn England unsere Nähmaschinen annimmt, ohne – wie gewöhnlich – zu behaupten, es habe sie erfunden. Von hoher Wichtigkeit war es auch, dass England kürzlich einen amerikanischen Schlafwagen bezogen hat. Und gestern wurde mir unbeschreiblich warm ums Herz, als ich Zeuge war, wie ein Engländer freiwillig und ungezwungen beim Kellner einen » *Sherry Cobbler*« bestellte und ihn dabei mit bewundernswerter Einsicht und großem Verständnis daran erinnerte, dass auch Erdbeeren hineingehörten. Eine gemeinsame Abstammung, dieselbe Sprache und Literatur, die gleiche Religion und – die gleichen Getränke – was fehlt denn noch, um beide Völker aufs Innigste miteinander zu einem bleibenden Bruderbund zu verknüpfen?

Wir leben in einem Zeitalter des Fortschritts – und dem Fortschritt huldigt auch unser Vaterland. Es ist ein großes, ruhmvolles Land, ein Land, das einen Washington, einen Franklin, einen Wm. M. Tweed, einen Longfellow, einen Motley, einen Jay Gould, einen Samuel C. Pomeroy hervorgebracht hat[12] und den letzten Kongress, der (in mancher Beziehung) alle seine Vorgänger übertraf. Auch besitzen die Vereinigten Staaten ein Heer, welches in acht Monaten sechzig Indianer dadurch besiegt hat, dass es sie todmüde machte – was, Gott weiß es, weit besser ist als ein barbarisches Gemetzel. Wir haben eine Schwurgerichtsordnung, mit der sich keine auf Erden vergleichen lässt und deren Wirksamkeit nur dadurch beeinträchtigt wird, dass man nicht so leicht alle Tage zwölf Männer findet, die gar nichts wissen und nicht lesen können. Auch will ich bemerken, dass bei uns die Geistesstörung als mildernder Umstand in einer Weise geltend gemacht wird, bei welcher selbst Kain freigekommen wäre. Ich glaube auch behaupten zu können – und ich tue es mit Stolz, dass wir einige Gesetze haben, die mehr Geld einbringen, als irgendwelche in der übrigen Welt.

Voll Hochgefühl weise ich auf unser Eisenbahnsystem hin, das uns am Leben lässt, obgleich es das Gegenteil tun könnte, da wir in seiner Gewalt sind. Es hat im letzten Jahre durch Zusammenstöße nur dreitau-

---

[12] Mark Twain zählt hier mit scheinbarem Ernst neben den Namen von wirklichen Größen einige andere auf, welche Männern von sehr zweifelhaftem Charakter angehören.

sendundsiebzig und durch Überfahren siebenundzwanzigtausendzweihundertundsechzig Menschen das Leben gekostet. Die Verwaltung beklagte den Tod dieser dreißigtausend Personen aufrichtig und ging sogar soweit, für einige derselben Entschädigung zu leisten – natürlich aus freien Stücken – denn es wäre geradezu niederträchtig, behaupten zu wollen, dass wir einen Gerichtshof besitzen, der die Perfidie so weit treiben würde, einer Eisenbahngesellschaft gegenüber einen Rechtsspruch durchzusetzen. Aber Gott sei Dank, sind die Eisenbahngesellschaften gewöhnlich geneigt, Recht und Billigkeit walten zu lassen, ohne dass man ihnen Zwang antut. Davon kann ich ein Beispiel erzählen, welches mich damals innig gerührt hat. Nach einem Unfall schickte mir die Gesellschaft nämlich die sterblichen Reste eines lieben, entfernten, alten Vetters in einem Korbe ins Haus und schrieb dabei: »Bitte die Summe anzugeben, die er Ihnen wert ist – und den Korb zurückzuschicken.« Größere Freundlichkeit kann man doch nicht verlangen! –

Aber ich darf hier nicht den ganzen Abend stehen und prahlen, wenn Sie mir auch ein wenig Großtuerei mit meinem Vaterlande am vierten Juli gewiss zugutehalten. Das scheint doch gerade die rechte Zeit, um den Adler steigen zu lassen. Nur noch ein großsprecherisches Wort gestatten Sie mir – nämlich Folgendes: Wir haben eine Regierungsform, die jedermann freies Spiel lässt und keinen bevorzugt. Bei uns wird niemand mit dem Recht geboren, auf seinen Nächsten herabzusehen und ihn zu verachten. Diejenigen unter uns, die keine Herzöge sind, mögen hierin ihren Trost finden. Die Zukunft erscheint uns hoffnungsvoll, weil wir wissen, dass, wie traurig auch die Moral unserer heutigen politischen Zustände beschaffen ist, England sich doch noch aus viel jammervolleren emporgearbeitet hat, seit den Zeiten, als Karl II. Dirnen in den Adelstand erhob und jedes Staatsamt verhandelt und verkauft wurde. Für uns ist also noch Hoffnung vorhanden.«

Es war meine Absicht gewesen, obige Rede vorzutragen, aber unser Gesandter, General Schenck, welcher den Vorsitz führte, stand nach dem Tischgebet auf, um eine lange und über alle Begriffe schläfrige Ansprache zu halten, welche er mit der Bemerkung schloß, dass, da die Festreden die Gäste nicht sehr zu erheitern schienen, alle ferneren Vorträge während des Abends unterbleiben sollten, damit wir uns nach Gefallen mit unsern Tischnachbarn unterhalten und gemütlich fühlen könnten. Man weiß, dass infolge dieser Anordnung vierundvierzig fertige Reden sterben mussten, ohne das Licht der Welt erblickt zu haben. Die

Schwermut, Niedergeschlagenheit und feierliche Stille, welche von da ab bei dem Festmahl herrschte, wird den meisten, die demselben beiwohnten, dauernd in der Erinnerung bleiben. Durch diese einzige unbedachte Äußerung hat General Schenck vierundvierzig der besten Freunde eingebüßt, die er in England besaß. Mehr als einer sagte an jenem Abend: »Und einen solchen Menschen hat man hergeschickt, um uns bei dem großen Schwesterreich würdig zu vertreten?«

Ein Zwiegespräch

Alle meine seitherigen Reisen waren bloße Geschäftsreisen gewesen. Das letzte Maiwetter war so verführerisch, dass ich beschloss, nun auch einmal eine Vergnügungsreise zu machen. Schon einen Tag nach diesem Entschluss befand ich mich an Bord eines nach den Bermudas gehenden Dampfers. Nachdem ich mir mein Billett gelöst, wanderte ich auf dem Verdeck auf und nieder in dem frohen Gefühl der Freiheit und Muße, ein Genuss, der durch das Bewusstsein, dass sich die Entfernung zwischen mir und den Post- und Telegrafenanstalten beständig vermehrte, noch wesentlich erhöht wurde. Nach einer Weile ging ich in meine Kajüte und kleidete mich aus; aber die Nacht war zu prächtig, um sie ganz zu verschlafen. Ich stellte mich daher ans Fenster und beobachtete die rasch dahingleitenden Lichter am Ufer. Bald kamen zwei ältliche Männer, die sich gerade unter mein Fenster niedersetzten und ein Gespräch begannen. Ihr Gespräch ging mich eigentlich nichts an, aber aufgelegt und heiter gestimmt, wie ich war, ließ ich mir die Unterhaltung gern gefallen. Ich entdeckte bald, dass sie Brüder aus einem kleinen Dorf in Connecticut waren und dass sich ihre Unterhaltung um den Kirchhof drehte.

»Nun, Hans«, - begann der eine -, »wir haben die Sache des Langen und Breiten besprochen. Siehst du, alles räumte den alten Kirchhof und unsere Angehörigen blieben fast ganz allein zurück. Sie waren auch, wie du weißt, arg eng zusammengedrängt. Der Platz war von Anfang an nicht groß genug, und als im letzten Jahr Seths Weib starb, konnten wir sie kaum noch unterbringen. Sie kam gerade noch etwas auf Dekan Shorbs Stelle herüberzuliegen und der wurde deswegen auf sie und uns ganz ärgerlich. Wir redeten also darüber und ich war für 'nen Ankauf

auf dem neuen Kirchhof; die andern waren nicht dagegen, wenn es nicht zu teuer käme. Die zwei schönsten und größten Plätze waren Nummer 8 und 9 – beide von einer Größe: jeder bequem für sechsundzwanzig Erwachsene; wenn man Kinder mitrechnet, reicht er für dreißig, auch zwei- und dreiunddreißig, ganz hübsch.«

»Das ist übergenug, Wilhelm. Welchen hast du gekauft?« – »Nun, darauf werde ich gleich kommen, Hans. Siehst du, Nummer 8 kostete 13 Dollars. Nummer 9 aber 14 – –«

»Sehe schon. Da hast du Nummer 8 genommen.«

»Warte nur. Ich nahm Nummer 9 und will dir auch sagen, warum. Erstens, weil der Dekan Nummer 9 haben wollte. Nach der Art und Weise, wie er sich darüber aufgehalten hat, dass Seths Weib etwas auf seinen Platz zu liegen kam, hätte ich ihm den Platz weggeschnappt und wenn er mich zwei statt einen Dollar mehr gekostet hätte. Was ist ein Dollar, dachte ich bei mir. Das Leben ist nur eine Pilgerschaft, sag' ich; wir sind ja nicht für immer da und können nichts mit uns nehmen. So legte ich denn das Geld hin und dachte: der Herr lässt ja keine gute Tat unbelohnt und, so Gott will, verdien' ich den Dollar an jemand anders bei nächster Gelegenheit zurück. Ich hatte aber auch noch einen anderen Grund. Nummer 9 ist weitaus der hübscheste Platz im ganzen Kirchhof und am schönsten gelegen; er liegt gerade auf dem Gipfel einer Anhöhe, mitten im Kirchhof. Man kann von dort aus Millport und Tracy und den Rumpfberg und eine ganze Reihe von Farmen sehen; im ganzen Staat ist keine schönere Aussicht von einem Begräbnisplatz aus, – so sagt wenigstens Higgins und der muss es wissen. Das ist aber noch nicht alles. Shorb musste wohl oder übel Nummer 8 nehmen. Nun stößt Nummer 8 an Nummer 9, und da jene am Abhang liegt, so läuft alles Wasser zu den Shorbs hinab. Higgins meinte, wenn des Dekans Zeit einmal komme, möge er seine sterblichen Überreste nur gegen Feuer- und Wasserschaden zugleich versichern.«

Nach diesen Worten ließ sich ein leises, doppeltes Kichern vernehmen, das Beifall und Zufriedenheit ausdrückte.

»Sieh, Hans, da hab' ich eine rohe Skizze von dem Grundstück auf ein Stück Papier gebracht. Da oben in der Ecke linker Hand haben wir die Gestorbenen untergebracht; wir holten sie aus dem alten Friedhof und legten sie nebeneinander nach der alten Regel ›Wer zuerst kommt, mahlt zuerst‹, ganz unparteiisch, Großvater Jonas zuerst, weil er zufällig zuerst an die Reihe kam, Seths Zwillinge zuletzt. Daran schließen sich die künftigen Grabstätten: Hier auf der Stelle, die mit A bezeichnet ist, wollen wir Maria und ihre Familie bestatten, wenn sie abgerufen werden; B ist für Bruder Hosea und die Seinen bestimmt, C für Calvin und sein Haus. Was noch übrig ist, sind diese zwei Plätze hier – just die Perle des ganzen Flecks, was das Äußere anbelangt; sie sind für mich und meine Leute und für dich und die Deinen bestimmt. Nun, in welchem möchtest du am liebsten begraben sein?«

»Da bin ich überfragt, Wilhelm! Das kann ich dir nicht gleich sagen. Wahrhaftig, vor lauter Überlegen, wie man es den andern bequem machen könnte, habe ich an mein eigenes Begrabenwerden gar nicht gedacht.«

»Das Leben ist nur ein flüchtiger Traum, Hans, wie das Sprichwort sagt. Wir müssen alle fort, früher oder später. Die Hauptsache ist, dass unsere Rechnung mit dem Himmel glatt abgeht. Das ist das Einzige, wonach wir trachten müssen!«

»Ja, so ist's, Wilhelm, so ist's; da kann man nicht herumkommen. – Zu welchem von den Plätzen würdest du mir raten?«

»Nun, das kommt auf dich an. Liegt dir viel an Aussicht?«

»Nicht gerade sehr viel, aber doch etwas. Hauptsächlich würde ich auf sonnige Lage Wert legen.«

»Dem ist schon geholfen, beide Plätze liegen gegen Süden. Sie bekommen die Sonne und die Shorbs den Schatten.«

»Wie steht's mit dem Boden, Wilhelm?«

» *D* ist Sandboden – *E* meistens Lehm.«

»Dann gib mir lieber *E*, Wilhelm; ein sandiger Boden sinkt immer ein und macht Reparaturkosten.«

»Ganz recht; da, schreib' deinen Namen her, hier unter *E*. Und nun, wenn du mir deinen Anteil an den vierzehn Dollars bezahlen willst, da wir gerade bei dem Geschäft sind, so ist alles abgemacht.«

Nach einigem Warten und Feilschen wurde das Geld bezahlt, Hans sagte seinem Bruder Gute Nacht und ging zur Ruhe. Es folgte ein minutenlanges Schweigen, dann ertönte ein leises Kichern herauf von dem einsamen Wilhelm und er murmelte: »Ei, der tausend! Da habe ich mich am Ende doch geirrt! *D* ist meistens Lehm, nicht *E*, und Hans hat jetzt doch einen sandigen Platz gekauft.«

Noch ein leises Kichern, dann suchte auch Wilhelm sein Lager auf.

Ein Miniaturreich im Weltmeer

Vor einiger Zeit ging durch die Zeitungen folgende Mitteilung: »Die eigentliche ›Insel der Glückseligen‹ scheint die Pitcairn--Insel in den australischen Gewässern zu sein. Eine norwegische Barke hat diese Insel angelaufen und den Berichten des Barkenführers entnimmt der ›Daily Telegraph‹ Folgendes: Solch ein Musterstaat ist vorher niemals bekannt gewesen. Die Gesetze desselben umfassen die kleinsten Dinge, und sind, was häusliche Angelegenheiten betrifft, geradezu mikroskopisch. Die Regierung komponiert die Hymnen für die Schulkinder, das Staatsoberhaupt entwirft nicht nur das Programm der täglichen Tänze, sondern spielt selber die Violine und geigt seinen Leuten die Tänze vor, mit denen sie jeden Werktag der Woche schließen.«

Das klingt so merkwürdig, dass einiges aus der Geschichte der Insel und ihrer Bewohner gewiss gern vernommen wird:

Vor ungefähr hundert Jahren brach auf dem englischen Schiffe ›Bounty‹ eine Meuterei der Mannschaft aus, der Kapitän und die Offiziere wurden den Wellen preisgegeben, während die Mannschaft im Besitze des Schiffes südwärts segelte. Sie landeten auf Tahiti, wo sie sich unter den Eingeborenen Frauen nahmen, begaben sich dann auf eine einsame Felseninsel, inmitten des Stillen Ozeans, die sog. Pitcairn-Insel, und machten das Schiff zum Wrack, indem sie alles zur Niederlassung brauchbare Material in und an dem Schiff auf das Eiland schafften. Pitcairn Eiland liegt vom Weltverkehr so weit ab, dass nur selten Schiffe vorbei kommen. Man hatte die Insel für unbewohnt gehalten, bis im Jahre 1808 der Kapitän eines daselbst ankernden Schiffes zu seinem Erstaunen die Entdeckung der Insulaner machte. Die streitsüchtigen Meuterer hatten sich indessen gegenseitig bis auf 2 oder 3 umgebracht, doch war bereits ein junger Nachwuchs vorhanden, sodass die Bevölkerung im Jahre 1808 27 Personen betrug. John Adams, der Rädelsführer, war noch am Leben: Er war bis zu seinem 1879 erfolgten Tode der Beherrscher und Patriarch des Völkchens. Er war zu einem christlichen Lebenswandel übergegangen, und sein Volk von 27 Köpfen bildete die frömmste und strengste Gemeinde der Christenheit. Adams hatte sich freiwillig unter den Schutz der englischen Flagge, die er aufhisste, begeben. Nach dem neuesten Zensus zählt die Bevölkerung 90 Personen: 16 Männer, 19 Frauen, 25 Knaben und 30 Mädchen, lauter Abkömmlinge der Meuterer. Sie sprechen nur die englische Sprache. Die Insel ragt wie Helgoland aus der See; sie ist ¾ Meilen lang und stellenweise bis zu einer ½ Meile breit. Das Ackerland ist den verschiedenen Familien zugeteilt. Auch gibt es einen mannigfaltigen Viehstand: Ziegen, Schweine, Hühner und Katzen; aber keine Hunde oder sonst größere Tiere. Die Kirche auf Pitcairn ist zugleich Schule, Rathaus und Bibliothek. Das Staatsoberhaupt führt den Titel: ›Bürgermeister und Gouverneur, Untertan Ihrer Majestät der Königin von England.‹ Dasselbe wird vom ganzen Volke gewählt; wahlberechtigt ist jeder Einwohner ohne Unterschied des Geschlechts.

Die einzige Beschäftigung der Leute, als sie entdeckt wurden, bestand in Landwirtschaft und Fischfang; ihre einzige Zerstreuung im Gottesdienst. Es gab weder einen Kaufladen noch Geld auf der Insel. Gewohnheiten und Bekleidung der Insulaner waren ebenso einfach wie ihre Gesetze. Sie lebten dahin in einer tiefen Sabbatruhe, fern von der Welt, ihrem Ehrgeiz und ihrer Drangsal. Einmal alle 3-4 Jahre landete ein Schiff, das die mittlerweile veralteten Neuigkeiten von blutigen Schlachten, verheerenden Epidemien und gestürzten Thronen brachte, sodann gegen Seife und Flanell einige Yamswurzeln und Brotfrucht eintauschte, und dann wieder fortsegelte, um die Insel für ein paar Jahre sich selbst zu überlassen.

Vor einigen Jahren besuchte der Admiral Horsey an der Spitze der englischen Flotte in den pazifischen Gewässern die Insel und erstattete darüber an das Parlament einen Bericht. In demselben heißt es:

»Die Insulaner pflanzen Bohnen, rote und weiße Rüben, Kohl und etwas Mais, Ananas, Feigen- und Orangen-, Zitronen- und Kokosnussbäume. Ihre Kleider erhalten sie gelegentlich von vorüberfahrenden Schiffen im Austausch gegen Nahrungsmittel. Die Insel hat kein eigenes Wasser, da es aber eine Regenperiode auf der Insel gibt, fehlt es nicht daran. Trunkenheit ist ein unbekanntes Laster. Die Bedürfnisse der Insulaner sind vornehmlich: Leinwand, Flanell, Halbstiefel, Kämme, Seife, Tabak; auch Landkarten und Schiefertafeln für ihre Schulen, sowie Werkzeuge jeder Art tauschen sie gerne ein. Ich ließ sie mit einer Flagge zum Aufhissen bei der Ankunft von Schiffen versehen, sowie mit einer Handsäge, deren sie sehr bedürftig waren. Dies wird, wie ich hoffe, die

Billigung der Lords finden. Sobald das freigebige englische Volk von den Bedürfnissen dieser kleinen würdigen Kolonie erfährt, wird es gewiss bereit sein, denselben abzuhelfen.

Gottesdienst wird jeden Sonntag um 10½ Uhr vormittags und 3 Uhr nachmittags in dem von John Adams gebauten Hause gehalten. Derselbe wird streng nach der Liturgie der Kirche von England von Mr. Simon Young, ihrem erwählten Pastor, der in hoher Achtung steht, begangen. Eine Bibelstunde wird jeden Mittwoch gehalten, wo alle, die abkommen können, zugegen sind. Auch ist eine allgemeine Gebetstunde am ersten Freitag jeden Monats. Familiengebete werden in jedem Haus als Erstes in der Frühe und letztes des Abends gesprochen, und nie wird gespeist, ohne dass Gottes Segen vor- und nachher erbeten würde. Von den religiösen Eigenschaften dieser Insulaner kann man nur mit der größten Hochachtung sprechen. Ein Volk, das sich's zum größten Vergnügen und zur Pflicht macht, im Gebet mit seinem Gott vereinigt zu sein und das fröhlich, fleißig ist und freier von Lastern als irgendeine andere Gemeinde, bedarf kaum eines Priesters.«

In dem Bericht des Admirals findet sich zum Schluss die geringfügig erscheinende Bemerkung: »Ein Fremder, ein *Amerikaner*, hat sich unlängst auf der Insel niedergelassen – eine zweifelhafte Erwerbung.« Der Admiral hatte keine Ahnung, wie sehr er mit seiner kritischen Bemerkung recht hatte. An diesen Amerikaner knüpft sich die Geschichte einer großen Revolution auf der sonst so stillen und friedlichen Insel. Über dieses Ereignis liegt von dem amerikanischen Kapitän Ormsby, welcher vier Monate nach des englischen Admirals Besuch zufällig auf die Insel kam, ausführliche Kunde vor, die wir in Kürze wieder erzählen.

Der obenerwähnte amerikanische Eindringling hieß *Butterworth Stavely*. Derselbe begann damit, sich durch alle möglichen Pfiffe und Kniffe bei den Pitcairnern einzuschmeicheln. Er wurde bald sehr beliebt; zumal er alle seine weltlichen Gewohnheiten verließ und sich mit ganzer Inbrunst auf die Religion warf. Bald übertraf er alle in der Ausdauer und Inbrunst des Betens und Hymnensingens. Sobald er die Zeit für gekommen erachtete, begann er heimlich die Saat der Zwietracht zu streuen. Es war von Anfang an seine überlegte Absicht, die Regierung zu stürzen. Zu diesem Zweck bediente er sich der verschiedensten Mittel. Bei den einen erweckte er Unzufriedenheit, indem er auf die Kürze der Sonntagsfeier hinwies, und *drei-* anstatt der eingeführten *zwei*stündigen Gottesdienste befürwortete. Die Anhänger dieser Meinung verbündeten sich in der Stille zu einer Partei, um für ihre Reform zu wirken. Den Frauen redete er ein, dass ihre Stimme nicht genügend in der Gebetstunde vertreten sei; so entstand eine zweite Partei. Keine Waffe war ihm zu gering. Selbst die Kinder zog er zu sich herüber, indem er in ihren jungen Herzen Unzufriedenheit erweckte, durch seine Entdeckung, dass sie nicht genug Sonntagsschule hätten. Das erzeugte eine dritte Partei.

Als Stavely solchermaßen vorgearbeitet, führte er einen Schlag gegen die oberste Magistratsperson, James Russel Nickroy, einen Mann von Charakter und Tüchtigkeit, einen der wohlhabendsten Bewohner und Besitzer des einzigen Fahrzeuges auf der Insel, eines Wallfischbootes. Um zu erzählen, wie sich das begab, muss in der Geschichte der Insel zurückgegriffen werden.

Eines der wichtigsten Gesetze auf der Insel ist das gegen Eigentumsverletzung; es gilt als das Palladium der Volksfreiheit. Vor etwa dreißig Jahren kam ein wichtiger Fall, der unter dieses Gesetz fiel, vor das Gericht. Ein Hühnchen, das der Elisabeth Joung (damals 58 Jahre alt, eine Tochter John Mills, eines der Meuterer der ›Bounty‹) gehörte, richtete auf dem Grundstück Henry Christians (29 Jahre alt, ein Enkel Fletcher Christians, eines der Meuterer) Unfug an. Christian tötete das Hühnchen.

Nach dem Gesetz war Christian berechtigt, indem er das tote Huhn zurückgab, Ersatz für den von demselben angerichteten Schaden zu beanspruchen. Christian tat das Letztere und beanspruchte einen Scheffel Jamswurzeln als Entschädigung, was Fräulein Young zu viel war. Sie klagte und das Gericht setzte die Entschädigung auf einen halben Scheffel herab.

Christian appellierte dagegen. Der Prozess ging darauf durch alle Instanzen. Endlich – im vorigen Sommer – nachdem der Prozess 20 Jahre geschwebt – war der Streit vor das höchste Obergericht gelangt. Dasselbe bestätigte das ursprüngliche Urteil. Christian musste sich nun zufriedengeben, aber Stavely raunte dessen Verteidiger ins Ohr, er ›solle – bloß der Form wegen‹ – verlangen, dass ihm das betreffende Gesetz, auf das sich das Urteil bezog, vorgezeigt werde, damit er sich von seiner Existenz überzeugen könne. Das Gericht ließ diesen seltsamen Einfall gelten. Ein Bote wurde in das Haus des Bürgermeisters geschickt, welcher bald darauf mit der Nachricht wiederkehrte, das Gesetz sei aus dem Staatsarchiv verschwunden. Der Gerichtshof musste darauf seine Entscheidung für null und nichtig erklären. Das Publikum aber geriet in große Aufregung über den Verlust des Gesetzes, das seine wichtigsten Freiheitsrechte enthielt. Auf Stavelys Antrag erfolgte die Anklage des Bürgermeisters. Seine würdige Haltung und ruhige Beteuerung, dass er an dem Verlust unschuldig sei, indem er das Staatsarchiv stets in der nämlichen Zigarrenschachtel aufbewahrt habe und dasselbe weder verlegt noch zerstört habe, half ihm nichts. Er wurde abgesetzt und sein Vermögen eingezogen. Das Erbärmlichste an der Geschichte war, dass von seinen Feinden als Grund, warum er das Gesetz vernichtet habe, angegeben wurde, er habe dadurch Christian nützen wollen, weil er sein *Vetter* sei. Und doch gab es auf der Insel außer Stavely keinen Menschen, der nicht Christians Vetter gewesen wäre. Denn es lässt sich denken, dass die ganze Einwohnerschaft mit der Zeit durch Heiraten so miteinander verbunden wurde, dass nachgerade ein jeder in allen möglichen verwandtschaftlichen Beziehungen zu den anderen stand.

Ein Fremder sagt z. B. zu einem der Insulaner: »Sie sprechen von jener jungen Frau als ihrer Base; vor einer Weile nannten Sie sie Tante!« Er wird vielleicht darauf zur Antwort erhalten:

»Nun, sie ist meine Tante und auch meine Base; ferner ist sie meine Stiefschwester, meine Nichte, meine Base 4., 23. und 32. Grades, meine Großtante, meine Großmutter, meine verwitwete Schwägerin, – und nächste Woche wird sie mein Weib werden!«

So war denn der Vorwurf des Nepotismus gegen den Angeklagten überaus schwach; aber schwach oder stark, er passte in Stavelys Plans. Derselbe wurde alsbald an des Gestürzten Stelle zum Bürgermeister gewählt. Es regnete nun Reformen. Eine der ersten war, dass der zweite Sonntagsvormittags-Gottesdienst, der sonst 35 bis 40 Minuten gedauert hatte und in welchem eine Fürbitte für jeden Weltteil, jede Nation und jeden Volksstamm eingelegt war, um eine Stunde verlängert und dass die Fürbitte auf alle erdenklichen Völker auf den verschiedenen Planeten ausgedehnt wurde. Die Neuerung gefiel allgemein und die Leute sagten sich: Das sieht doch etwas gleich. Als Stavely das Verbot des Essens am Sonntag an die Stelle des bisherigen Verbots, an diesem Tage zu kochen, setzte, und die Sonntagsschule über den ganzen Sonntag dauern ließ, kannte der Jubel des Volkes keine Grenzen. Durch seine Neuerungen machte sich Stavely bald zum Abgott des Volkes.

Stavely wagte einen weiteren Schritt. Er begann unter der Hand, die öffentliche Meinung gegen England aufzuwiegeln. Als er die Geister einzeln angeschürt, trat er öffentlich auf und erklärte, die Nation sei es ihrer Ehre und Vergangenheit schuldig, sich des drückenden englischen Joches zu entledigen. Darauf erwiderten einige besonnene Insulaner: »Wir fühlen den Druck nicht. Wie sollten wir? England sendet alle paar Jahre ein Schiff zu uns, das uns Seife und Tuch und was wir sonst brauchen, bringt, und lässt uns im Übrigen in Ruhe.«

»Lässt uns in Ruhe?«, entgegnete Stavely. »So haben Sklavenseelen jederzeit gefühlt und gesprochen. Solche Worte zeigen, wie tief ihr schon unter dem Druck der Tyrannei gesunken seid. Wie, hat euch aller Mannesstolz verlassen? Ist euch Freiheit nichts? Seid ihr zufrieden, immer nur ein Anhängsel an eine fremde und hassenswerte Macht zu sein, wo ihr doch berechtigt wäret, euern Platz unabhängig groß und frei in der erhabenen Familie der Nationen einzunehmen?«

Solche Reden verfehlten ihre Wirkung nicht. Die Insulaner begannen das englische Joch zu fühlen; sie fühlten es, ohne zu wissen, wo und wie. Sie begannen zu klagen, zu murren, unter eingebildeten Ketten zu seufzen und sich nach Befreiung und Erleichterung zu sehnen. Ihre Abneigung gegen England wuchs. Während sie vordem auf dem Wege nach ihrem Kapitol freudig an dem englischen Banner hinaufsahen, schlugen sie jetzt die Augen vor dem Symbol ihrer Untertänigkeit nieder. Eines Morgens fand man die Flagge herabgerissen und in den Staub getreten. Niemand hisste sie wieder auf. Der Staatsstreich lag in der Luft. Nächtlicherweile kamen einmal einige Bürger zu Stavely. Es entspann sich folgende Unterhaltung:

»Wir können diese verhasste Tyrannei nicht länger ertragen; wie entledigen wir uns derselben?«

»Durch einen *Coup d'État*!«

»Was ist das?«

»Ein Staatsstreich, oder *Coup d'État* ist so: Alles wird vorbereitet und zur verabredeten Stunde verkündige ich, als das Staatsoberhaupt, öffentlich und feierlich die Unabhängigkeit der Insel.

»Das klingt einfach und leicht. Wir könnten das gleich tun. Womit sollen wir beginnen?«

»Bemächtigt euch aller Kriegsmittel und des öffentlichen Eigentums, veröffentlicht das Kriegsrecht, setzt die Armee und Marine auf Kriegsfuß und verkündigt das Kaisertum.«

Dieses schöne Programm blendete die Unerfahrenen. Sie sagten:

»Das ist groß – erhaben, aber wird England keinen Widerstand leisten?«

»Es mag! Dieser Felsen ist ein Gibraltar!«
»Richtig, aber wie ist's mit dem Kaisertum? Brauchen wir ein Kaiserreich und einen Kaiser?«
»Was ihr braucht, meine Freunde, das ist Einheit. Seht auf Deutschland, auf Italien. Sie sind geeinigt. Einigkeit tut not. Dieselbe verteuert zwar das Leben; aber das ist gleichbedeutend mit Fortschritt. Wir müssen ein stehendes Heer, eine Flotte haben. Daraus folgen selbstverständlich Steuern, aber diese sind nur Zeichen der Größe. Einig und groß, was wollt ihr mehr? Nur ein Kaisertum kann euch diese Wohltaten schaffen.«

So wurde am 8. Dezember Pitcairn-Eiland für ein freies und unabhängiges Reich erklärt und an demselben Tage fand unter großem Jubel und Festlichkeiten die Krönung von Butterworth I., Kaiser der Pitcairn-Insel statt.

Nie in der Geschichte der Insel war ein solches Schauspiel gesehen worden. Im Gänsemarsch zog das gesamte Volk – mit Ausnahme der kleinen Kinder – hinter dem Throne, auf welchem der Kaiser saß, mit Fahnen und Musik einher. Die Begeisterung kannte keine Grenzen.

Nun begannen unverzüglich die kaiserlichen Reformen. Adelsklassen wurden eingerichtet, ein Marineminister ernannt und das Walfischboot in Dienst gesetzt; ein Kriegsminister wurde berufen, mit dem Auftrag, sogleich zur Bildung eines stehenden Heeres zu schreiten. Ein erster Lord des Schatzes wurde ernannt und mit dem Entwurfe eines Steuerplanes betraut; zugleich sollte er Unterhandlungen eröffnen zum Abschluss von Schutz- und Trutzbündnissen, sowie von Handelsverträgen mit den fremden Mächten. Einige Generale und Admirale wurden eingesetzt, ebenso einige Kammerherren, Hofstallmeister und sonstige Hofchargen.

Damit aber war alles vorhandene Menschenmaterial verwendet. Der Kriegsminister, mit dem Titel ›Großherzog von Galiläa‹ beklagte sich, dass die sechzehn erwachsenen Männer des Reiches sämtlich hohe Ämter erhalten hätten und sich infolgedessen weigerten, in Reih und Glied zu dienen; er sei deshalb in großer Verlegenheit betreffs seines stehenden Heeres. Der Marineminister, Marquis von Ararat, beklagte sich aus demselben Grunde; er erklärte sich bereit, das Walfischboot selbst zu steuern, müsse aber unbedingt Leute zum Rudern haben.

Der Kaiser tat das Beste, was er in diesem Falle tun konnte: Er nahm alle Knaben über zehn Jahre ihren Müttern weg und presste sie zum Militärdienst, indem er so ein Korps von Gemeinen bildete, das von einem Generalleutnant und zwei Generalmajoren befehligt wurde. Das gefiel dem Kriegsminister, erregte aber die Feindseligkeit aller Mütter im ganzen Lande, welche sagten, ihre Lieblinge würden jetzt auf den Schlachtfeldern ein blutiges Grab finden.

Infolge der großen Spärlichkeit an lebendem Material trat die Notwendigkeit ein, dass der Herzog von Bethanien, der sonst Generalpostmeister war, in der Marine als Ruderer dienen und so hinter einem Adeligen niederen Ranges, dem Grafen Kanaan, der zugleich die Stelle des Lordoberrichters begleitete, sitzen musste. Das verwandelte den Herzog von Bethanien in einen offenen Unzufriedenen und in einen geheimen Verräter – was der Kaiser voraussah, aber nicht ändern konnte.

Die Dinge gestalteten sich schlimmer und schlimmer. Eines Tages machte der Kaiser Marie Peters zur Gräfin und heiratete sie, trotzdem ihm das Ministerium aus politischen Gründen entschieden geraten hatte, Emmeline, die älteste Tochter des Erzbischofs von Bethlehem, zu heiraten. Das rief in einem mächtigen Lager – dem der Kirche – große Unzufriedenheit hervor. Die neue Kaiserin verschaffte sich die Unterstützung und Freundschaft von zwei Dritteln der sechsunddreißig erwachsenen Frauen der Nation, indem sie dieselben als Ehrendamen an ihren Hof zog; aber damit machte sie sich die übrigen Zwölfe zu Todfeindinnen. Die Familien der Ehrendamen begannen bald zu rebellieren, weil jetzt niemand daheim war, um das Hauswesen zu führen. Die zwölf hintangesetzten Damen weigerten sich, in die kaiserliche Küche als Mägde einzutreten; so war die Kaiserin gezwungen, die Gräfin von Jericho und andere große Hofdamen in Anspruch zu nehmen zum Wasserholen, Palastfegen und zur Verrichtung anderer niedriger Dienstleistungen. Auch das erregte wieder böses Blut.

Jedermann fing an, sich zu beklagen, dass die zum Unterhalt des Heeres, der Marine und der kaiserlichen Hofhaltung auferlegten Steuern unerträglich drückend seien und die Nation an den Bettelstab brächten. Des Kaisers Antwort – »Blickt auf Deutschland, blickt auf Italien, was beklagt ihr euch? Alle großen Nationen haben für ihre Einigkeit Opfer gebracht!« – befriedigte sie nicht. Sie sagten: »Man kann die Einigkeit nicht essen und wir verhungern. Der Ackerbau hat aufgehört; jedermann ist im Heere, in der Marine oder im Hofdienst, steht umher in einer Uniform, hat nichts zu tun, nichts zu essen und niemand ist da, um die Felder zu bestellen.« –

Als die Unzufriedenheit schon stark um sich, gegriffen hatte, stellte sich im Staatshaushalt ein Defizit von mehr als 45 Dollar heraus; das machte einen halben Dollar auf den Kopf der Bevölkerung. Das Kabinett erörterte die Frage eines Anlehens. Auch von der Ausgabe von Schatzscheinen und Papiergeld, nach 50 Jahren in Jamswurzeln und Kohlköpfen einzulösen, war ernstlich die Rede.

Die Minister erklärten, die Löhnung der Armee, Marine und der Beamtenschaft sei bedeutend im Rückstand, und wenn nicht irgendetwas geschehe, und zwar unverzüglich, so müsse der Staatsbankrott hereinbrechen und möglicherweise Aufstand und Revolution. Der Kaiser entschloss sich sogleich zu einer durchgreifenden, auf Pitcairn Eiland bis jetzt unerhörten Maßregel. Er begab sich am Sonntag früh in feierlichem Aufzug zur Kirche, gefolgt von der ganzen Armee: Dort befahl er dem Finanzminister, eine Sammlung vorzunehmen.

Das war die Feder, die das Kamel zusammenbrechen machte. Ein Bürger nach dem andern erhob sich und weigerte sich, diese unerhörte Gewalttätigkeit zu dulden – und jeder Weigerung folgte augenblicklich Konfiskation des Vermögens des Unzufriedenen. Dieses Verfahren machte den Weigerungen bald ein Ende, und die Sammlung nahm inmitten tiefen und ominösen Schweigens ihren Fortgang. Als der Kaiser mit den Truppen abzog, sagte er: »Ich werde euch zeigen, wer hier Meister ist.« Mehrere Personen riefen: »Nieder mit der Einigkeit!« Sie wurden sogleich festgenommen und vom Militär aus den Armen ihrer weinenden Angehörigen gerissen.

Mittlerweile aber hatte sich, wie jeder Prophet hätte voraussehen können, ein Sozialdemokrat entwickelt. Als der Kaiser vor der Kirchentür den vergoldeten kaiserlichen Schubkarren bestieg, schoss der Sozialdemokrat fünfzehn oder sechzehn Mal nach ihm – aber mit so merkwürdig sozialdemokratischer Unsicherheit im Ziel, dass er keinen Schaden anrichtete.

In der nämlichen Nacht folgte die Erschütterung. Die Nation erhob sich wie *ein Mann* – obgleich neunundvierzig der Revolutionäre vom andern Geschlecht waren. Die Infanterie warf ihre Mistgabel weg, die Artillerie ihre Kokosnüsse, die Marine empörte sich; der Kaiser wurde in seinem Palast ergriffen und an Händen und Füßen gebunden. Er war sehr niedergeschlagen und sagte:

»Ich befreite euch von der drückenden Tyrannei; ich erhob euch aus eurer Erniedrigung und machte euch zu einer Nation unter den Nationen; ich gab euch eine starke, fest gefügte, zentralisierte Regierung; ich gab euch schließlich, was mehr ist, den Segen aller Segen – die Einigkeit. Ich habe das alles getan, und mein Lohn ist Hass, Schmach und diese Ketten. Da habt ihr mich; tut mit mir, was ihr wollt. Auf der Stelle entsage ich meiner Krone und allen meinen Würden, und gern entledige ich mich ihrer allzu schweren Bürde. Um euretwillen nahm ich sie an; um euretwillen lege ich sie nieder.«

Einstimmig verurteilte das Volk den Exkaiser und den Sozialdemokraten zu immerwährender Ausschließung vom Gottesdienst oder zu lebenslänglicher Zwangsarbeit als Galeerensklaven auf dem Walfischboot – sie konnten wählen. Am nächsten Tage versammelte die Nation sich abermals, hisste die britische Flagge wieder auf, setzte die britische Tyrannei wieder ein, erniedrigte die Adeligen wieder zu gemeinen Bürgern und richtete dann sogleich ihren Fleiß und ihre Aufmerksamkeit auf das Ausjäten der vernachlässigten Jamsfelder und auf die Wiederherstellung der alten nützlichen Gewerbe und der alten heilsamen und tröstlichen Frömmigkeit. Der Exkaiser gab das verloren geglaubte Gesetz gegen Eigentumsverletzung zurück und erklärte, er habe es gestohlen – nicht um jemanden zu schaden, sondern um seine politischen Ziele zu fördern. Daraufhin gab die Nation dem früheren Staatsoberhaupt sein Amt und auch sein konfisziertes Eigentum wieder zurück.

Nach reiflicher Überlegung zogen der Exkaiser und der Sozialdemokrat dauernde Ausschließung vom Gottesdienst der lebenslänglichen Arbeit als Galeerensklaven ›mit fortwährendem Gottesdienst‹, wie sie es nannten, vor, weshalb die Leute glaubten, dass die erlittene Angst den armen Teufeln den Verstand verwirrt hätte. Sie hielten es daher für geraten, dieselben vorläufig gefangen zu halten, was auch geschah.

Das ist die Geschichte von Pitcairns ›zweifelhafter Erwerbung‹.

Anhang: Lebensgeschichte Mark Twains

In diesem und in den vorausgegangenen Bänden der »*Ausgewählten humoristischen Schriften Mark Twains*« hat der Leser ohne Zweifel den amerikanischen Humoristen so lieb gewonnen und hochschätzen gelernt, dass er eine eingehendere Lebensbeschreibung desselben gewiss gern aufnehmen wird; zumal eine solche, welche – wie die nachfolgende – in mancher Beziehung neues Licht auf die Schriften des Verfassers wirft. Es hat gewiss einen eigenen Reiz, sich noch einmal an den Genuss der Lektüre Mark Twains und namentlich einzelner Episoden derselben zu erinnern, während man dem Verfasser auf seiner viel bewegten Laufbahn folgt.

Erstes Kapitel: Samuel Langhorne Clemens

Die Vorfahren des großen amerikanischen Humoristen, welche sowohl väterlicher- wie mütterlicherseits aus angesehenen Familien Englands stammten, hatten sich schon bald nach Gründung der Kolonien im Süden Nordamerikas angesiedelt.

Mark Twains Vater, John Marshall Clemens, ein kluger und charakterfester Mann, war in Virginien geboren. Er ließ sich zuerst in Lexington im Staate Kentucky nieder, der von jeher wegen seiner schönen Mädchen bekannt gewesen ist, und führte die reizende Jane Lambton als Gattin heim. Sie besaß, neben echt häuslichem Sinn, auch große Herzenswärme, natürlichen Witz und geistige Lebendigkeit. Dass ihr berühmter Sohn viel von der Eigenart seiner Mutter geerbt hat, unterliegt wohl keinem Zweifel.

Von Lexington wanderte die Familie Clemens nach Tennessee aus und zog dann im Jahre 1828 nach dem Städtchen Florida in Missouri. Hier erblickte Samuel Langhorne Clemens am 30. November 1835 das Licht der Welt. Schon drei Jahre später wechselten seine Eltern abermals den Wohnort und ließen sich in der am Ufer des Mississippi gelegenen Stadt Hannibal nieder, wo er seine Knabenjahre verlebte. Wer ›Tom Sawyer‹ gelesen hat, kennt diese Gegend. Die Bewohner gehörten der strengen kirchlichen Richtung jener Zeit an, im Übrigen stand die Gesittung auf keiner höheren Stufe als in andern Sklavenstaaten; Leidenschaft, Anmaßung und Beschränktheit führten überall das große Wort.

Sams Vater, der sich durch unbeugsamen Sinn und streng rechtlichen Wandel rasch das Vertrauen seiner Mitbürger erworben hatte, ward im Jahre 1840 zum Friedensrichter ernannt. Wie einfach der damalige Geschäftsbetrieb war, ließ sich schon an der ganzen Ausstattung des Gerichtszimmers erkennen. Es enthielt außer einer alten Warenkiste, die vom Richter und den Advokaten als gemeinsamer Tisch benutzt wurde, nur noch vier Bretterstühle und eine lange Holzbank für die Geschworenen. Von diesem Lokal aus regierte der Richter Clemens die Gemeinde mit hoheitsvoller Würde und wusste durch Übung einer für unsere Begriffe etwas summarischen Gerechtigkeit selbst unruhige Geister im Zaum zu halten.

Mark Twains Knabenzeit war reich an losen Streichen und Abenteuern. Er ward früh zur Schule geschickt, erntete aber dort durchaus keine Lorbeeren. Seine Mutter erzählt, Sam sei ein gutherziger, aber wilder und mutwilliger Knabe gewesen, der die Schule versäumte, so oft es irgend anging. Die Unbeständigkeit und Ausgelassenheit seines Wesens machte den Eltern große Sorge; nie, glaubten sie, werde er es in der Welt so weit bringen, wie seine ruhigeren und viel besonneneren Brüder. Oft folgte ihm der Vater von fern auf dem Schulweg, um zu sehen, was er anfange. Aber, sobald Sam dies bemerkte, verbarg er sich hinter einem dicken Baumstamm am Wege und ließ seinen Vater vorbeiziehen. Vater und Lehrer stimmten bald darin überein, dass es unmöglich sei, dem Jungen etwas beizubringen, da er entschlossen schien, nichts zu lernen. Nur die Mutter gab die Hoffnung nicht auf. Sie kannte Sams Vorliebe für alles, was sich auf die Weltgeschichte bezog, und sah, dass er nie müde wurde, Bücher dieser Gattung zu lesen; der Schulzwang aber, samt Lehrsystem und Leitfaden, war ihm unerträglich.

Mark Twain selbst schreibt einmal über diese Zeit: »Wir blieben gern in gemessener Entfernung voneinander, mein Vater und ich. Unser Verhältnis bestand, sozusagen, in einer Art bewaffneter Neutralität, die in unregelmäßigen Zwischenräumen gebrochen wurde und immer großes Leid im Gefolge hatte. Wir gingen dabei ganz systematisch zu Werke: Der Neutralitätsbruch war stets meines Vaters Sache und das Leid kam auf mein Teil.«

Wir brauchen bei Einzelheiten im Leben des jungen Sam nicht zu verweilen; denn Mark Twain hat uns in seinem ›Tom Sawyer‹ und in dessen Fortsetzung ›Huckleberry Finn‹ den besten Einblick in seine Jugendzeit eröffnet. Hat er auch nur einiges von dem dort Erzählten selber erlebt und erscheint in diesen prächtigen, in ihrer Art unübertrefflichen Erzählungen auch vieles im Lichte der Romantik, so zeigen sie uns doch weit besser als jede andere Beschreibung, unter welchen Eindrücken und Verhältnissen der Knabe aufwuchs und wie er als solcher dachte und fühlte.

Als der Vater starb und eine Witwe mit vier Kindern zurückließ, zählte Sam erst zwölf Jahre. Er sah sich, so gut wie seine Brüder, auf eigene Arbeit angewiesen. Nach mancherlei Versuchen, sich seinen Unterhalt zu erwerben, wurde er endlich Lehrling in der Druckerei des ›Weekly Courier‹, der Lokalzeitung von Hannibal.

In späteren Jahren kam er bei einem Festessen der Buchdrucker in New York auf diese Periode seines Lebens zu sprechen. »Ein Buchdrucker von damals«, sagte er, »war ein ganz anderer Mensch als heutzutage. Das weiß niemand besser als ich, denn ich habe ihn gut gekannt. Am Wintermorgen machte ich ihm das Feuer an; ich holte ihm Wasser vom Dorfbrunnen und fegte das Geschäftslokal; ich hob, ihm die heruntergefallenen Lettern vom Boden auf; war er dabei und sah zu, so legte ich die guten in sein Fach und warf die zerbrochenen in die ›Hölle‹; war er aber nicht zugegen, dann schüttete ich rasch alles unter die Schrift auf dem Formtisch, denn so machte es der ›Junge‹ immer hinter dem Rücken des Druckers und der ›Junge‹ – war ich. Am Samstag musste ich die Druckbogen anfeuchten und sie am Sonntag umwenden, unsere Zeitung war nämlich ein Wochenblatt. Ich zog die Bogen durch die Presse, reinigte die Walzen, desgleichen die Formen, faltete die Zeitungen und trug sie in unbehaglicher Frühe am Donnerstagmorgen aus. Der Zeitungsträger war damals der interessanteste Gegenstand für sämtliche Hunde des Orts. Hätte ich alle Bisse aufbewahren können, die mir die Köter angedeihen ließen – Professor Pasteur würde ein Jahr lang daran zu kurieren haben. Auch die Exemplare, welche mit der Post fortgeschickt wurden, musste ich einpacken; wir hatten hundert Abonnenten in der Stadt und dreihundertfünfzig auf dem Lande. Die städtischen Abonnenten bezahlten uns in Kolonialwaren und die ländlichen in Kohlköpfen und Klafterholz – wenn sie überhaupt bezahlten. Geschah es, so erwähnten wir es jedes Mal mit Preis und Dank in der Zeitung. Wir mussten das tun, denn sonst lasen sie das Blatt nicht mehr.

»Jeder unserer geehrten Leser in der Stadt half uns bei der Herausgabe, das heißt, er erteilte Verhaltungsregeln und schrieb vor, welche Ansicht und Richtung wir vertreten sollten. Im Allgemeinen machten wir uns das Leben nicht schwer. Geriet der Satz einmal in Unordnung, so ward das Blatt erst in der folgenden Woche ausgegeben. Auch sonst stellten wir von Zeit zu Zeit die Arbeit ein, z. B. wenn der Fischfang gerade ergiebig war. Es hieß dann, der Redakteur sei krank geworden – ein recht nichtiger Vorwand; als ob ein kranker Redakteur eine solche Zeitung nicht ebenso gut schreiben könnte, als ein gesunder; ja, wäre er tot gewesen, es hätte keinen Unterschied gemacht.

»Ich sehe das Lokal jener vorsündflutlichen Druckerei noch heute vor mir: die Preislisten der Pferdehändler an den Wänden, die Klumpen geschmolzenen Talgs im *g*-Fach, in das wir nachts immer das Licht stellten, das Handtuch, welches erst für schmutzig galt, wenn es so steif war, dass es von selber stehen konnte, nebst den übrigen Merkmalen und Sinnbildern, durch die sich ein derartiges Geschäft im Tal des Mississippi auszeichnete.«

Drei Jahre arbeitete er getreulich im Büro des Couriers. Mit fünfzehn Jahren hatte er ausgelernt und hielt sich nun für einen fertigen Buchdruckergesellen. Als er eines Abends nach Hause kam, bat er seine Mutter um fünf Dollars und erklärte auf die Frage, wozu er sie brauche, er wolle auf die Wanderschaft gehen. Das Geld erhielt er nicht, aber die Absicht führte er doch aus, denn er hatte von seinem Wochenlohn, der fünfzig Cents betrug, einige Ersparnisse gemacht. Eines schönen Tages ging er heimlich auf und davon. Das Ziel seiner Sehnsucht war New York, wo er die Ausstellung besuchen wollte; er schlug sich auch glücklich dahin durch, indem er auf seiner Wanderschaft gelegentlich eine Stelle auf kurze Zeit annahm.

Als er nach New York kam, betrug sein ganzer weltlicher Besitz zwölf Dollars. Eine Zehndollarnote hatte er sorgfältig ins Ärmelfutter genäht, zwei Dollars trug er in der Tasche. Zuerst sah er sich gründlich in der Ausstellung um, dann suchte er Beschäftigung und trat in die Greensche Druckerei ein, wo er zwei bis drei Monate arbeitete. Was ihn wieder von dannen trieb, war die zufällige Begegnung mit einem Mann aus Hannibal. Aus Furcht, dieser werde seinen Aufenthaltsort verraten, machte er sich unverzüglich nach Philadelphia auf den Weg. Auch hier fand er Arbeit in verschiedenen Zeitungsbüros, hatte aber im Übrigen manches Missgeschick. So erzählt er uns unter anderm, er habe sich einmal auf der Straße eines armen Knaben angenommen, dem unrecht geschah, und sei dafür von einem Feuerwehrmann so furchtbar durchgeprügelt worden, dass er aussah, wie ›Lissabon nach dem Erdbeben‹. Nach einigen Monaten fand er, dass er nun das Leben in den Oststaaten genugsam kennengelernt habe. Die Zehndollarnote trug er noch immer im Ärmelfutter und so brach er denn wieder nach dem Westen auf.

Zuerst wanderte er nach Cincinnati, wo er jedoch nur kurze Zeit blieb, von da nach Louisville und weiter nach St. Louis. Er war jetzt siebzehn Jahre alt. Gern wäre er in die Heimat zurückgekehrt, aber nur als gemachter Mann. Er fasste jetzt den Entschluss, Lotse auf dem Mississippi zu werden. Welche Schwierigkeiten es für ihn zu überwinden gab, bis dieser Plan verwirklicht wurde, schildert er selbst eingehend in seinem ›Leben auf dem Mississippi‹. Er hat das Andenken an jene Zeit, die ihn rasch zum Manne reifte, stets besonders hoch gehalten und es auch durch die Wahl seines Schriftstellernamens verewigt. Bei der Schifffahrt auf den Flüssen im Westen darf nämlich, der vielen Sandbänke und seichten Stellen wegen, das Senkblei kaum aus der Hand gelegt werden. Der Matrose am Bugspriet, der die Messung anstellt, ruft dem Kapitän an den gefährlichen Plätzen mit lauter Stimme zu, wie viel Fuß tief sein Lot unter die Wasserfläche sinkt, worauf der Kapitän es dem Lotsen wiederholt, damit dieser das Steuer richtig handhaben kann. › Mark twain!‹, schreit der Matrose, wenn er zwei Faden (zwölf Fuß) Wasser findet. Aus diesem, am Mississippi heimischen Ruf ist jetzt der weltberühmte Name des ersten amerikanischen Humoristen geworden. Dass er eigentlich Samuel Langhorne Clemens heißt, ist darüber fast in Vergessenheit geraten.

Zweites Kapitel: In Nevada und Kalifornien

Bei Ausbruch des Bürgerkrieges befand sich Mark Twain als wohlbestallter Lotse auf dem Flussdampfer ›Alonzo Childs‹. Erst als dies Fahrzeug in ein Widderschiff der Südstaaten umgewandelt wurde, gab er seinen Platz am Steuer auf. Infolge des Bürgerkrieges konnte von einem regelmäßigen und einträglichen Stromverkehr nicht länger die Rede sein.

Nach Hannibal zurückgekehrt, trat Clemens, der damals 24 Jahre alt war, als Freiwilliger in die Südarmee unter General Price ein. Seine militärische Laufbahn war jedoch von kurzer Dauer; die kleine unorganisierte Schar, die ihn zum Leutnant wählte – fünfzehn Mann, alles in allem –, verrichtete keine großen Taten. Fast wäre dem jungen Clemens die Ehre zu teil geworden, von General Grant zum Gefangenen gemacht zu werden; es gelang ihm jedoch, zu entkommen, und er beschloss nun, sein Glück im fernen Westen zu suchen.

Sein älterer Bruder, Orion Clemens, war seit Kurzem zum Vizegouverneur von Nevada ernannt worden; und mit diesem begab sich unser jugendlicher Abenteurer nach Carson City. Doch ließ ihn die Sorge, dass er von vorüberziehenden Unionstruppen erkannt und an den Norden ausgeliefert werden könne, auch hier keine Ruhe finden. Bis er die Gefahr für beseitigt hielt, wollte er sich lieber in eine abgelegene Bergwerksgegend zurückziehen und wählte die Niederlassung ›Aurora‹ zum Aufenthalt. Hier arbeitete er zuerst um Tagelohn in einer Quarzgrube, dann für eigene Rechnung als Goldgräber. Auf kurze Zeit war er einmal Mitbesitzer des berühmten Erzgangs von Combstock und Millionär, ohne es zu wissen. Er erfuhr es erst, nachdem er seinen Anteil verkauft hatte.

Nach Nevada strömten damals die Abenteurer aus aller Herren Länder. Bankerotte Kaufleute, Studenten, die den Bücherstaub abschüttelten, um Goldstaub zu suchen, entlaufene Mörder und Diebe, unglückliche Spieler, und der Auswurf der großen Städte, alle suchten dort eine Zuflucht. In der ganzen Gegend herrschte ein buntes und oft recht tolles Drängen und Treiben; Stulpenstiefel, Zahnstocher und Revolver bildeten, wie Mark Twain behauptet, die unentbehrlichsten Bestandteile der damaligen Tracht.

Von Aurora aus schrieb der junge Clemens eine Anzahl Briefe an die Herausgeber des ›Enterprise‹ in Virginia City und nahm 1862 eine Redakteurstelle bei diesem Journal an. Viele der humoristischen Skizzen, die seinen späteren Schriftstellerruhm begründeten, erschienen um diese Zeit, und zwar zum ersten Mal unter dem Namen Mark Twain. Im täglichen Verkehr war sein trockener Witz oft sehr unterhaltend für die Kameraden, doch fürchteten sie ihn auch wegen der losen Streiche und derben Scherze, die er mit ihnen trieb und gegen die sie nie genug auf ihrer Hut sein konnten.

Von Virginia City aus führte Mark Twains Weg naturgemäß nach San Francisco, dem Zufluchtsort aller Abenteurer der Westküste. Er litt damals an fortwährendem Geldmangel und ging, um Arbeit zu suchen, gleich nach seiner Ankunft auf das Büro des ›Morning Call‹, einer Zeitung, für die er schon in Nevada verschiedene Artikel geschrieben hatte. Sein Anzug bestand aus einem abgeschabten Filzhut, einem blauen Soldatenmantel und Beinkleidern, die nur bis zu den Stiefelschäften reichten. George Barnes, der Redakteur, empfing ihn freundlich, forderte ihn auf, gleich, am nächsten Tage mit der Arbeit zu beginnen und händigte ihm eine Anweisung auf die Geschäftskasse ein, damit er sich anständige Kleider verschaffe.

Die Beschäftigung muss Mark Twain jedoch wenig behagt haben. Stadtneuigkeiten und Polizeiberichte zu schreiben, war nicht nach seinem Geschmack. Wenn er irgend konnte, mied er es, den Verhandlungen auf dem Rathause beizuwohnen, und das Journal hatte wenig Nutzen von der Mitarbeiterschaft des unsteten, saumseligen Berichterstatters. Er selbst fühlte sich nicht an seinem Platz. So war er es denn wohlzufrieden, als ihm Barnes, dem zuletzt die Geduld riss, vorschlug, sich eine andere Anstellung zu suchen.

General McComb, der mit Mark Twain befreundet war und eine hohe Meinung von seinem Schriftstellertalent halte, erzählt, Clemens sei ihm einmal auf der Straße begegnet und habe ihm mitgeteilt, dass er sich nächstens wieder als Lotse anstellen lassen wolle; Berichterstatter möge er nicht länger sein und er habe bereits eine Eingabe bei der Regierung in Washington gemacht, die wahrscheinlich berücksichtigt werden würde. Der General, dem dieser Entschluss höchlich missfiel, redete Mark Twain aus allen Kräften zu, den Plan aufzugeben, indem er ihm vorstellte, dass er es bei seinen Gaben zu etwas weit Besserem bringen könne, als sein Leben lang einen Flussdampfer zu steuern. Wenn er das Zeitungswesen satt habe, so solle er ein Buch schreiben oder Skizzen und was ihm sonst in den Kopf käme. Bei seinem originellen, kernigen Stil würde er sicherlich ein Publikum finden, das ihn zu schätzen wisse, und mehr verdienen als im Lotsenberuf. Mark Twain nahm den Rat des Freundes an und blieb der Feder getreu, mit der er später sein Glück machen sollte.

Zunächst beteiligte er sich mit Bret Harte an der Herausgabe des ›Kaliforniers‹. Viele seiner besten Skizzen erschienen in dem Blatt und fanden durch häufigen Nachdruck auch in den Städten des Ostens Verbreitung. Das Unternehmen hatte jedoch nur kurzen Bestand. Eines schönen Tages brachen die beiden Redakteure zusammen nach den Bergen auf, um zu versuchen, ob es ihnen mit dem Goldgraben besser glücken werde. Das war jedoch nicht der Fall, und Mark Twain fand bei der Rückkehr nach

San Francisco obendrein, dass er seine Gesundheit stark geschädigt hatte. Um sich zu erholen, ging er als Zeitungsreporter nach den Sandwich-Inseln und schickte von Honolulu aus sehr lesbare Artikel über die dortigen Zustände und Lebensgewohnheiten an die ›Union‹ in Sacramento zur Veröffentlichung.

Die Schönheit der Sandwich-Inseln schildert er noch in späteren Jahren wie folgt:

»Kein fremdes Land in der ganzen Welt hat je einen solchen Reiz auf mich ausgeübt, mir eine so sehnsuchtsvolle und lebendige Erinnerung hinterlassen, die ich mein halbes Leben lang, weder schlafend noch wachend los werden konnte. Andere Eindrücke verbleichen, aber dieser bleibt; andere Länder schwinden mir aus dem Gedächtnis, aber dies kann ich nie vergessen. Seine balsamische Luft umweht mich stets, auf seinem Meer strahlt die Sommersonne, ich höre die Brandung an die Klippen schlagen und sehe seine blumenbekränzten Ufer, die schäumenden Wasserfälle, die gefiederten Palmbäume in der Mittagsruhe, die fernen Berggipfel, die wie Inseln über die Wolken ragen. Noch durchströmt mich das wohlige Gefühl, das ich dort in der Waldeseinsamkeit empfunden habe, das Plätschern des Baches tönt mir im Ohr und ich atme noch den Duft der Blumen, die vor mehr als zwanzig Sommern verwelkt sind.« –

Das milde Klima von Hawaii stellte Mark Twains Gesundheit schnell wieder her. Nach zweimonatlicher Abwesenheit lehrte er neu gekräftigt nach San Francisco zurück, um dort den Kampf ums Dasein weiter fortzusetzen.

Drittes Kapitel: Ein ›Harmloser‹ auf Reisen

Im Winter von 1866 auf 67 hatte sich eine Anzahl begabter Journalisten in San Francisco zusammengefunden, die kümmerlich von der Hand in den Mund lebten. Die bekanntesten unter diesen Glücksjägern, welche miteinander in der Bergmannsschenke speisten, waren Bret Harte, Stoddard, Webb, Mulford und Mark Twain. So drückenden Mangel wie Samuel Clemens, der nicht selten am Hungertuche nagte, litt jedoch keiner von ihnen.

Einmal bot ihm ein Schauspieler, der ihn kannte, fünf Dollars für fünf gute Witze, die er in seiner Rolle anbringen wollte. »Kann leider nicht dienen,« gab ihm der Humorist zur Antwort, »denn fände man fünf

Dollars bei mir armem Schlucker, so hielte man mich sicherlich für einen Dieb. Aber auch bei Ihnen, alter Junge, würde gleich jedermann denken, Sie hätten die Witze, die Sie zum Besten geben, gestohlen, wenn sie einigermaßen anständig wären.«

Als im Januar 1867 Stoddard und Mulford mit Erfolg öffentliche Vorträge in San Francisco gehalten hatten, erwachte auch Mark Twains Unternehmungsgeist und er begab sich auf eine Vorlesungstour in den Städten von Kalifornien und Nevada.

Ein Freund von ihm schildert uns seinen Vortrag in Carson City wie folgt:

»Das Publikum kam damals mit größter Bereitwilligkeit zu jeder Unterhaltung herbeigeströmt, die man ihm bot. Auch Mark Twain fand ein volles Haus, als er gegen acht Uhr die Rednertribüne bestieg. Er verbeugte sich höflich und faltete eine riesige braune Papierrolle auseinander, die wie eine Wandkarte aussah. Es stellte sich jedoch heraus, dass es seine Vorlesung war, die er auf große Bogen Packpapier mit Frakturschrift geschrieben hatte. Nun drehte er dem Publikum den Rücken zu, hielt sein seltsames Manuskript dicht an die Lampe, reckte den Hals, als könne er noch immer nicht sehen und fing an zu lesen.

»Sein Thema war die Zukunft Nevadas und er behandelte es auf ganz originelle Weise. Er weissagte, dass eine Periode ungeheuren Reichtums für die Bewohner des Staates im Anzuge sei, forderte sie auf, sich darauf vorzubereiten und erzählte die unglaublichsten Geschichten über schier unmögliche Entdeckungen von Silbergruben und Goldlagern, welche in nächster Zeit bevorstünden. Merkwürdigerweise erschloss sich unmittelbar darauf wirklich die reichste Fundgrube in Virginia City, sodass sich seine Prophezeiungen buchstäblich zu erfüllen schienen. Mark Twains Vorlesung an jenem Abend ist mir immer im Gedächtnis geblieben. Schade, dass sie nie gedruckt worden ist; ich habe in allen seinen Büchern, durch die er später berühmt wurde, kaum etwas Besseres gefunden.«

Mark Twain reiste mehrere Monate lang als Vorleser von einer Stadt zur andern und fand vielen Anklang; daneben schrieb er interessante Briefe an verschiedene Zeitungen des Ostens. Auch sammelte er damals den ersten Band seiner Skizzen, der im März 1867 erschien und nicht nur in Amerika, sondern auch in England begierige Leser fand.

Über Panama ging Clemens nun nach New York und von da nach Washington, wo er sich seinen Unterhalt erwarb, indem er Reisebriefe für kalifornische Journale schrieb. Auch als Vorleser trat er in der Bundeshauptstadt auf, wie aus folgender Schilderung hervorgeht:

»Am zweiten Morgen nach meiner Ankunft in Washington«, erzählt er, »kam ein Bekannter in aller Frühe zu mir in den Gasthof. Er weckte mich aus festem Schlaf und legte mir die niederschmetternde Frage vor, ob ich auch wisse, dass ich noch am Abend des selbigen Tages in Lincoln Hall eine Vorlesung zu halten habe? – Ich erwiderte, er müsse wohl übergeschnappt sein, sonst wäre er ruhig daheim im Bette geblieben, statt mir zu so ungelegener Zeit mit dergleichen Abgeschmacktheiten zu kommen. Er aber gab mir, zum Beweis, dass er ganz bei Verstande sei, eine Anzeige im Morgenblatt zu lesen, in welcher stand, dass Mark Twain am Abend einen Vortrag über die Sandwich-Inseln halten werde. Meine Überraschung war grenzenlos und mein Ärger nicht gering, denn ich sah wohl, dass irgendjemand mir den schlechten Streich gespielt haben müsse.

»Bei näherer Erkundigung stellte sich denn auch alsbald heraus, wie die Sache zusammenhing. Einer meiner Freunde vom Theater hatte in der Meinung, mir einen Gefallen zu tun, alle nötigen Vorkehrungen aufs Gründlichste getroffen und nur die Kleinigkeit vergessen, mich von seinen Absichten in Kenntnis zu setzen. Die Lincoln-Halle war für den Abend gemietet, die Vorlesung durch Anschlagzettel in der ganzen Stadt angekündigt und alle Zeitungen brachten Anzeigen und besondere Notizen, um das Publikum auf den zu erwartenden Genuss vorzubereiten. Ich war in einer schönen Klemme und wusste mir keinen Rat, denn eine Vorlesung über die Sandwich-Inseln hatte ich weder je gehalten noch aufgeschrieben. Aber das konnte ich doch den Leuten nicht sagen – sie hätten es einfach nicht geglaubt, nachdem sie es auf den Zetteln gedruckt gelesen. Der einzige Ausweg, der mir blieb, war, mich in mein Zimmer einzuschließen und gleich nach dem Frühstück anzufangen, die Vorlesung zu Papier zu bringen. Das tat ich denn auch im Schweiße meines Angesichts. Ich wurde wirklich bis halb acht Uhr abends damit fertig und fand bei meiner Ankunft im Saal eine so zahlreiche Zuhörerschaft, wie ich sie nie im Leben gesehen hatte.

»Ich pflegte zwar im Allgemeinen mein Manuskript nicht zu benutzen, doch schrieb ich damals die Vorlesung immer nieder und legte die Blätter auf ein Lesepult, wenn ich die Tribüne betrat. Mein Gedächtnis war gut, ich brauchte auch keine Notizen, doch wollte ich für den Notfall das Manuskript bei der Hand haben und mich nicht der Beschämung aussetzen, es erst aus der Tasche ziehen zu müssen. Dies Bewusstsein beruhigte mich und flößte mir Mut ein, sodass keine verlegenen Pausen entstanden. Auch an jenem Abend ging alles gut, aber in meiner ganzen öffentlichen Laufbahn ist mir niemals wieder ein so saueres Stück Arbeit aufgebürdet worden, als das Abfassen jener Vorlesung über die Sandwich-Inseln.« –

Eines Nachmittags saß Mark Twain wie gewöhnlich in seinem kleinen dumpfen Zimmer, rauchte seine Tonpfeife und las mit großem Interesse, dass das Dampfboot ›Quaker City‹ binnen Kurzem eine Fahrt nach Europa und dem Heiligen Lande antreten werde. Ohne zu ahnen, an welchem entscheidenden Wendepunkt seines Lebens er stand, schrieb er sofort an seinen alten Freund, General John McComb, der damals Mitbesitzer des in San Francisco erscheinenden Tagblatts ›Alta California‹ war und bat ihn um einen Vorschuss von 1200 Dollars in Gold, den er durch Reisebriefe zu fünfzehn Dollars das Stück zurückerstatten wolle. Es war keine kleine Zumutung für eine kalifornische Zeitung in den sechziger Jahren, doch bewog McComb die andern Teilhaber, das Gesuch zu bewilligen.

So kam es, dass Mark Twain in der ›Quaker City‹ den Ausflug mitmachte, welche eine geschlossene Gesellschaft nach dem Süden Europas und dem Orient unternahm. Kapitän Duncan, der den Dampfer befehligte, behauptet, Clemens habe sich, als er den Platz bestellte, für einen Baptistenprediger von San Francisco ausgegeben, der seine angegriffene Gesundheit durch die Fahrt wieder herzustellen wünsche. In Wirklichkeit reiste er jedoch als Zeitungskorrespondent und wusste die Gelegenheit vortrefflich auszunützen.

Nach beendeter Reise kehrte Mark Twain zunächst nach Washington zurück, wo er seine Tätigkeit als Zeitungskorrespondent fortsetzte und die Abfassung seiner großen Reisebeschreibung, durch welche er seinen literarischen Weltruf begründete, begann. Ein Bekannter aus jener Zeit erzählt über seine damalige Lebensweise:

»In seinem Zimmer herrschte der größte Wirrwarr, den man sich vorstellen kann; auf dem Schreibtisch, der eine förmliche Sehenswürdigkeit war, lag alles durcheinander, neben alten Manuskripten standen nicht selten alte Stiefel. Beim Schreiben legte er das Papier nie auf den Tisch, dazu gab es keinen Raum, auch hätte die aufrechte Stellung ihm nicht behagt. Die Füße auf einem Haufen Manuskripte, den Stuhl nach hinten übergekippt, Notizbuch und Bleistift in der Hand – so war er gewohnt zu arbeiten. Um seine Gedanken in Fluss zu bringen, bedurfte es überdies einer ganz besonderen Atmosphäre von Tabaksqualm, den er ohne Unterlass aus seiner Pfeife dampfte.« –

Im März 1868 reiste Mark Twain in Geschäften nach San Francisco, kehrte aber schon nach fünfmonatlicher Abwesenheit wieder in den Osten zurück. Unterwegs auf dem Dampfboot und während des Aufenthalts in Kalifornien vollendete er die ›*Innocents Abroad*‹, zu deutsch ›Die Harmlosen auf Reisen‹, welchen Titel er den Schilderungen seiner Reise auf der ›Quaker City‹ gab, um dadurch seinen naiv unbefangenen Standpunkt als Beurteiler von Land und Leuten anzudeuten. Von New York aus sah er sich dann nach einem Verleger für sein Werk um, es wollte ihm aber damit, nicht nach Wunsch gelingen. Vergebens wandte er sich wohl an ein Dutzend New Yorker Firmen, dann bot er das Buch einem Verleger in Hartford an und schickte es endlich nach Boston und Philadelphia; überall fand er den gleichen Misserfolg. In höchst begreiflicher Entmutigung legte er das Manuskript nun beiseite, bis es eines Tages zufällig einem seiner literarischen Freunde in die Hände geriet. Diesem gefiel es ausnehmend und er konnte nicht begreifen, dass nicht jeder erfahrene und urteilsfähige Verleger auf den ersten Blick erkannt habe, welche Anziehungskraft ein von so echtem Witz und Humor übersprudelndes Buch gerade auf das amerikanische Publikum üben müsse.

Es gelang denn auch wirklich, die Amerikanische Verlagsgesellschaft in Hartford zur Herausgabe der ›Harmlosen auf Reisen‹ zu bewegen. Der Entschluss ward den Direktoren schwer, aber sie brauchten ihn nicht zu bereuen. Es wurden etwa 200 000 Exemplare verkauft, mit denen die Verleger etwa 75 000 Dollars Reingewinn erzielten. Mark Twain erhielt die Hälfte der Einnahme und war überglücklich. Außer ›Onkel Toms Hütte‹ hatte noch nie ein Buch einen ähnlichen Erfolg in Amerika aufzuweisen gehabt und mit einem Schlage war der Ruhm des Verfassers begründet.

Nachdem seit der Veröffentlichung der ›Harmlosen auf Reisen‹ bald fünfundzwanzig Jahre verflossen sind, hat sich in den von Mark Twain damals bereisten Ländern so manches verändert, dass das Werk heute lange nicht den unmittelbaren und frischen Eindruck macht wie nach dem Erscheinen. Die gelungensten Episoden aus demselben sind in dem gegenwärtigen Band wiedergegeben.

Unter den Passagieren des Dampfers ›Quaker City‹, mit welchem Mark Twain diese denkwürdige Fahrt nach Europa unternahm, befand sich auch die Familie des Richters Langdon aus Elmira im Staate New York.

Ein Sohn des Richters wird uns unter dem Namen ›Dan‹ in den ›Harmlosen auf Reisen‹ vorgestellt, seine Tochter Olivia aber, eine hübsche, talentvolle junge Dame, die damals etwas leidend war, machte einen tiefen Eindruck auf das Herz des Humoristen.

Die Nähe von Elmira mag wohl Mark Twain bestimmt haben, sich um eine Redakteurstelle in Buffalo zu bewerben, wenigstens finden wir ihn gegen Ende des Jahres 1869 dort an der Zeitung ›Express‹ beschäftigt. Bei gelegentlichen Besuchen in Elmira erneuerte er die Bekanntschaft mit Fräulein Langdon und hegte bald das sehnlichste Verlangen, sie die Seine nennen zu dürfen. Die Familie war sehr wohlhabend und lebte in den angesehensten Verhältnissen; doch es gelang dem feurigen Bewerber, alle Schwierigkeiten, die sich der Erfüllung seines Wunsches entgegenstellten, zu überwinden. Im Februar 1870 ward die Hochzeit gefeiert und eine glücklichere Ehe wird wohl auf Erden selten zu finden sein. Es war ein Bund zweier Herzen, dem alle äußeren Wechselfälle des Lebens nichts anzuhaben vermochten. Die Neuvermählten bezogen zuerst ihr eigenes behaglich eingerichtetes Haus in Buffalo, das ihnen der Schwiegervater am Hochzeitstage zum Geschenk gemacht hatte. Im Herbst 1870 gab Clemens jedoch seine Stellung am Buffalo Express auf, dessen Miteigentümer er zuletzt gewesen war, und zog nach Hartford in Connecticut. Die ›Harmlosen auf Reisen‹ brachten ihm bedeutende Summen ein, er war jetzt ein wohlhabender Mann und brauchte seine Feder nicht mehr in den Dienst der Tagespresse zu stellen, sondern konnte schreiben wann und wo es ihm beliebte, da seine Geisteserzeugnisse stets reißenden Absatz hatten.

1871 erschien ein neues Buch von ihm, › *Roughing it*‹, in welchem er mit köstlichem Humor sein abenteuerliches Leben unter den Goldgräbern schildert. Das Werk fand großen Beifall, was der Verfasser in seiner humoristischen Weise besonders der anregenden Wirkung des Tabaks zuschreibt. »Von meinem achten Jahre an«, berichtet er, »begann ich unmäßig zu rauchen, monatlich etwa hundert Zigarren; als ich zwanzig Jahre alt war, verbrauchte ich zweihundert den Monat und mit dreißig Jahren hatte ich es bis dreihundert gebracht. In meinem fünfzehnten Jahre rauchte ich einmal drei Monate lang gar nicht, ob das aber eine gute oder schlechte Wirkung hatte, erinnere ich mich nicht mehr. Mit zweiundzwanzig Jahren wiederholte ich den Versuch; mit vierunddreißig hörte ich anderthalb Jahre lang ganz auf zu rauchen. Meine Gesundheit wurde nicht besser davon, wahrscheinlich, weil an derselben überhaupt nichts auszusetzen war. Damals schrieb ich nur zum Zeitvertreib dann und wann einen Journalartikel, und eine Abnahme meiner Geisteskräfte war mir nicht gerade aufgefallen. Als ich mich nun aber eines Tages daran machte, laut abgeschlossenen Vertrags für einen Verleger ein Buch zu schreiben – nämlich ›Roughing it‹ – da fühlte ich, wie schwer es mir wurde. In drei Wochen brachte ich nur sechs Kapitel fertig. Nun wusste ich, was die Glocke geschlagen hatte; ich gab den Kampf auf, rauchte wieder meine dreihundert Zigarren, verbrannte die sechs Kapitel und beendete das ganze Buch mit Leichtigkeit in drei Monaten.«

Viertes Kapitel: Mark Twains spätere Werke

Im Jahre 1872 unternahm Mark Twain eine Reise nach Europa, um mit dortigen Verlegern über die Herausgabe seiner Bücher zu unterhandeln. In England war er schon wohlbekannt und ein willkommener Gast. Er erzählt uns von einem Festmahl in London, zu welchem acht- bis neunhundert Personen Einladungen erhalten hatten und dem er auch beiwohnte. Bei Beginn des Festes wurden die Namen sämtlicher Berühmtheiten verlesen, welche anwesend waren, wobei die Versammlung jeden einzelnen mit mehr oder weniger Beifall begrüßte. Dies fand Mark Twain auf die Dauer ermüdend und er fing an, sich mit seinem Tischnachbar zu unterhalten, bis plötzlich ein wahrhaft betäubender Beifallssturm das Gespräch unterbrach. Von der allgemeinen Begeisterung mit fortgerissen, begann auch er aus Leibeskräften zu klatschen. »Wem gilt denn das?«, fragte er endlich verwundert, als sich der Lärm noch immer nicht legen wollte. »Herrn Samuel Clemens,« war die Antwort. Das überwältigte ihn so sehr, dass er die Arme sinken ließ, regungslos sitzen blieb und sich in seiner Verwirrung nicht einmal dankend verbeugte.

Als ›Tom Sawyer‹ 1876 erschien, erreichte Mark Twain den Gipfel seines Ruhms. Das Buch fand ungeheuren Absatz; in kürzester Frist war immer eine Auflage nach der andern vergriffen. Im folgenden Jahre kam das ›Skizzenbuch‹ heraus, eine Sammlung humoristischer Erzählungen und Aufsätze, die der Verfasser gelegentlich in verschiedenen Zeitungsblättern veröffentlicht hatte. Es zeugt von seiner großen Vielseitigkeit und manche Liebhaber Mark Twains geben diesen kleinen Stücken den Vorzug vor seinen größeren Schöpfungen.

Die Reise, welche Mark Twain im Frühling 1878 mit seiner Familie nach Europa machte, lieferte ihm den Stoff für sein berühmtes Buch: ›A Tramp Abroad‹. Der Weg führte ihn durch England, Frankreich und die Schweiz nach Deutschland, wo er sich für den Sommer niederließ und eingehende Studien über Sprache, Sitten, Lebensgewohnheiten und Vergnügungen der Deutschen anstellte. Wir lernen in diesem Buch eine ganz neue und unterhaltende Persönlichkeit kennen, nämlich Twains Reisegefährten Harris, der bald Führer, bald Kurier ist, sich zur Zielscheibe vieler Späße hergeben muss und in allerlei Verlegenheiten gerät. Zu einer wörtlichen und vollständigen Wiedergabe im Deutschen eignet sich ›A Tramp Abroad‹ nicht, dagegen sind die vorzüglichsten Episoden daraus dem sechsten Bande unserer Auswahl einverleibt.

Nach Amerika zurückgekehrt, gab Mark Twain den ›Gestohlenen weißen Elefanten‹ heraus. In diesem Band findet sich auch das berühmte ›Brüder, knipst ein!‹, dessen Ursprung auf eine Einrichtung zurückzuführen ist, die damals versuchsweise in der New Yorker Stadtbahn getroffen wurde. Sie bestand in einer Art gegenseitiger Kontrolle für Schaffner und Reisende; die betreffende Verfügung der Direktion wurde in den Coupés angeschlagen; sie war zufällig so abgefasst, dass sie sich von selbst zu reimen schien und eine Art Gassenhauer bildete, der bald in aller Munde war. Mark Twain hat diesen Umstand aufs Trefflichste benützt, um seinen Witz auszulassen.

Im Jahre 1883 erschien das ›Leben auf dem Mississippi‹, welches ein bedeutendes Bruchstück aus dem eigenen Leben des Verfassers enthält. Im ersten Teil desselben schildert er aufs Anschaulichste seine Tätigkeit als Lotse auf einem Dampfer des Riesenstromes, während er im zweiten Teil bei den Veränderungen verweilt, die sich seit dem Bürgerkriege auf dem Mississippi und an dessen Ufern vollzogen haben.

Eine Erzählung ganz eigener Art, mit der Mark Twain selbst seine genauesten Freunde überraschte, ›Prinz und Bettelknabe‹ folgte 1885. Es kann nicht eigentlich unter die humoristischen Schriften zählen, verrät vielmehr die eingehendsten und genauesten Kenntnisse der Zustände Altenglands, die nur als Frucht ausgedehnter Geschichts- und Sprachstudien gewonnen werden konnten.

In ›Huckleberry Finn‹, der Fortsetzung und dem Seitenstück von ›Tom Sawyer‹, das 1886 veröffentlicht wurde, bot der Verfasser seinem Publikum eine hochwillkommene Gabe. Sie berichtet die weiteren Erlebnisse Tom Sawyers und seines Freundes Huckleberry und macht den Leser mit einer Menge neuer Charaktere bekannt, die durch ihre Frische und Eigenart ungewöhnlich anziehend sind.

Ferner hat Mark Twain geschrieben: ›Der amerikanische Prätendent‹, – ›Ein Yankee an dem Hofe König Arthurs‹, – ›Die Jungfrau von Orleans‹. Die erste dieser Erzählungen erschien zwar in deutscher Übersetzung, bleibt jedoch hinter anderen humoristischen Schöpfungen des Autors zurück. Die beiden anderen Erzählungen verraten gleich dem früher erwähnten ›Prinz und Bettelknabe‹, dass Mark Twain sehr eingehende Studien der altenglischen und altfranzösischen Geschichte getrieben hat; sein Werk über die »Jungfrau von Orleans« ist übrigens durchaus ernster Art. Dagegen zeigt er in seiner Erzählung ›Querkopf Wilson‹ (in deutscher Übersetzung 1898 im Verlag von Rob. Lutz in besonderer Ausgabe erschienen) wiederum den Humor seiner besten Zeit, ja manche Kritiker schätzen ›Querkopf Wilson‹ als eine der genialsten Gaben des Autors. Die Erzählung spielt in den dreißiger Jahren in einem der damaligen Sklavenstaaten am Mississippi und er hat in ihr den Typus einer Negermutter geschaffen, der in seiner tragikomischen Gestaltung kaum wirkungsvoller dargestellt werden könnte. Der eigentliche Held der Erzählung ›Querkopf Wilson‹ ist ein Sonderling, dem Mark Twain durch eine Reihe von Sprüchen, die im ›Kalender Wilsons‹ enthalten sind, einen Teil seiner eigenen Lebensweisheit in den Mund gelegt hat. – Von seinem allerneuesten Werk, der ›Reise um die Welt‹, wird später die Rede sein.

Von Mark Twains Büchern sind in Amerika über eine Million Exemplare verkauft worden und ungefähr halb so viele in England und den Kolonien; auch wurden die meisten seiner Werke ins Französische, Italienische, Deutsche, Norwegische und Dänische übertragen.

In Deutschland waren Mark Twains Schriften vor Erscheinen der vorliegenden Ausgabe wenig verbreitet. Erst durch diese, welche den schwer zu verdeutschenden Autor in einer allen Anforderungen entsprechenden guten Übersetzung zu billigem Preis bringt, und zwar durch Auswahl des Allerbesten und für Deutschland Passendsten, hat Mark Twain in Deutschland eine noch immer im Wachsen begriffene Volkstümlichkeit erlangt.

Fünftes Kapitel: Öffentliche Vorlesungen

Von vielen Seiten aufgefordert, vereinigten sich Mark Twain und George W. Cable im Jahre 1884 zu einer Rundreise durch die Vereinigten Staaten, um Vorlesungen aus ihren eigenen Werken zu halten. Überall, wohin die beiden Schriftsteller kamen, wurden sie mit Freuden aufgenommen und fanden volle Häuser. Wie wir bereits wissen, war für Mark Twain ein solches öffentliches Auftreten nichts Neues; schon 1866 und 1867 hatte er in Nevada und Kalifornien eine Reihe von Vorlesungen gehalten, sich auch bei verschiedenen Gelegenheiten in England vor einem größeren Publikum hören lassen. Sehr beliebt war er auch als Tischredner bei Festessen, seine Toaste in Boston und New York hatten Aufsehen erregt, auch seine Shakespearevorlesungen rühmte man als meisterhaft.

Die obenerwähnte Vorlesungstour dauerte fünf Monate und es trug sich manches Spaßhafte dabei zu. Als Clemens und Cable nach Albany, der Hauptstadt des Staates New York, kamen, machten sie dort in Gesellschaft mehrerer anderer Herren dem Gouverneur ihre Aufwartung und wollten auch das Kapitol besuchen. Der Generaladjutant war ausgegangen und sie mussten im Büro auf seine Rückkehr warten. Clemens ließ sich behaglich an einem der Schreibtische nieder, die andern Herren setzten sich gleichfalls und bald war eine heitere Unterhaltung im Gange. Da kamen plötzlich von allen Seiten wohl ein Dutzend Schreiber und Beamte, die in der Abteilung beschäftigt waren, ins Büro gestürzt, um nach ihrem Begehr zu fragen. Die Mitglieder der Gesellschaft sahen einander verwundert an, sie begriffen nicht, um was es sich handeln könne. Bald jedoch stellte es sich heraus, dass Mark Twain zufällig oder absichtlich auf den elektrischen Klingeln Platz genommen und die ganze Reihe auf einmal in Bewegung gesetzt hatte.

In Montreal befanden sich unter Mark Twains Zuhörern viele Franzosen; dies veranlasste ihn zu folgender Anrede: »Die hier anwesenden Gäste sind der größten Anzahl nach Franzosen; es wird daher wohl angemessen sein, dass ich wenigstens einen Teil meiner Rede in ihrer schönen Sprache halte, um doch einigermaßen verstanden zu werden. Mich überfällt immer eine gewisse Blödigkeit, wenn ich französisch sprechen soll; nur wenn ich in Aufregung gerate, geht es fließend. Auch bin ich, soviel ich weiß, noch nie für einen Franzosen gehalten worden, wenigstens nicht von Menschen, höchstens von Pferden. Ich hatte früher gehofft, mich durch den französischen *Satzbau* allein schon verständlich machen zu können, aber, der Versuch, welchen ich einmal in Quebec damit anstellte, misslang gänzlich. Als das Dienstmädchen mir öffnete, fragte ich: ›Herr Soundso, ist er bei sich?‹ – Sie verstand mich nicht. Ich fuhr fort: ›Ist es, dass er noch nicht ist zurückgekehrt nach seinem Haus der Geschäfte?‹ – Sie begriff mich noch immer nicht. ›Er wird sein trostlos, wenn er hört, dass sein Freund Amerikaner ist angekommen und er nicht bei sich, ihm zu schütteln die Hand.‹ Selbst das verstand sie nicht – weshalb, ist mir unbegreiflich. Ja, sie wurde sogar ärgerlich, und als ihr jemand von hinten zurief: ›Wer ist denn da?‹, erwiderte sie kurz: ›Ein Narr!‹, und schlug mir die Tür vor der Nase zu. – Vielleicht hatte sie nicht unrecht; aber wie konnte sie es wissen – sie sah mich doch zum allerersten Mal! – Wie gesagt, ich möchte bei diesem Vortrag meinen Gefühlen gern auf Französisch Luft machen, aber ganz schmucklos, ohne alle blumigen Redensarten, denn nach meiner Meinung ist edle Einfachheit die größte Zierde jedes literarischen Erzeugnisses! Also: *J'ai un beau bouton de mon oncle, mais je n'ai pas celui du charpentier. Sie vous avez le frommage du brave menuisier, c'est bon; mais si vous ne l'avez pas, ne vous désolez pas, prenez le chapeau de drap nour de son beaufrère malade. Tout à l'heure! Savoir faire! Qu'est ce que vous dites? Pâté de foie gras. Revenons à nos moutons. Pardon messieurs, pardonnez moi; j'ai essayé de parler la belle langue d'Ollendorf,* aber das macht mir mehr Mühe, als Sie sich vorstellen können. Glauben Sie mir, ich habe es in bester Absicht getan und so gut ich irgend konnte.« – Von seinen bekanntesten Tischreden erwähnen wir nur einen Toast auf das ›Weib‹. Er sagt dabei unter anderem Folgendes:

»Die Tochter der modernen Zivilisation ist das kostbarste und auserlesenste Wunder, das uns je vorgekommen ist. Um sie zu erzeugen, müssen alle Länder, alle Zonen, alle Künste ihren Beitrag liefern: Ihr Weißzeug ist aus Belfast, ihr Kleid aus Paris, ihr Fächer aus Japan, ihr Bouquethalter aus China, ihre Uhr aus Genf, ihr Haar aus – ja, wo ihr Haar her ist, habe ich nie ausfindig machen können. Ich meine natürlich nicht ihr gewöhnliches Haar, mit dem sie zu Bette geht, sondern ihr Sonntagshaar, das Ding, das sie zusammendreht und dann immer rund um den Kopf wickelt wie einen Bienenkorb, unter dem sie zuletzt das Ende verschwinden lässt ...«

Bald nachdem Clemens wieder nach Hartford zurückgekehrt war, suchte ihn dort ein angesehener Verleger auf, der von ihm einen literarischen Beitrag zu haben wünschte und sich erbot, jeden Preis dafür zu zahlen, den der Humorist fordern würde.

»Wissen Sie«, erwiderte ihm Mark Twain in seiner schleppenden Weise, »eben erst habe ich mir ein schauderhaft dickes Buch vom Halse geschrieben und den Bewohnern dieses unglücklichen Landes eine endlose Reihe Vorlesungen auf den Hals gejagt; mir ist zumute wie einer Riesenschlange, die einen Ziegenbock verschluckt hat. Ich muss wenigstens ein halbes Jahr stillliegen, ohne auch nur den Schwanz zu rühren.«
Das sollte seine abschlägige Antwort bedeuten.

Sechstes Kapitel: Mark Twain daheim

Als Clemens 1871 den Entschluss fasste, Buffalo zu verlassen und seinen dauernden Wohnsitz im Osten zu nehmen, wählte er, wie bereits erwähnt, Hartford in Connecticut. Die Stadt hatte ihm bei einem früheren Besuche gleich ausnehmend gefallen, da sie regen geistigen Verkehr und lebhaften Handel und Wandel mit ländlicher Zurückgezogenheit zu vereinigen schien.

In Nook Farm auf der Farmington Avenue, etwa fünfviertel Meilen von der Geschäftsgegend der Stadt entfernt, baute er sich ganz nach eigenem Geschmack ein geräumiges Wohnhaus aus verschiedenfarbigen Backsteinen und buntem Mörtel, welches mit seinen Giebeln, Bogenwölbungen und altertümlichen Fenstern einem jener altadeligen Herrenhäuser nicht unähnlich sieht, an welchen England so reich ist.

Von Mark Twains glücklichem Leben in den siebziger und achtziger Jahren hat ein Hausfreund ein anziehendes Bild entworfen. Er schreibt:

An Mitteln, sein Besitztum zu vergrößern und zu verschönern, hat es Mark Twain nicht gefehlt, seit er mit seiner jungen Frau in Hartford Einzug gehalten hat. Alles, was die Neuzeit durch Kunst und Erfindung zur Annehmlichkeit des Lebens beitragen kann, findet sich in ihrem Heim reichlich vertreten.

Mark Twains Arbeitszimmer ist im oberen Stock und bietet eine herrliche Aussicht, die man am besten von einem der drei Balkons genießt, welche an das Zimmer stoßen. In einer Ecke steht der Schreibtisch und in der Mitte des Raumes das Billard, auf dem der Hausherr gern von Zeit zu Zeit ein Paar kunstgerechte Stöße tut, wenn er sich vom Schriftstellern erholen will. Es ist sein Lieblingsspiel, das er mit ebenso viel Eifer als Geschicklichkeit betreibt. Ein Freund erzählt von ihm, er habe einmal mitten in der Partie bemerkt, dass Funken, die aus dem Kamin gesprungen waren, einen Haufen loser Papiere auf dem Boden entzündet hatten und eine Feuersbrunst zu befürchten stand. Statt das Spiel zu unterbrechen, klingelte er nach dem Diener, befahl diesem, den Brand zu löschen und Tat zugleich einen wahren Meisterstoß mit dem Queue, das er in der Hand hielt. Mark Twain gerät nie in Aufregung.

Das Jahr zerfällt für ihn in zwei Teile. Vom 1. Juni bis Mitte September lebt er auf der Besitzung von Verwandten seiner Frau, in Quarry Farm bei Elmira im Staate New York. Hier ist für ihn ein Sommerhaus errichtet worden, das auf einer Bergspitze, sechshundert Fuß über dem Talgrund, steht. Das Gebäude ist fast durchweg aus Glas, und zwar nach dem Muster der Lotsenbehausung auf einem Mississippidampfer gebaut. Von allem Verkehr mit der Außenwelt abgeschlossen, beschäftigt sich Clemens hier hauptsächlich mit seinen schriftstellerischen Arbeiten. Jeden Morgen um halb neun begibt er sich in seine luftige Schreibstube, die etwas abseits vom Hause liegt, und bleibt dort, bis das Blasen eines Horns ihn ungefähr um fünf Uhr zu Tische ruft. Dazwischen nimmt er keine Mahlzeit ein und es herrscht strenge Weisung, ihn während seiner Arbeitszeit nicht zu stören. Sein einziger Genuss währenddem ist seine Zigarre. Wie bekannt, ist er ein leidenschaftlicher Rancher und lässt die Zigarre selten ausgehen. Bei der Arbeit ist sie ihm geradezu unentbehrlich, da er ohne sie nichts von Belang zustande bringt. Auf Reisen nimmt er immer seine eigene Sorte mit, auch eine Auswahl der kurzen Pfeifen, an die er gewöhnt ist, und einen Vorrat Tabak. Ein Herr, der ihn bei seiner letzten Überfahrt nach Frankreich auf dem Dampfer traf, erzählt scherzend, er sei stets mit einem ungeheuren Tabakpaket und einer Anzahl Zigarrenschachteln auf Deck gekommen, da er die Sorge für diesen Teil seines Gepäcks keiner Menschenseele anvertrauen wollte. Wenn er sich eine frische Zigarre anzündete, so habe er unterdessen das Tabakpaket auf den Boden gelegt und mit dem Fuße festgehalten, damit es ihm niemand entwenden konnte.

Er ist übrigens beständig auf der Jagd nach einer Zigarre, die in Bezug auf Preis und Güte alle seine Ansprüche befriedigt. Einmal glaubte er die Sorte gefunden zu haben, die er suchte, und man sagt, dass nach einer Abendgesellschaft, die er im Winter bei sich in Hartford gab, jeder seiner Gäste sich vor dem Fortgehen eine von diesen Zigarren anzünden musste. Am andern Morgen fand er sie sämtlich auf dem Schnee liegen, neben dem Fußpfad, der durch seine Wiese führt. Die Herren hatten sie alle aus Höflichkeit geraucht, bis sie im Freien waren, wo ihr Selbsterhaltungstrieb über die Höflichkeit siegte. Sie warfen die Zigarre fort, ohne zu bedenken, dass man sie bei Tageslicht finden werde. Durch die Entdeckung, welche der nächste Morgen brachte, war das Urteil über die neue Sorte ein für alle Mal gesprochen.

In Elmira arbeitet Clemens angestrengt. Er stellt da die Aufzeichnungen, die er das Jahr über in seinen Notizbüchern gemacht hat, zu einem Ganzen zusammen, beendet angefangene Arbeiten und gibt dem, was nur Entwurf war, seine endgültige Form. Es liegt übrigens nicht in seiner Art, bei einer schriftstellerischen Unternehmung zu bleiben und sie zu Ende zu führen, ehe er etwas Neues beginnt, sondern er hat immer eine Anzahl Pläne zugleich vor und arbeitet daran je nach Stimmung.

Außer seiner Leidenschaft für das Billard hat Mark Twain auch eine große Vorliebe für das Velociped. Er hält sich zwar in Hartford Wagen und Pferde, macht aber am liebsten große Ausflüge auf dem Zweirad. Auch ist er ein unermüdlicher Fußgänger; sein Freund, der Prediger an der Hartforder Kirche, welche Clemens regelmäßig besucht, begleitet ihn gewöhnlich auf seinen weiten Spaziergängen.

Führt Clemens in Elmira ein meist zurückgezogenes Leben, so ist dagegen sein Tageslauf in Hartford, wohin er im September zurückkehrt, voll Abwechslung und Unterhaltung. Hier hält er seine Zeit weniger streng zu Rate und überlässt sich ungehindert den Freuden des geselligen Verkehrs. Er bewirtet viele Freunde und sein gastfreies Haus bildet einen Mittelpunkt für die literarische Welt. Howells, der ausgezeichnete Novellist, verkehrt stetig bei ihm, wie früher Bayard Taylor, Cable, Aldrich, Henry Irving und viele andere Berühmtheiten bei ihm zu Gaste gewesen sind; der Humorist Dudley Warner und die bekannte Harriet Beecher-Stowe wohnen ganz in seiner Nähe. Man sagt, dass er einmal, als er der Verfasserin von ›Onkel Toms Hütte‹ einen Besuch machte, in seiner Zerstreutheit vergessen hatte, Kragen und Krawatte anzulegen. Bei seiner Heimkehr bemerkte seine Gemahlin mit Schrecken, welchen gesellschaftlichen Verstoß er begangen habe; Mark Twain blieb jedoch höchst gelassen und sagte, er wolle es schon wieder gut machen. Er legte nun den Kragen nebst der Krawatte in eine Schachtel und schickte beides zu Frau Stowe hinüber.

Mark Twain liebt seine Häuslichkeit über alles und ist ein zärtlicher Gatte und Vater. Von seinen drei hübschen Töchtern ist Susan, die älteste, 1872 geboren, Clara 1874 und Jean 1880; ein Söhnchen starb schon in früher Kindheit. Frau Clemens ist zehn Jahre jünger als ihr Mann, einfach und anspruchslos in ihrem ganzen Wesen und Auftreten und von sanfter, stiller Gemütsart. Derselben soll, wie behauptet wird, jeder Sinn für ihres Mannes Witze abgehen. Bei dem Tode seiner Mutter habe Clemens geäußert, jetzt lebe kein Glied mehr in der Familie, das seine Witze verstehen könne.

Susan Clemens gilt für ihres Vaters Liebling und hat viel von seiner Begabung geerbt. In dem Tagebuch, das sie eine Zeit lang führte, pflegte sie allerlei kleine Familienereignisse aufzuzeichnen und eigene Bemerkungen hinzuzufügen. Frau Clemens las einmal darin folgenden Satz: »Der Vater braucht immer viel stärkere Ausdrücke, wenn die Mutter nicht dabei ist, oder wenn er glaubt, dass ›wir‹ es nicht hören.« Sie zeigte dies ihrem Gatten, der nun absichtlich mancherlei sagte, was dem Kinde auffallen musste. Auch fand er seine Aussprüche nachträglich stets in dem Tagebuche verzeichnet, bis es einmal darin hieß: »Ich werde jetzt nichts mehr über den Vater schreiben, denn ich glaube, er hat mein Tagebuch gelesen und tut und sagt mit Fleiß viele Dinge, damit ich sie aufschreiben soll.«

Wir möchten diesen Abschnitt nicht schließen, ohne nochmals auf das schöne Band zurückzukommen, das Mark Twain und seine Gattin verbindet. Von ihr als der Erzieherin seiner Kinder schrieb er folgende goldene Worte:

»Meine Kinder haben keine treuere und bessere Freundin als ihre Mutter, das wissen sie, und was ihre Hand nur berührt hat, gilt ihnen als geheiligt. Nie hat sie ihnen unrecht getan, nie ist sie ihnen gegenüber von der *Wahrheit* abgewichen; sie hält jedes Versprechen, ob es Lohn oder Strafe verheißt, darauf können sie sich verlassen; kein *unverständiges Gebot* ist je aus ihrem Munde gegangen und stets hat sie unbedingten Gehorsam verlangt. Freundlich und höflich müssen sie in Wort und Benehmen gegen Leute *jeden Standes* sein und auch ihnen wird stets die liebevollste Rücksicht zu teil. Das alles wissen sie, denn sie besitzen die beste und gütigste Mutter, die gelebt hat.«

Das Zusammenleben mit seiner edlen Gattin betrachtet Mark Twain als das größte Glück seines Lebens, und wenn gelegentlich eine Trennung unvermeidlich ist, dann sucht er in einer täglichen Korrespondenz Ersatz. Es berührt uns in dem Zeitalter der Postkarten ganz wunderbar, wenn er erzählt, wie umfangreich der Briefwechsel zwischen ihm und seiner Frau bei jeder Trennung ist. Er schreibt ihr täglich. »In sechs Monaten«, sagte er einmal zu einem Bekannten, »habe ich mindestens 200 000 Wörter an meine Frau geschrieben, und diese Briefe sind nach meiner Ansicht auch in literarischer Beziehung das Beste, was ich je verfasst habe, der Stil ist so leicht und fließend und die Schilderung so lebendig, wie sie mir nie gelingt, wenn ich für den Druck schreibe. Als ich dies einmal Herrn Walker vom ›Cosmopolitan‹ erzählte, meinte er, es sei eine kolossale Verschwendung, er würde mir 1000 Dollars für jeden dieser Briefe geben. Das schrieb ich meiner Frau und sagte ihr, ich könne keine solche Verschwendung treiben, sie möchte mir die Briefe wieder schicken. ›Nur für 1500 Dollars das Stück‹, schrieb sie zurück. Aber ich weiß schon, wenn ich sie beim Wort nähme, würde sie aufschlagen.«

Im Übrigen kann Mark Twain sehr schreibfaul sein; wo Liebe oder Pflicht ihm nicht die Feder in die Hand drücken, lässt er dieselbe gerne ruhen. In dieser Beziehung ist folgende Anekdote charakteristisch: Der englische Schriftsteller Ballentine hatte lange auf eine Antwort von Mark Twain gewartet. Endlich verlor er die Geduld und schickte ihm mit der Post einen Briefbogen und eine Briefmarke, um ihn an seine Versäumnis zu erinnern. Als Erwiderung erhielt er folgende Postkarte: »Papier und Marke erhalten. Bitte, schicken Sie ein Kuvert.«

Siebentes Kapitel: Erfinder und Verleger

Mark Twains Lebenslauf ist ganz der eines ›Self made man‹, d. h. eines Mannes, der sich aus eigener Kraft emporgearbeitet. Seine Schriftstellerei hat darum so viel Kraft und Gehalt, weil sie erfüllt ist von dem, was der Autor selbst erlebt und durchgemacht. Er war nacheinander Buchdrucker, Lotse, Privatsekretär, Goldgräber, Redakteur und Vorleser und damit nicht genug wurde er auch noch Erfinder und Verleger. Die praktischen Erfindungen, die er gemacht und industriell verwertet hat, sind aus dem eigenen Bequemlichkeitsbedürfnis entstanden. So erdachte er ein besonderes Taschenbuch zum Aufzeichnen von Notizen und Einfällen aller Art. Clemens hatte immer vergeblich ein passendes Buch dieser Art gesucht, alle vorhandenen hatten nämlich die schlechte Gewohnheit, sich an der falschen Stelle aufzuklappen und ihn so irre zu machen. Sein Notizbuch dagegen schlägt sich mittels einer einfachen Vorrichtung immer am rechten Fleck auf – bei der zuletzt beschriebenen Seite.

Auch eine Weste hat Mark Twain erfunden, bei der die Tragbänder überflüssig sind, ein Hemd mit Kragen und Manschetten, in denen man keinerlei Knöpfe braucht, einen immerwährenden Kalender an die Uhr zu hängen und ein Brettspiel: eine Art Geschichtslotto, durch das sich die Jahreszahlen dem Gedächtnis einprägen sollen.

Als Schriftsteller ist Mark Twain vom Glück in hohem Grade begünstigt worden. Doch hat man ihn nach seinen ersten Erfolgen oft die Ansicht äußern hören, er würde, wenn er das Leben noch einmal von vorn anfangen könnte, seine Bücher selbst herausgeben, weil er als sein eigener Verleger weit mehr Gewinn mit dem Verkauf seiner Schriften erzielen könnte. Als er im März 1884 das Manuskript von ›Huckleberry Finn‹ beendet hatte, bot er es der ›Amerikanischen Verlagsgesellschaft‹ an, die durch Herausgabe seiner Werke zu bedeutendem Ansehen und Reichtum gelangt war. Mark Twain hatte bis dahin alles in allem etwa 400 000 Dollars Honorar erhalten. Über das neue Buch konnten sich jedoch Verfasser und Verleger nicht einigen. Lange schwankten die Verhandlungen hin und her; man bot ihm die Hälfte der Reineinnahme, aber das genügte ihm nicht, er verlangte sechzig Prozent des Gewinns. Hierauf glaubte sich die Gesellschaft nicht einlassen zu können, das Geschäft zerschlug sich und Mark Twain beschloss, seinen ›Huckleberry‹ im eigenen Verlage erscheinen zu lassen. In Verbindung mit seinem Neffen Charles O. Webster, von dessen Geschäftskenntnis er eine hohe Meinung hatte, gründete er die Firma Webster und Co., welche das neue Buch herausgab. Jedermann war auf das Ergebnis gespannt und siehe da – ›Huckleberry Finn‹ brachte seinem Verfasser eine Nettoeinnahme von 100 000 Dollars. Zwar starb der junge Webster bald darauf, aber der Name der Firma blieb unverändert bestehen. Sie veröffentlichte auch noch andere Bücher außer den Mark Twainschen und hat besonders mit den Memoiren des Papstes und den Denkwürdigkeiten des Generals Grant ein ungeheures Geschäft gemacht. Für letztere hatte Clemens der Familie Grant einen Preis geboten, den andere Verleger nicht zu zahlen wagten. Sie verstanden, nach seiner Ansicht, diese einzigartige Gelegenheit nicht zu würdigen. Welche Umstände schon nach einigen Jahren den Rückgang der Firma Webster herbeiführten, ist uns nicht bekannt geworden.

Achtes Kapitel: Schicksalsschläge

Im Jahre 1895, um die Zeit seines 60. Geburtstags brach das Unglück durch den Bankrott der Firma Webster über ihn herein. Er verlor dabei sein ganzes Vermögen. Die Firma hinterließ eine große Schuldenlast, welche er mit einem geradezu heroischen Mute abzutragen beschloss.

Ohne auf die Vorstellungen seiner Freunde zu achten, dass er nach kaufmännischer Gepflogenheit die Gläubiger mit einem gewissen Prozentsatz abfinden solle, und ohne die ihm bereitwilligst gebotene finanzielle Hilfe anzunehmen, gab er sein Wort, die Schulden innerhalb 4 Jahren bei Heller und Pfennig abzutragen. Er hat diese Ehrenpflicht glänzend erfüllt.

Es war ein Riesenwerk. Um es zu vollbringen, unternahm er eine Vorlesungstour, die ihn zuerst durch den Norden der Vereinigten Staaten und dann rund um die Erde führte. Nur die moralische Notwendigkeit, jene Schulden zu bezahlen, veranlasste ihn, jahrelang auf Ruhe und Behagen zu verzichten; denn das anstrengende Reisen machte ihm in seinem Alter kein Vergnügen mehr.

Aber das Opfer ist nicht vergeblich gewesen. Schon die freundliche Aufnahme und das herzliche Wohlwollen, welches ihm allenthalben bezeugt wurde, gewährte Mark Twain hohe Befriedigung und einen persönlichen Gewinn, der ihm ebenso wichtig war wie die Einnahmen, welche seinen Gläubigern zugutekamen. Zuerst ging er nach Australien. In jeder Stadt erfreute sich der beliebte Redner und Schriftsteller des wärmsten Empfanges; seine Reise glich einem Triumphzug durch das ganze Land. Großen Erfolg hatte er auch bei den Rajahs in Indien, und die dortigen englischen Bewohner zeigten sich unermüdlich in den Beweisen von Verehrung und Bewunderung, mit denen sie ihn überhäuften. Nicht minder angenehm waren die Erfahrungen, welche Mark Twain bei seinem Besuch in Südafrika machte. Er sah sich im Rückblick auf so viele hochinteressante Erlebnisse fast veranlasst, das Missgeschick zu preisen, das ihn genötigt hatte, jene wunderbaren Länder aufzusuchen.

Nach Europa zurückgekehrt, ließ sich Clemens zuerst in London nieder, wo er ein Haus in Chelsea mietete. Dort schrieb er seine › Reise um die Welt‹, in welcher er den reichen Stoff, den er gesammelt hatte, literarisch verwertete. Das Buch (1898 in deutscher Übersetzung im Verlag des Herausgebers der vorliegenden Sammlung erschienen) bietet neben den bekannten Vorzügen des unvergleichlichen Humoristen eine Fülle von kulturgeschichtlicher Belehrung, sodass uns Mark Twain hier zugleich als ernster, gediegener Schriftsteller entgegentritt; immer wieder aber zuckt sein köstlicher Humor oft blitzartig durch alle Erzählungen und Beschreibungen hindurch, wo es der Leser am wenigsten erwartet.

Nach Vollendung seiner ›Reise um die Welt‹ ruhte er sich einige Monate in der Schweiz aus und lebte dann 1897-1899 mit seiner Familie in Wien. Der dortige Aufenthalt galt hauptsächlich der musikalischen Ausbildung seiner Tochter Clara unter der Leitung des berühmten Meisters Leschetitzky. Seine älteste Tochter Susan hatte Mark Twain während seiner Weltreise verloren, nachdem sie eben ihre Ausbildung als Gesangskünstlerin beendet hatte: der herbste Schicksalsschlag, der bis dahin den Vater getroffen. In Wien fand Mark Twain die einem so hervorragenden Gaste gebührende Aufnahme. Bald nach seiner Ankunft veranstaltete der Schriftsteller- und Journalistenverein ›Concordia‹ Mark Twain zu Ehren eine Festkneipe, bei welcher er zur allgemeinen Überraschung als Redner in deutscher Sprache auftrat. Er versicherte der Versammlung mit drolligem Ernste, es sei stets der Traum seines Lebens gewesen, ein Reformator der edlen deutschen Sprache zu werden. Dass es hauptsächlich die langen Wörter und Sätze, sowie die trennbaren Zeitwörter waren, gegen die er zu Felde zog, darüber wird niemand in Zweifel sein, der seinen gelungenen Aufsatz über die › *Schrecken der deutschen Sprache‹ (Bd. VI, S. 72)* gelesen hat.

Dass Mark Twain unter allen Nationen, mit denen er auf seinen Reisen in näheren Verkehr getreten ist, der deutschen den Vorzug gibt, beweist er schon dadurch, dass er sich oft und mit Vorliebe unter den Deutschen niedergelassen hat. Der ernste Fleiß und die Gründlichkeit ihres Wesens haben für ihn, seinem ganzen Charakter nach, die größte Anziehung.

So kann es denn auch nicht fehlen, dass die Deutschen ihm und seinen Werken überall die freundlichste Aufnahme bereiten und er sich auch bei uns allgemein einer Beliebtheit erfreut, wie sie ein Schriftsteller bei Lebzeiten nur selten genießen darf. Er hat unserm sorgenvollen, ernsten Geschlecht so viele harmlos frohe Stunden bereitet, dass wir ihn getrost einen Wohltäter der Menschheit nennen dürfen.